古典詩歌研究彙刊

第十一輯

龔鵬程 主編

第11冊

梅堯臣辭賦研究

呂 慧 珠 著

國家圖書館出版品預行編目資料

梅堯臣辭賦研究／呂慧珠 著 — 初版 — 新北市：花木蘭文化
出版社，2012〔民 101〕
目 2+202 面；17×24 公分
（古典詩歌研究彙刊 第十一輯：第 11 冊）
ISBN 978-986-254-729-8（精裝）
1.（宋）梅堯臣 2.辭賦 3.宋代文學 4.文學評論
820.91 101001389

ISBN-978-986-254-729-8

古典詩歌研究彙刊
第十一輯 第十一冊 ISBN：978-986-254-729-8

梅堯臣辭賦研究

作 者	呂慧珠
主 編	龔鵬程
總 編 輯	杜潔祥
出 版	花木蘭文化出版社
發 行 所	花木蘭文化出版社
發 行 人	高小娟
聯絡地址	新北市永和區中正路五九五號七樓
	電話：02-2923-1455／傳真：02-2923-1452
網 址	http://www.huamulan.tw 信箱 sut81518@gmail.com
印 刷	普羅文化出版廣告事業
初 版	2012 年 3 月
定 價	第十一輯 30 冊（精裝）新台幣 42,000 元

作者簡介

呂慧珠，一九五九年生，臺灣省新竹縣人，國立成功大學中國文學系學士，中國文化大學中國文學研究所碩士，現為上班族。

提　　要

　　梅堯臣是首開宋詩風氣的重要詩人，與歐陽修同為北宋詩文改革運動的主將，其詩歌成就在文學史上早有定論。前人對於梅堯臣之研究，多針對其年譜、版本、詩論或詩歌而發，至於其辭賦作品，僅於賦學資料中，零星可見概要性的敘述，缺乏全面而深入的探討。此外，一般人只知文賦的始創者為歐陽修，殊不知梅堯臣的文賦創作數量居宋代之冠，在文賦的創作實踐上，實更具影響力。故本論文即以梅堯臣文集《宛陵集》（《宛陵先生集》）中，所存賦篇為主要研究對象，藉由對其辭賦內容思想、藝術表現及美學特徵的探討，予以適當評價，並準確掌握其作為北宋文賦代表作家的具體內涵，賦予新的賦學價值觀點。全文凡六章：

　　第一章緒論，說明研究動機與目的、界定研究範圍及方法，並歸納整理前人研究成果，以生平、詩論、詩歌和辭賦四方面分類概述。

　　第二章梅堯臣之時代背景與生平，以知人論世的精神，介紹梅堯臣的生平經歷，以及所處的政治社會情勢、學術文化環境、賦學思潮等，藉以瞭解影響其辭賦形成的主客觀因素。

　　第三章梅堯臣辭賦分篇研究，將梅堯臣辭賦依主題分為安分知命之人生態度、志乎仁義之學道方向、表現誠摯之淑世情懷、抒發內心之感慨情思和反對迷信之理性精神五類，逐篇進行探討，就寫作動機與背景、題材內容、句法結構、押韻分析、事類字詞、修辭技巧等數端，擇其特點析論，以深入認識其辭賦創作的意涵及風格。

　　第四章梅堯臣辭賦特色分析，分成內容特色及形式特色兩節。其中，內容特色又細分為題材廣泛、以醜為美的審美趣味、說理議論三部分，形式特色則以形制短小、設辭問答、散文筆法分述，從而闡明梅堯臣的文賦創作表現。

　　第五章梅堯臣辭賦之評論與價值，首先臚敘後人有關梅堯臣個人、詩歌及辭賦的評述。其次綜合本論文對梅堯臣辭賦的分析，尋繹出其辭賦之獨特價值有三：開創宋代文賦的社會寫實精神、藉詠物以抒寄政治懷抱、豐富禽鳥賦的表現手法。

　　第六章結論，最後觀察梅堯臣辭賦創作承先啟後的意義，期能呈現其在賦學史上的地位與貢獻。

　　本論文還蒐集彙整相關資料，歸納製作成四個附錄置於文末，提供參考：

附錄一梅堯臣辭賦作品出處表，分別整理梅堯臣辭賦於《宛陵集》(《宛陵先生集》)、《歷代賦彙》、《古今圖書集成》、《梅堯臣集編年校注》、《全宋文》及《宋代辭賦全編》之卷次及分類情形，以便於對照查閱。

　　附錄二梅堯臣生平年表，將梅堯臣的生平行跡結合國家大事紀要、辭賦作品、同時名人文友生卒進退等製成年表，以見各時期的重要事蹟。另有一些前賢對於梅堯臣家世子嗣、筮仕初官、讀書應舉、仕履行實及朋友交遊等問題之考辨，並附之於註解中論列。

　　附錄三梅堯臣經略圖，透過地圖呈現梅堯臣一生活動的分布範圍及相關位置。

　　附錄四梅堯臣之辭賦作品，輯錄梅堯臣賦篇文本，為本論文分析討論作品之依據。

目次

第一章 緒　論 1
　第一節　研究動機與目的 1
　第二節　研究範圍與方法 4
　第三節　前人研究成果探究 8
　　一、生平方面 8
　　二、詩論方面 13
　　三、詩歌方面 18
　　四、辭賦方面 26
第二章 梅堯臣之時代背景與生平 29
　第一節　梅堯臣之時代背景 29
　　一、政治社會情勢 29
　　二、學術文化環境 31
　　三、賦學思潮 33
　第二節　梅堯臣之生平 38
　　一、少年及青年時期（1002～1029） 39
　　二、西京幕府時期（1030～1033） 41
　　三、慶曆黨議時期（1034～1044） 44
　　四、新政失敗時期（1045～1060） 50
第三章 梅堯臣辭賦分篇研究 57
　第一節　安分知命之人生態度 57
　　一、紅鸚鵡賦 57
　　二、矮石榴樹子賦 60
　　三、雨賦 63
　　四、鳲鳩賦 65
　　五、擊甌賦 72
　第二節　志乎仁義之學道方向 75
　　一、魚琴賦 75
　　二、麈尾賦 76
　　三、乞巧賦 78
　第三節　表現誠摯之淑世情懷 82
　　一、靈烏賦 82
　　二、南有嘉茗賦 86
　　三、問牛喘賦 89
　　四、針口魚賦 92

　　五、靈烏後賦 ………………………………… 93

　　六、述醵賦 …………………………………… 98

　第四節　抒發內心之感慨情思 …………………… 100

　　一、哀鷓鴣賦 ………………………………… 100

　　二、思歸賦 …………………………………… 103

　　三、凌霄花賦 ………………………………… 108

　第五節　反對迷信之理性精神 …………………… 114

　　一、風異賦 …………………………………… 114

　　二、鬼火賦 …………………………………… 116

　　三、鬼火後賦 ………………………………… 118

第四章　梅堯臣辭賦特色分析 …………………… 123

　第一節　梅堯臣辭賦之內容特色 ………………… 123

　　一、題材廣泛 ………………………………… 123

　　二、以醜爲美的審美趣味 …………………… 124

　　三、說理議論 ………………………………… 127

　第二節　梅堯臣辭賦之形式特色 ………………… 130

　　一、形制短小 ………………………………… 130

　　二、設辭問答 ………………………………… 131

　　三、散文筆法 ………………………………… 133

第五章　梅堯臣辭賦之評論與價值 ……………… 141

　第一節　梅堯臣辭賦之評論 ……………………… 141

　　一、後人對梅堯臣個人及詩歌之批評 ……… 142

　　二、後人對梅堯臣辭賦之評述 ……………… 147

　第二節　梅堯臣辭賦之價值 ……………………… 152

　　一、開創宋代文賦的社會寫實精神 ………… 152

　　二、藉詠物以抒寄政治懷抱 ………………… 154

　　三、豐富禽鳥賦的表現手法 ………………… 157

第六章　結　論 …………………………………… 161

引用文獻 …………………………………………… 165

附　錄

　附錄一：梅堯臣辭賦作品出處表 ………………… 177

　附錄二：梅堯臣生平年表 ………………………… 179

　附錄三：梅堯臣經略圖 …………………………… 193

　附錄四：梅堯臣之辭賦作品 ……………………… 194

第一章　緒　論

第一節　研究動機與目的

　　宋代的文學思想及創作，在中國文學史上極為突出而重要，這與當時特定的社會環境和時代條件有密切關係。作為緊接唐代文學之後的又一高峰期，宋代文學在詩歌、詞、散文、小說與戲曲的發展及表現，早已得到後人的肯定評價，對於辭賦的成就卻只集中於歐陽修〈秋聲賦〉、蘇軾前、後〈赤壁賦〉等經典佳作的討論，不免有所偏頗。其實宋代辭賦仍不乏其他學殖深醇的作家和造詣精湛的篇章，值得後人鑽研探索。

　　再者，中唐時代韓愈、柳宗元領導古文運動，反對六朝以來的駢文，提倡三代兩漢的散文，已有了初步成績。雖然在晚唐、宋初，由於西崑體的影響而受到阻礙，到了北宋中期歐陽修主盟文壇，風尚所趨，梅堯臣、蘇舜欽、曾鞏、王安石、三蘇等相繼崛起，古文運動遂形成高潮，至於在辭賦的表現則是從律賦發展了文賦〔註1〕。對於文賦的評價，雖然有古今差異〔註2〕，作為宋代辭賦的代表體式，則早

〔註1〕　宋代「文賦」之名稱，同義異名者有文體賦、散賦、新文賦、散文賦等，本論文採「文賦」一名。

〔註2〕　詹杭倫：〈宋代辭賦辨體論〉，《逢甲人文社會學報》第7期（2003年11月），頁3。詹杭倫以為造成文賦評價古今差異的原因，主要有兩

有定論。

　　據李瓊英統計，北宋散文賦作家有二十一人，七十篇〔註3〕，其中梅堯臣占十三篇；另依顧柔利歸類爲二十六人，九十篇，並認定堯臣賦有二十篇爲文賦〔註4〕。李瓊英採取形式上「以非駢、騷的散句爲主」來界定散文賦，義界較顧柔利嚴格，致堯臣之〈紅鸚鵡賦〉、〈靈烏賦〉、〈哀鷓鴣賦〉、〈問牛喘賦〉、〈凌霄花賦〉、〈述醸賦〉及〈南有嘉茗賦〉等七篇賦作均未入選。對此黃師水雲以爲，若就語言形式觀之，堯臣賦「多騷散或駢散兼體，且仍以散體居多，實可謂散文賦（或文賦）。」〔註5〕是以在宋代文賦作品中，梅堯臣的篇數當屬最多〔註6〕。

　　至於梅堯臣的辭賦創作，馬積高在《賦史》中說：

　　其賦大都是託物寄意的諷世之作。

　　在北宋的賦作者中，寫了這樣反映社會問題的作品的，除他之外，再沒有第二個了。〔註7〕

　　在宋賦中，他的賦還是獨標一幟的。〔註8〕

　　又如李瓊英《宋代散文賦研究》說：

　　由於其散文賦篇數甚夥，體式類型亦頗具代表性；尤其在

點：一是在於古今學者關注的重點有所不同，古代賦論家關注的重點在於辨體，當代學者關注的重點則在於新變。二是在於宋代辭賦文體分類相當混亂。

〔註3〕李瓊英：《宋代散文賦研究》（臺北：國立臺灣師範大學國文研究所碩士論文，1991年），附註1，頁190。

〔註4〕顧柔利：《北宋文賦新探》（高雄：國立中山大學中國文學系碩士在職專班碩士論文，2004年），頁92。

〔註5〕黃水雲：〈論梅堯臣與范仲淹之「靈烏賦」〉，《中國文化大學中文學報》第15期（2007年10月），頁65。

〔註6〕同註3，《宋代散文賦研究》附註1，頁190。李瓊英另統計南宋散文賦作家有四十三人，八十篇，但其中三十一人是單篇一作，且大多數作品在內容境界與藝術層面都不及北宋，故在宋代文賦作品中，梅堯臣的篇數當屬最多。

〔註7〕馬積高：《賦史》（上海：上海古籍出版社，1987年7月），頁408。

〔註8〕同前註，頁410。

歐、蘇之後，大部分散文賦都或多或少受到歐、蘇風格的
影響，梅堯臣散文賦的素樸型態，對於了解宋代散文賦發
展脈絡，具有非凡的意義。

歐陽修、蘇軾為古文大家，其散文賦受古文影響催化，自
不待言；梅堯臣乃以詩歌改革著稱，非以古文擅名，但仍
創作如此多量散文賦，且其著述年代均在〈秋聲賦〉以前，
這對於探討宋代散文賦的形成原因，別具意義。〔註9〕

而吳儀鳳《詠物與敘事──漢唐禽鳥賦研究》也說：

在禽鳥賦中以實際的創作來進行革新的重要作家便是梅堯
臣，一般常以歐陽修為文賦的奠立者，實則由禽鳥賦看來，
梅堯臣之作顯得更具有影響力。〔註10〕

劉培《北宋初、中期辭賦研究》則謂：

梅堯臣的賦既追求豐富的內蘊、動人的情致和深邃的理
趣，又具有散文的平易、流暢和議論，兼取詩與散文之長
處，指出了宋賦發展之向上一路，對歐陽修等人文賦的創
作具有直接的啟迪作用。〔註11〕

黃師水雲在〈論梅堯臣與范仲淹之「靈烏賦」〉中更清楚指出：

歐陽修雖以〈秋聲賦〉奠定了散體文賦的格局，但以〈紅
鸚鵡賦〉相較，梅賦語言大多運用散行句式，方可說是宋
代文賦的先聲。〔註12〕

可見梅堯臣的辭賦作品，在內容上傾向批判現實、關心民瘼，題材
上喜以禽鳥詠物，形式上多散化，語言上樸質沖淡，文賦數量豐富
且著述年代早於歐陽修〈秋聲賦〉〔註13〕，對後來的文賦創作具有

〔註9〕 同註3，《宋代散文賦研究》附註5，頁74。

〔註10〕 吳儀鳳：《詠物與敘事──漢唐禽鳥賦研究》，收入龔鵬程主編：《古典
詩歌研究彙刊》第1輯（永和：花木蘭文化出版社，2007年3月），
冊3，頁271。本書原為吳儀鳳在輔仁大學研究所的博士論文。

〔註11〕 劉培：《北宋初、中期辭賦研究》（臺北：萬卷樓圖書公司，2004年9
月），頁277。本書原為劉培在山東大學文學院研究所的博士論文。

〔註12〕 同註5，〈論梅堯臣與范仲淹之「靈烏賦」〉，頁66。

〔註13〕 歐陽修〈秋聲賦〉撰於宋仁宗嘉祐四年秋夜，梅堯臣卒於嘉祐五年
四月。

開創之功。

　　古今學者論及梅堯臣的文學功績，多著眼於詩歌及詩論方面的成就，對於其辭賦創作，僅於賦史、賦概等賦學資料中約略提及，未見有專書論著。此固與歷來辭賦的研究不被重視有關，亦由於梅堯臣的詩歌光環，掩蓋了大家對其辭賦關注的焦點。因此本論文擬藉著對梅堯臣賦做全面的探討，客觀評價其賦作在宋代辭賦史上承先啟後的成就與貢獻。

第二節　研究範圍與方法

　　本論文所引用梅堯臣之辭賦及編年，主要以朱東潤編年校注之《梅堯臣集編年校注》〔註14〕為據，另參之梅堯臣《宛陵集》〔註15〕、《四部叢刊》本《宛陵先生集》〔註16〕、《宛陵先生文集》〔註17〕、《歷代賦彙》〔註18〕、《古今圖書集成》〔註19〕、《全宋文》〔註20〕、《全宋詩》〔註21〕及《宋代辭賦全編》〔註22〕等，期能更準確地掌握梅堯

〔註14〕〔宋〕梅堯臣撰、朱東潤編年校注：《梅堯臣集編年校注》（上海：上海古籍出版社，2006 年 11 月）。本論文所引詩例、辭賦及編年皆用此版本，所標卷次、頁數，乃依該版所示。

〔註15〕〔宋〕梅堯臣：《宛陵集》60 卷（臺北：新文豐出版公司影清宣統二年上海刊本，1979 年 10 月）。本書卷端等處書名題《宛陵先生文集》。

〔註16〕〔宋〕梅堯臣：《宛陵先生集》60 卷（臺北：臺灣商務印書館，1979 年 11 月，《四部叢刊》正編影印上海涵芬樓藏明萬曆間梅氏祠堂刻本）。

〔註17〕〔宋〕梅堯臣：《宛陵先生文集》60 卷、拾遺 1 卷、附錄 1 卷（北京：綫裝書局，2004 年，《宋集珍本叢刊》影印明正統四年袁旭刻本），冊 3，頁 507。

〔註18〕〔清〕陳元龍編：《歷代賦彙》（南京：鳳凰出版社影清光緒年間雙梧書屋俞樾校本，2004 年 6 月）。

〔註19〕〔清〕陳夢雷編、〔清〕蔣廷錫等奉敕撰：《古今圖書集成》（臺北：鼎文書局，1985 年）。

〔註20〕曾棗莊、劉琳主編：《全宋文》（成都：巴蜀書社，1989 年），冊 14。

〔註21〕傅璇琮主編：《全宋詩》（北京：北京大學出版社，1991 年），冊 5。

〔註22〕曾棗莊、吳洪澤主編：《宋代辭賦全編》（成都：四川大學出版社，

臣之賦作。

　　經由朱東潤《梅堯臣集編年校注》檢得辭賦作品〔註23〕，說明如下：

　　其一為以賦為名者：

　　《梅堯臣集編年校注》中有二十首以賦名篇者，依序是卷二〈紅鸚鵡賦〉；卷六〈靈烏賦〉；卷八〈哀鷓鴣賦〉；卷九〈問牛喘賦〉、〈矮石榴樹子賦〉、〈思歸賦〉；卷十〈風異賦〉；卷十四〈魚琴賦〉；卷十五〈靈烏後賦〉；卷十七〈凌霄花賦〉；卷十八〈雨賦〉、〈鬼火賦〉、〈鬼火後（賦）〉〔註24〕；拾遺〈述釀賦〉、〈南有嘉茗賦〉、〈鶌鳩賦〉、〈麈尾賦〉、〈擊甌賦〉、〈乞巧賦〉、〈針口魚賦〉，皆為本論文討論的對象。

　　另外，《歷代賦彙》外集卷十七及《四庫全書》本《宋文鑑》〔註25〕卷三題梅堯臣撰之〈離憂賦〉，依馬積高考訂：「本書（《歷代賦彙》）所標作者姓名及所屬朝代多有訛誤……卷十七〈離憂賦〉宋劉敞作，誤為梅堯臣。」〔註26〕故不予計入。

　　其二為不以賦為名者：

　　辭與賦都是戰國時楚國出現的新興文體，辭或稱楚辭，指屈原

2008 年 10 月）。

〔註23〕有關梅堯臣辭賦的篇數，馬積高《賦史》云《宛陵先生集》中有賦十九篇；郭維森、許結《中國辭賦發展史》言《宛陵集》十九篇賦；劉培《北宋初、中期辭賦研究》稱《宛陵先生集》有賦十九篇，辭三篇；顧柔利《北宋文賦新探》、曾棗莊〈論宋代文賦〉皆作賦二十篇。按，《宛陵集》（《宛陵先生集》）中有二十篇以賦稱名者，除〈雨賦〉入卷 31 外，餘皆入卷 60（其中〈鬼火後〉經夏敬觀考證題當脫「賦」字，茲從之）。本論文中所稱賦二十篇皆指此而言。前賢所稱十九篇者，未詳。

〔註24〕《梅堯臣集編年校注》校云：「夏敬觀云：『題當脫賦字。』」《歷代賦彙》作〈後鬼火賦〉。

〔註25〕〔宋〕呂祖謙編：《宋文鑑》卷 3，見文淵閣《四庫全書》本，冊 1350，頁 36。

〔註26〕馬積高：《歷代辭賦研究史料概述》（北京：中華書局，2005 年 3 月），頁 204。

作品及後人如宋玉、唐勒等仿屈原文體而作的篇章〔註27〕。到了西漢劉向將屈原、宋玉、賈誼、淮南小山及東方朔等人的作品輯成《楚辭》，楚辭又成了專書之名。由於〈離騷〉是《楚辭》的代表作，故楚辭又稱爲楚騷，稱楚辭體爲騷或騷體。賦即指盛行於漢朝，以「鋪采摛文，體物寫志」爲特徵的體式。

在漢代典籍中，大多「辭」、「賦」、「辭賦」單稱或並稱，渾無區別。〔註28〕辭賦並稱乃因「到了漢代，許多作家，兼擅二體，因而出現了『辭賦』並稱的情況，如《史記·司馬相如列傳》稱『景帝不好辭賦』。」〔註29〕《漢書·王褒傳》亦云：「辭賦大者與古詩同義，小者辯麗可喜。」至於辭與賦混稱情形，如司馬遷《史記·太史公自序》：「作辭以諷諫，連類以爭義，〈離騷〉有之。」稱屈原之作爲辭，在〈屈原賈生列傳〉：「乃作〈懷沙〉之賦」，又稱其作爲賦。班固《漢書·揚雄傳》：「賦莫深於〈離騷〉，反而廣之；辭莫麗於相如，作四賦。」以司馬相如之作爲辭，在〈賈誼傳〉：「屈原，楚賢臣也，被讒放逐，作〈離騷〉賦。」乃以賦爲辭，更於《漢書·藝文志·詩賦略》將屈原作品歸入賦類，標明「屈原賦，二十五篇」，此皆說明漢朝人視騷亦爲賦的觀點。元人祝堯《古賦辯體》亦云：

> 休齋云：詩變而騷，騷變而爲辭，皆可歌也。辭則兼風騷之聲而尤簡遠者。愚謂辭與賦一體也，特名異爾，故古人合而名曰辭賦。騷號楚辭，〈漁父〉篇亦號辭，是其例也。
> 〔註30〕

〔註27〕 楚辭作爲文體名稱，首見於《史記·酷吏列傳》：「莊助使人言買臣，買臣以楚辭與助俱幸，侍中，爲太中大夫，用事。」其本義，是泛指楚地的歌辭，以後才成爲專稱。

〔註28〕 郭維森、許結：《中國辭賦發展史》（南京：江蘇教育出版社，1996年8月），頁13。

〔註29〕 費振剛：〈辭與賦〉，收入褚斌傑、公木等撰：《中國文學史百題（上）》（臺北：萬卷樓圖書公司，1994年4月），頁109。

〔註30〕 〔元〕祝堯：《古賦辯體》卷9外錄上。見文淵閣《四庫全書》本，冊1366，頁846。

祝堯認爲賦「其支流軼出，賦之本義乃有見於他文者」〔註31〕，是以辭、騷與賦名雖異、體實同，仍可歸於廣義的賦中。

　　梅堯臣有三首以辭名篇者，依序是卷八〈廟子灣辭〉、卷十〈弔李膺辭〉、卷二十三〈翠羽辭〉，另有一篇騷體，爲卷十九〈放鵲〉。茲錄引〈翠羽辭〉起首八句及〈廟子灣辭〉、〈弔李膺辭〉中的一段爲例：

> 秦女乘鸞遺翠羽，落在人間與風舞，風休不歸誰作主，此郎拾取裝金縷。郎家主婦愛且憐，繫向裙腰同出處，朝來鄰里偶經過，方朔郤枚爭欲覩。（〈翠羽辭〉）

> 潛伏怪物兮深幽幽，發作暴漲兮爲潮頭，土人立祠兮在彼沙洲，老木蒼蒼兮蟬噪啾啾。翰辛引絆兮，蓬首躶體劇縲囚，赤日上煎兮，膠津蹇氣塞咽喉，胸盜肩挨同軛牛，足進復退不得休。（〈廟子灣辭〉）

> 陰蚓橫天，長劍欲抶，匣穎未露兮精銅已折。層冰塞川，猛炬方烈，凝氣未銷兮高焰已滅。雖忠毅之有志兮，當衰運之閉結，嗟身禍之不免兮，甘就死於縲紲。（〈弔李膺辭〉）

〈翠羽辭〉通篇七言而無「兮」字，句式整飭，語言流蕩，與歌行無異。〈廟子灣辭〉、〈弔李膺辭〉則騷散兼體，用「兮」字調，句式長短不齊，雜言交錯，亦具有詩的韻律感，《全宋詩》〔註32〕遂將三篇辭一併納入。《全宋文》〔註33〕所收梅堯臣作品包括二十篇以賦爲名的賦作，以及騷體〈放鵲〉一篇。《宋代辭賦全編》則採取廣義認定，凡以「兮」字爲讀的作品皆作騷體辭收錄，而歸入〈廟子灣辭〉、〈弔李膺辭〉、〈放鵲〉等篇。〔註34〕再據郭建勛對於騷體賦的界定，須具

〔註31〕同前註，頁836。

〔註32〕《全宋詩》卷239〈廟子灣辭〉、卷241〈弔李膺辭〉、卷254〈翠羽辭〉。按，《梅堯臣集編年校注》卷23〈翠羽辭〉。校云：「詩見殘宋本，他本皆無。」

〔註33〕堯臣作品均列入《全宋文》卷592。

〔註34〕除〈廟子灣辭〉、〈弔李膺辭〉、〈放鵲〉外，還有〈禽言四首：子規〉、〈汴子水三章送淮南提刑李舍人〉、〈見牻平叔〉、〈雨還〉、〈聞臨淄公薨〉、〈送王平甫擬離騷〉等六篇，共計九篇，一併收入《宋代辭

備「用『兮』字句寫成」和「以賦爲名」兩個基本條件〔註35〕，是以〈放鵲〉應排除在騷體賦之外。

歷來對於賦的判定，頗多爭議，今依黃師水雲的說法作爲判斷依據：「對於賦之義界，筆者以爲當局限於歷代作家自己標明爲辭賦者，或前人公認爲賦的作品爲主。」〔註36〕經翻檢《梅堯臣集編年校注》裡稱名爲賦的作品共計二十篇，並都具有文賦特質，因此擬以此爲本論文研究範圍，使作品探討角度更加集中，亦能凸顯梅堯臣的文賦地位。（附錄一：梅堯臣辭賦作品出處表）

確立研究範圍後，本論文將透過知人論世的方法，先從外緣剖析梅堯臣之時代背景、生平經歷、詩友交遊與作品之關係，再探究北宋文學趨勢與文賦的發展概況及特徵，復以內在探索文本之思想內容及形式結構，並參酌其詩歌、詩論和同時友人同題或題目相近之作品，分析歸納，尋繹出梅堯臣辭賦之風格特色與地位。

第三節　前人研究成果探究

梅堯臣的相關研究，成果頗爲豐碩，但歷來多著眼於「宋詩開山祖師」的討論，今詳細分析前人的研究成果，期能對此內容龐雜、數量眾多的資料作一歸納整理。以下將前人以梅堯臣爲探討專題者，分生平、詩論、詩歌、辭賦四部分做有系統的呈現。

一、生平方面

有關梅堯臣的生平資料，經由年譜考證、作品編年、傳記書寫、

賦全編》卷1騷體辭。另〈禽言四首：子規〉入《全宋詩》卷238、〈汴子水三章送淮南提刑李舍人〉入卷246、〈見胥平叔〉入卷249、〈雨還〉入卷250、〈聞臨淄公薨〉入卷256、〈送王平甫擬離騷〉入卷258。

〔註35〕郭建勛：《辭賦文體研究》（北京：中華書局，2007年4月），頁7。

〔註36〕黃水雲：《歷代辭賦通論》（臺北：文津出版社，2008年9月），頁41。

資料彙編及朋遊探究等，已可得其梗概，惟〈書竄〉〔註37〕詩、《碧雲騢》究竟是誰所撰，仍是一樁歷史疑案。

　　梅堯臣年譜首見於元人張師曾所編《宛陵先生年譜》〔註38〕，資料雖不完整，但張氏與堯臣同為宛陵人，且年代較近，所記多可提供參考。夏敬觀選註《梅堯臣詩》〔註39〕及日人筧文生作《梅堯臣》〔註40〕，亦皆附有年譜，惟二者都粗具綱目，未能詳備。劉筱媛《梅堯臣年譜及其詩》〔註41〕是最早以梅堯臣為研究對象的學位論文，文中除由詩題繫年仔細考訂年譜外，對於《宛陵集》版本、〈書竄〉詩作者真偽等也都考辨甚詳。劉守宜《梅堯臣詩之研究及其年譜》〔註42〕一書，年譜尤詳於詩，分正文和譜前兩部分，譜前列敘《宛陵集》所收梅堯臣與親族、交遊酬和之詩題，依人分類，記載詳盡。周玉蕙所撰《梅堯臣生平研究考述》〔註43〕，其中第五章〈詩題編年〉多參採朱東潤《梅堯臣集編年校注》，在生平、著作、後人研究及評論等章節，則彙錄了大量的研究資料，可提供後學者一個參考方向。李一飛〈梅堯臣早期事跡考〉〔註44〕一文，為鉤稽梅堯臣追憶前事之作，證以其他史料，考察其在天聖九年三十歲前的事跡。吳孟復

〔註37〕《梅堯臣集編年校注》卷21。校云：「詩見殘宋本，他本皆無。」
〔註38〕〔元〕張師曾：《宛陵先生年譜》，收入北京圖書館編：《北京圖書館藏珍本年譜叢刊》（北京：北京圖書館出版社，1999年），冊13，頁327。按，該年譜撰於元順帝至元元年（1335）。
〔註39〕〔宋〕梅堯臣撰、夏敬觀選註：《梅堯臣詩》（長沙：商務印書館，1940年3月）。本書原收入《學生國學叢書》，今存中央研究院，已絕版。
〔註40〕〔宋〕梅堯臣撰、〔日〕筧文生注：《梅堯臣》，收入《中國詩人選集二集》第3卷（東京：岩波書店，1962年8月）。
〔註41〕劉筱媛：《梅堯臣年譜及其詩》（臺北：國立臺灣大學中國文學研究所碩士論文，1970年）。
〔註42〕劉守宜：《梅堯臣詩之研究及其年譜》（臺北：文史哲出版社，1980年4月）。
〔註43〕周玉蕙：《梅堯臣生平研究考述》（臺北：東大圖書公司，1987年11月）。
〔註44〕李一飛：〈梅堯臣早期事跡考〉，《文學遺產》第2期（2002年），頁73。

〈梅堯臣事跡考略〉〔註45〕、〈梅堯臣年譜〉〔註46〕及〈梅堯臣年譜
（續完）〉〔註47〕是以張師曾所撰年譜爲本，旁稽宋人別集、筆記及
地志、譜牒，考證翔實，取材宏富。

　　明萬曆初年，梅一科據家藏本重加校刻南宋陳天麟〈許昌梅公
年譜〉和元張師曾〈宛陵先生年譜〉，並蒐集家藏的二梅（梅詢、梅
堯臣）其他文獻，分別附刻於二人譜後，合於一帙爲《二梅公年譜》
〔註48〕。此書清代以來流布不廣，傳世甚稀，湯華泉的〈《二梅公年
譜》及其文獻價值〉〔註49〕一文，將《二梅公年譜》關於梅堯臣家
世、子嗣情況、經歷、交往詩及背景資料的記述，與其他傳世文獻有
所出入，或不見於其他傳世載籍者加以考察，並從中輯錄《全宋
文》、《全宋詩》、《全元文》失收的二梅及宋元其他人士詩文作品，甚
具參考價值。

　　有關傳記資料方面，梅堯臣事蹟參見歐陽修〈梅聖俞墓誌銘〉
〔註50〕、《宋史》卷四四三本傳〔註51〕。筧文生在《梅堯臣》書前的
〈解說〉中，撮述梅堯臣生平傳略、詩歌特色等，之後又寫了一篇〈梅
堯臣論〉〔註52〕，是該〈解說〉的補充說明。筧氏該兩篇文字業經中

〔註45〕吳孟復：〈梅堯臣事跡考略〉，《安徽大學學報（哲學社會科學版）》
　　　　第 2 期（1988 年），頁 53。

〔註46〕吳孟復：〈梅堯臣年譜〉，《安徽文獻研究集刊》第 1 卷（合肥：黃山
　　　　書社，2004 年 12 月），頁 28。

〔註47〕吳孟復：〈梅堯臣年譜（續完）〉，《安徽文獻研究集刊》第 2 卷（合
　　　　肥：黃山書社，2006 年 5 月），頁 31。

〔註48〕〔明〕梅一科輯：《二梅公年譜》，《四庫全書存目叢書》史 82，頁
　　　　71。《二梅公年譜》是梅詢、梅堯臣叔姪二人年譜的合編本；梅一科
　　　　是梅氏二十世孫。

〔註49〕湯華泉：〈「二梅公年譜」及其文獻價值〉，見氏著《唐宋文學文獻研
　　　　究叢稿》（合肥：安徽大學出版社，2008 年 6 月），頁 349。

〔註50〕〔宋〕歐陽修撰、李逸安點校：〈梅聖俞墓誌銘〉，《歐陽修全集》（北
　　　　京：中華書局，2001 年 3 月），卷 33，頁 496。

〔註51〕〔元〕脫脫等：〈梅堯臣傳〉，《宋史》（北京：中華書局，1977 年 11
　　　　月），卷 443，頁 13091。

〔註52〕〔日〕筧文生：〈梅堯臣論〉，《東方學報（京都）》第 36 冊第 2 分（1964

文翻譯爲〈梅堯臣略說〉及〈梅堯臣詩論〉，輯入《唐宋詩文的藝術世界》〔註53〕。朱東潤《梅堯臣傳》〔註54〕力圖藉著立傳，讓後代讀者了解梅堯臣所處的環境及生平遭遇，以能正確理解其作品，對於堯臣一生幾個關鍵性問題，如預進士試的時間、〈書竄〉詩是否爲其所作等，朱氏都有自己基本的看法。

研究資料彙編部分，周義敢、周雷編《梅堯臣資料彙編》〔註55〕輯集從北宋中葉至「五四」以前有關梅堯臣研究的資料，內容大致包括生平事蹟記述、作品評論、詩文集版本考證、文字及典故詮釋等，資料完備。另蔡鎮楚編纂《梅堯臣詩話》〔註56〕，收入《續金針詩格》、《梅氏詩評》，並輯錄梅堯臣詩話八則。

在友朋遊從方面，有討論梅堯臣與歐陽修之間情誼的，如陳宗敏〈歐陽永叔與梅堯臣〉〔註57〕、張仲謀〈梅堯臣、歐陽修交誼考辨〉〔註58〕、陳公望〈梅堯臣與歐陽修〉〔註59〕、黃桃紅〈歐陽修與梅堯

〔註53〕〔日〕筧文生、〔日〕筧久美子撰、盧盛江、劉春林編譯：《唐宋詩文的藝術世界》（北京：中華書局，2007 年 10 月），頁 259。
〔註54〕朱東潤：《梅堯臣傳》，收入《朱東潤傳記作品全集》第 2 卷（上海：東方出版中心，1999 年 1 月）。
〔註55〕周義敢、周雷編：《梅堯臣資料彙編》（北京：中華書局，2007 年 8 月）。
〔註56〕蔡鎮楚編纂：《梅堯臣詩話》，收入《宋詩話全編》第 1 冊（南京：江蘇古籍出版社，1998 年 12 月），頁 147。按，據《宋史·梅堯臣傳》及叢書子目彙編知，堯臣除《宛陵集》外，還有下列著作：《唐載記》二十六卷（佚）、《毛詩小傳》二十卷（佚）、注《孫子》十三篇（存，見於《孫子十家注》中）、《梅氏詩評》一卷（存，見於《格致叢書》等）、《續金針詩格》一卷（存，見於《格致叢書》、道光十年梁中孚夜吟樓刊《宛陵集》等）、《碧雲騢》一卷（存，見於《說郛》等），其中《續金針詩格》、《碧雲騢》二文作者，歷來有爭議，至今未有定論。
〔註57〕陳宗敏：〈歐陽永叔與梅堯臣〉，《書和人》第 405 期（1980 年 12 月），頁 4。
〔註58〕張仲謀：〈梅堯臣、歐陽修交誼考辨〉，《徐州師範學院學報（哲學社會科學版）》第 4 期（1992 年），頁 51。
〔註59〕陳公望：〈梅堯臣與歐陽修〉，《牡丹江師範學院學報（哲學社會科學版）》（1995 年 4 月），頁 30。

臣的真摯情意〉〔註60〕。陳公望〈梅堯臣二題〉〔註61〕則分別論述梅堯臣與錢惟演、范仲淹間往來的情形。李之亮〈梅堯臣交遊考略〉〔註62〕及〈關於梅堯臣交遊的幾個問題〉〔註63〕乃根據《宋史》、《續資治通鑑長編》及方志、墓誌銘等，擇要對梅堯臣詩中的交遊對象加以考訂，作爲朱東潤《梅堯臣集編年校注》注釋的補充。另梅堯臣與歐陽修、蘇舜欽三人是志同道合的詩友，從歐陽修開始對堯臣和蘇舜欽二人並稱，並以蘇氏在前稱「蘇梅」者爲多，後人亦常因襲之，顧友澤〈論宋代文學史上「蘇梅」並稱〉〔註64〕即予探討「蘇梅」與「梅蘇」稱呼所分別代表的意義。

有關〈書竄〉詩、《碧雲騢》二文的作者，從宋朝以來一千餘年，聚訟紛紜，莫衷一是，今人亦不乏相關討論篇章。或云出自梅堯臣所作，如朱東潤《梅堯臣傳》採信堯臣爲聲援唐介而寫〈書竄〉一詩的行爲〔註65〕。孫雲清在〈「碧雲騢」新考〉〔註66〕中詳細論證，提出四點結論，而以爲《碧雲騢》是堯臣的述作。吳孟復〈梅堯臣年譜（續完）〉〔註67〕考論〈書竄〉詩、《碧雲騢》二文當非出魏泰之手。呂變庭〈慶曆新政前後及新政期間的梅堯臣〉〔註68〕從歷史現實考據，認

〔註60〕黃桃紅：〈歐陽修與梅堯臣的真摯情意〉，《蘭台世界》上半月（2009年2月），頁55。

〔註61〕陳公望：〈梅堯臣二題〉，《牡丹江師範學院學報（哲學社會科學版）》（1994年2月），頁37。

〔註62〕李之亮：〈梅堯臣交遊考略〉，《文獻》第4期（2001年10月），頁109。

〔註63〕李之亮：〈關於梅堯臣交遊的幾個問題〉，《中州學刊》第6期（2001年11月），頁59。

〔註64〕顧友澤：〈論宋代文學史上「蘇梅」並稱〉，收入張高評主編：《宋代文學研究叢刊》第13期（2006年12月），頁55。

〔註65〕見〈書竄〉詩校文，朱東潤《梅堯臣詩選》，頁141、《梅堯臣集編年校注》，頁581。

〔註66〕孫雲清：〈「碧雲騢」新考〉，收入徐規主編：《宋史研究集刊》（杭州：浙江古籍出版社，1986年4月），頁341。

〔註67〕同註47，《梅堯臣年譜（續完）》，頁33、55。

〔註68〕呂變庭：〈慶曆新政前後及新政期間的梅堯臣〉，《黨史博採（理論）》（2005年8月），頁20。

爲堯臣寫〈書竄〉詩，是針對整個北宋的社會制度，堯臣與范仲淹的關係，不只是個人恩怨，而是整個北宋社會悲劇的縮影。吳楠〈因心而友　唯才是舉——從范仲淹與梅堯臣交遊看其人格魅力〉[註69] 考察梅、范二人的交遊經過，從中體現范仲淹的高風亮節及唯才是舉的用人原則，而以堯臣寫《碧雲騢》失忠厚之旨。或以爲魏泰所作而嫁之梅堯臣，如劉筱媛《梅堯臣年譜及其詩》中〈書竄詩考〉一節，列舉〈書竄〉詩是堯臣作的理由有二，不是堯臣作的理由有六，辨之甚詳[註70]；另從堯臣與范仲淹的關係論述，認爲「只要明白梅、范的交往，《碧雲騢》是堯臣寫了特地攻擊范的理論，便不攻自破。」劉守宜《梅堯臣詩之研究及其年譜》、周玉蕙《梅堯臣生平研究考述》均持〈書竄〉詩非堯臣所爲之說。劉子健在〈梅堯臣「碧雲騢」與慶曆黨爭中的士風〉[註71] 一文中，考證《碧雲騢》的內容往往不符事實，應是僞造的誹謗文字。

二、詩論方面

　　梅堯臣的詩論主要體現在三方面，一是追求「意新語工」、「狀難寫之景如在目前，含不盡之意見於言外」（引歐陽修《六一詩話》語），即立意要新穎獨特，注重詩歌之形象和意境之含蓄；二是主張恢復詩騷傳統；三是提倡平淡自然之美，這些觀點從一個側面反映了堯臣詩歌的成就，而從堯臣的辭賦作品中，也可印證其詩論在實際創作上的實踐。

　　在博碩士論文部分，陳金現《梅堯臣詩論之研究》[註72] 將焦

〔註69〕吳楠、邊翠芳、王甜甜：〈因心而友　唯才是舉——從范仲淹與梅堯臣交遊看其人格魅力〉，《遼寧行政學院學報》第 9 卷第 2 期（2007年 2 月），頁 109。

〔註70〕同註 41，《梅堯臣年譜及其詩》，頁 91。

〔註71〕劉子健：〈梅堯臣「碧雲騢」與慶曆黨爭中的士風〉，見氏著《兩宋史研究彙編》（臺北：聯經出版事業公司，1987 年 11 月），頁 103。

〔註72〕陳金現：《梅堯臣詩論之研究》（臺北：國立臺灣師範大學國文研究所碩士論文，1985 年）。

點放在梅堯臣詩論中的風格論與技巧論，以及平淡、怪巧詩風對江西
詩派、陸游的影響。尤敏慧《梅聖俞宛陵體發微》〔註73〕則由宛陵體
入手，探討梅堯臣詩自成一家之風的特色。黃美鈴《歐、梅、蘇與宋
詩的形成》〔註74〕藉由歐陽修、梅堯臣、蘇舜欽三人詩歌理論與作品
整體特色的探究，討論宋詩特徵的形成。夏荔《一代詩風的開創者
——論蘇舜欽、梅堯臣在詩歌發展由唐入宋轉變中的作用》〔註75〕乃
由文藝學角度，論述了梅堯臣詩的美學特徵。楊慧《梅堯臣詩論的
美學思想》〔註76〕透過「因事有所激，因物興以通」的現實品格、
「狀難寫之景如在目前，含不盡之意見於言外」的意境說、「覃思精
微，意新語工」的創新意識、「順物玩情，平淡邃美」的平淡說、「作
者得於心，覽者會以意」的讀者意識等歸類，呈現梅堯臣詩論的美
學觀。

　　評析梅堯臣詩論的期刊論文，有些學者以旨趣平淡或古淡一種風
格論之，如呂美生〈梅堯臣的詩論及其創作〉〔註77〕、〈梅堯臣「平
淡」詩論再探〉〔註78〕及〈梅堯臣詩歌理論的歷史貢獻〉〔註79〕、陳
光明〈論梅堯臣詩歌的平淡風格〉〔註80〕、周夢江〈試論梅堯臣的詩

〔註73〕尤敏慧：《梅聖俞宛陵體發微》（臺北：國立臺灣師範大學國文研究
　　　　所碩士論文，1994年）。
〔註74〕黃美鈴：《歐、梅、蘇與宋詩的形成》（臺北：文津出版社，1998年5
　　　　月）。本書原爲黃美玲在國立臺灣師範大學國文研究所的博士論文。
〔註75〕夏荔：《一代詩風的開創者——論蘇舜欽、梅堯臣在詩歌發展由唐入
　　　　宋轉變中的作用》（大連：遼寧師範大學碩士論文，2001年）。
〔註76〕楊慧：《梅堯臣詩論的美學思想》（瀋陽：遼寧大學碩士論文，2003
　　　　年）。
〔註77〕呂美生：〈梅堯臣的詩論及其創作〉，《古代文學理論研究叢刊》第2
　　　　輯（上海：上海古籍出版社，1980年7月），頁253。
〔註78〕呂美生：〈梅堯臣「平淡」詩論再探〉，《學術界》第5期（1987年），
　　　　頁55。
〔註79〕呂美生：〈梅堯臣詩歌理論的歷史貢獻〉，《安徽大學學報（哲學社會
　　　　科學版）》第2期（1988年），頁62。
〔註80〕陳光明：〈論梅堯臣詩歌的平淡風格〉，《湘潭大學社會科學學報》第
　　　　2期（1984年），頁66

歌〉〔註81〕、張福勛〈看似尋常最奇崛，成如容易卻艱辛——梅堯臣詩「平淡」發微〉〔註82〕、莫礪鋒〈論梅堯臣詩的平淡風格〉〔註83〕、郭鵬〈從歐陽修對梅堯臣詩的品評看北宋詩學的發生〉〔註84〕、都業智〈梅堯臣的「平淡」論〉〔註85〕、徐樂軍〈梅堯臣「平淡」詩論探析〉〔註86〕、郭英德〈清切平淡宛陵詩〉〔註87〕、張自華〈梅堯臣的「古淡」論〉〔註88〕、張進〈梅、歐與蘇軾平淡詩美觀詮釋〉〔註89〕、任翌〈慶曆時期梅堯臣的詩風特徵〉〔註90〕、王順娣〈梅堯臣的平淡詩觀〉〔註91〕等篇。

　　有些學者則認為平淡不能完全概括梅堯臣詩的風格，如秦寰明〈論梅堯臣詩歌的藝術風格〉〔註92〕、陳金現〈梅堯臣詩風格初探〉

〔註81〕周夢江：〈試論梅堯臣的詩歌〉，《杭州師範學院學報》第 4 期（1989年 5 月），頁 72。

〔註82〕張福勛：〈看似尋常最奇崛，成如容易卻艱辛——梅堯臣詩「平淡」發微〉，《內蒙古師大學報（哲學社會科學版）》第 3 期（1990 年），頁 85。

〔註83〕莫礪鋒：〈論梅堯臣詩的平淡風格〉，《文學研究》第 1 輯（南京：南京大學出版社，1992 年 5 月），頁 112。

〔註84〕郭鵬：〈從歐陽修對梅堯臣詩的品評看北宋詩學的發生〉，《社會科學戰線》第 2 期（1997 年），頁 143。

〔註85〕都業智：〈梅堯臣的「平淡」論〉，《瀋陽師範學院學報（社會科學版）》第 25 卷第 1 期（2001 年 1 月），頁 42。

〔註86〕徐樂軍：〈梅堯臣「平淡」詩論探析〉，《廣東農工商職業技術學院學報》第 17 卷第 3 期（2001 年 8 月），頁 83。

〔註87〕郭英德：〈清切平淡宛陵詩〉，《古典文學知識》第 5 期（2003 年），頁 51。

〔註88〕張自華：〈梅堯臣的「古淡」論〉，《湛江師範學院學報》第 25 卷第 2期（2004 年 4 月），頁 23。

〔註89〕張進：〈梅、歐與蘇軾平淡詩美觀詮釋〉，《唐都學刊》第 2 期（2004年），頁 99。

〔註90〕任翌：〈慶曆時期梅堯臣的詩風特徵〉，《光明日報》（2008 年 2 月 8日）。

〔註91〕王順娣：〈梅堯臣的平淡詩觀〉，《社科縱橫》總第 23 卷第 8 期（2008年 8 月），頁 92。

〔註92〕秦寰明：〈論梅堯臣詩歌的藝術風格〉，《南京師大學報（社會科學版）》第 2 期（1986 年），頁 65。

〔註93〕、周明辰〈梅堯臣與宋詩風〉〔註94〕、日人橫山伊勢雄〈梅堯
臣的詩論──兼正梅堯臣「學唐人平淡處」之論〉〔註95〕、艾思同〈論
梅堯臣的詩風〉〔註96〕、霍松林〈談梅堯臣詩歌題材、風格的多樣性〉
〔註97〕、李萍〈論梅堯臣詩歌的藝術個性〉〔註98〕、馬茂軍〈慶曆黨
議與梅堯臣詩風的嬗變〉〔註99〕、吳大順〈歐陽修論梅堯臣詩歌風格〉
〔註100〕等篇。

　　另外，朱東潤對梅堯臣的研究致力頗深，除了多本專書論著外，
期刊論文有〈陸游和梅堯臣〉〔註101〕、〈梅堯臣詩的評價〉〔註102〕、
〈論梅堯臣的詩〉〔註103〕、〈梅堯臣〉〔註104〕和收在《中國文學論

〔註93〕陳金現：〈梅堯臣詩風格初探〉，《輔英學報》第9期（1989年12月），
　　　　頁205。
〔註94〕周明辰：〈梅堯臣與宋詩風〉，《大同高等專科學校學報（綜合版）》
　　　　第3期（1994年），頁22。
〔註95〕〔日〕橫山伊勢雄撰、張寅彭譯：〈梅堯臣的詩論──兼正梅堯臣
　　　　「學唐人平淡處」之論〉，《蘇州大學學報（哲學社會科學版）》第2
　　　　期（1996年），頁51。
〔註96〕艾思同：〈論梅堯臣的詩風〉，《山東師大學報（社會科學版）》第5
　　　　期（1996年），頁86。
〔註97〕霍松林：〈談梅堯臣詩歌題材、風格的多樣性〉，見氏著《唐音閣論
　　　　文集》（石家莊：河北教育出版社，2000年12月），頁278。
〔註98〕李萍：〈論梅堯臣詩歌的藝術個性〉，《南京工業職業技術學院學報》
　　　　第5卷第3期（2005年9月），頁35。
〔註99〕馬茂軍：〈慶曆黨議與梅堯臣詩風的嬗變〉，《甘肅聯合大學學報（社
　　　　會科學版）》第22卷第2期（2006年4月），頁43。
〔註100〕吳大順：〈歐陽修論梅堯臣詩歌風格〉，《湖南工業大學學報（社會
　　　　科學版）》第13卷第4期（2008年8月），頁57。
〔註101〕朱東潤：《陸游研究》（北京：中華書局，1961年9月），頁82。
〔註102〕朱東潤：〈梅堯臣詩的評價〉，《中華文史論叢》第7輯（復刊號）（上
　　　　海：上海古籍出版社，1978年7月），頁255。本篇又收入《梅堯
　　　　臣集編年校注》為〈敘論一〉。
〔註103〕朱東潤：〈論梅堯臣的詩〉，《復旦學報（社會科學版）》第1期（1978
　　　　年10月），頁37。本篇為《梅堯臣詩選》序文的前半部。
〔註104〕朱東潤：〈梅堯臣〉，收入山東大學文史哲研究所主編：《中國歷代
　　　　著名文學家評傳》第3卷（濟南：山東教育出版社，1984年5月），
　　　　頁79。

集》〔註105〕中的三篇：〈關於梅堯臣詩的一些議論〉、〈梅堯臣詩的特點〉及〈梅堯臣作詩的主張〉，考述豐富，立論精審，多為後學者所引用。張海鷗〈梅堯臣的詩歌審美觀及其文化意蘊〉〔註106〕用當代人的文藝觀、歷史觀、文化觀，從比較深廣的歷史、文化聯繫中重新審視，尋繹出梅堯臣詩審美觀所體現的民族歷史文化傳統、蘊涵的時代精神及顯示的時尚審美心理、文人心態。美國人 Jonathan Chaves 的〈梅堯臣和宋代詩歌理論〉〔註107〕一文，詳細分析梅堯臣的詩歌思想，尤其是其對「平淡」的論述，並研究追溯宋代早期詩歌的淵源、發展，將堯臣的詩歌理論介紹到歐美。另一位美國人 Michael E. Workman 的〈梅堯臣與黃庭堅——北宋的文人詩人〉〔註108〕，乃根據梅、黃的詩與詩論，探討二人古詩的特色，並為鑑別梅堯臣在黃庭堅藝術成就中所扮演的角色，說明了文學模仿與文學影響的差異。謝佩芬〈梅堯臣「平淡」說之起源與意涵〉〔註109〕則獨創新解，由不同路向進行研究，發現釋智圓「立意造平淡，冥搜出眾情」之說是宋詩首論平淡者，樹立了平淡的新性格——以立意、冥搜為要素，這對梅堯臣，乃至其後宋人的平淡觀不無指導作用，故宋詩平淡之說並非創自梅堯臣，而是另有其人。

〔註105〕 朱東潤：《中國文學論集》（北京：中華書局，1983 年 4 月），頁 222。

〔註106〕 張海鷗：〈梅堯臣的詩歌審美觀及其文化意蘊〉，《廣州大學學報（社會科學版）》第 1 期（1988 年），頁 28。

〔註107〕 〔美〕Jonathan Chaves 撰、朱杰人譯、陳龍校：〈梅堯臣和宋代詩歌理論〉，《歷史文獻研究》北京新三輯（北京：北京燕山出版社，1992 年 7 月），頁 336。本篇原文出處為"Mei Yao-chen and the development of early Sung poetry," *Studies in Oriental culture*, no. 13. New York: Columbia University Press, 1976, pp.245。

〔註108〕 〔美〕Michael E. Workman：〈梅堯臣與黃庭堅——北宋的文人詩人〉，《清華學報》新 13 卷第 1、2 期合刊（1981 年 12 月），頁 161。本篇原文為"Mei Yao-Ch'en and Huang T'ing-Chien: Literati Poets of Northern Sung (960-1126)."係英文稿論文，附有中文摘要。

〔註109〕 謝佩芬：〈梅堯臣「平淡」說之起源與意涵〉，《中國文學研究》第 12 期（臺北：國立臺灣大學中國文學研究所，1998 年 5 月），頁 185。

三、詩歌方面

梅堯臣一生致力爲詩，《宛陵集》中有詩作五十九卷，二千八百餘篇，尚有遺佚之作，加上題材廣泛、風格多樣，後人對其在詩歌上的造詣成就，多有專題評論散見於各期刊學報中，數量甚夥，有些學者則以梅堯臣詩校注作爲研究之重點，成果亦相當可觀。梅堯臣的詩歌與辭賦之間，可見彼此同題者如〈凌霄花〉詩與〈凌霄花賦〉，或者雖不同題但命意情調相似，如同寫失去鸂鶒的〈失鸂鶒〉詩和〈哀鸂鶒賦〉，或以七夕爲詠的〈七夕〉、〈七夕詠懷〉等詩及〈乞巧賦〉，還有同藉鸚鵡、鳩等禽鳥爲題的詩和賦，皆可見其詩賦相通現象。

有關梅堯臣詩歌校注部分，夏敬觀的《梅堯臣詩》，是堯臣詩最早的選注本，採分體編制，書前有夏氏所寫的導言〔註110〕。筧文生注《梅堯臣》，乃摘錄翻譯成日文，並加以詮釋，讓堯臣詩得以對國外傳播。夏敬觀、趙熙所撰《梅宛陵詩評注》〔註111〕，係以中華書局《四部備要》本《宛陵集》六十卷爲藍本，於每首詩加以校注圈點批語，由曾克耑輯纂而成。朱東潤《梅堯臣詩選》〔註112〕爲中型普及選本，注解較夏本爲詳，與朱氏另外之《梅堯臣傳》、《梅堯臣集編年校注》合稱「梅堯臣三書」。另外，錢鍾書在《宋詩選註》〔註113〕中，也選錄了梅堯臣詩七首，大多爲社會詩。李德身的《歐梅詩傳》

〔註110〕 《梅堯臣集編年校注》迻錄15〈夏敬觀梅堯臣詩導言〉。吳淑鈿〈夏注《梅堯臣詩》的詩學意義〉從夏注堯臣詩所表現的詩學思想、詩歌審美觀念及詩史作用三部分加以論述，最後藉探討朱東潤的堯臣詩論著特點，歸結夏注的現代堯臣詩研究價值，見解精闢。見《中國文化研究所學報》第49期（2009年），頁303。

〔註111〕 〔宋〕梅堯臣撰、夏敬觀、趙熙原著、曾克耑纂集：《梅宛陵詩評注》（臺北：臺灣商務印書館，1983年5月）。

〔註112〕 〔宋〕梅堯臣撰、朱東潤選注：《梅堯臣詩選》（北京：人民文學出版社，1997年10月）。

〔註113〕 錢鍾書：《宋詩選註》（北京：生活・讀書・新知三聯書店，2001年1月），頁22。錄有梅堯臣詩〈田家〉、〈陶者〉、〈田家語〉、〈汝墳貧女〉、〈魯山山行〉、〈東溪〉、〈考試畢登銓樓〉等七首。

〔註 114〕，書名將歐陽修、梅堯臣並稱，而不把蘇舜欽並列其中，乃因歐梅詩派出而宋初詩風變，推譽及肯定二人為開創詩派、始變舊格的代表人物。本書除選注歐陽修、梅堯臣詩作各一百三十五首外，還有蘇舜欽、王安石詩作，列於附錄，以見這一流派的概貌。

在學位論文方面的研究，吳大順《歐梅唱和論》〔註 115〕探討歐陽修與梅堯臣詩文唱和創作的互動效應，對宋詩發展演進的作用及影響。施霞《梅堯臣詩歌研究》〔註 116〕從梅堯臣詩雄渾詩風的視角，考察堯臣所處崇「格」的時代心理對其詩風的影響，以及如何在詩作中體現。殷三《梅堯臣詠物詩研究》〔註 117〕根據梅堯臣之仕途經歷和創作情況，將其詠物詩劃分四期，探索其總體風貌。王淮喜《梅堯臣詩風嬗變之研究》〔註 118〕論證景祐元年以前，梅堯臣詩主要體現「清麗閑肆」的特徵；而景祐後，則為「深健渾樸」的風格。陳文苑《宋代梅堯臣接受研究》〔註 119〕以為宋詩的獨創性和有別於前詩的突兀性，正是梅堯臣詩卓爾不群的藝術個性的延展與伸張，而劉克莊總結宋詩的本質特徵時，一語「開山祖師」道出了堯臣的偉大。穆迪《梅堯臣紀遊詩研究》〔註 120〕以紀遊詩為切入點，從文藝學角度針對梅堯臣詩的特異性進行研究，透析其在創作手法、詩歌風貌及題材抉擇方面的獨特性，從而揭示作為「開山」的意義。綠川英樹《梅堯臣與北宋詩壇研究》〔註 121〕與王秀春《歐蘇梅詩歌歷時性研究》〔註 122〕

〔註 114〕 李德身：《歐梅詩傳》（長春：吉林人民出版社，2000 年 1 月）。

〔註 115〕 吳大順：《歐梅唱和論》（桂林：廣西師範大學碩士論文，2002 年）。

〔註 116〕 施霞：《梅堯臣詩歌研究》（成都：四川大學碩士論文，2003 年）。

〔註 117〕 殷三：《梅堯臣詠物詩研究》（合肥：安徽大學碩士論文，2006 年）。

〔註 118〕 王淮喜：《梅堯臣詩風嬗變之研究》（南昌：南昌大學碩士論文，2007 年）。

〔註 119〕 陳文苑：《宋代梅堯臣接受研究》（桂林：廣西師範大學碩士論文，2008 年）。

〔註 120〕 穆迪：《梅堯臣紀遊詩研究》（上海：上海師範大學碩士論文，2008 年）。

〔註 121〕 〔日〕綠川英樹：《梅堯臣與北宋詩壇研究》（南京：南京大學博士論文，2002 年）。

則從整體性的學術視野，考究同時代詩人對梅堯臣詩風的影響，不再以詩歌作品作爲主體探尋。

　　至於期刊專論更是數量繁多，其中或有重複、見解雷同之處，但亦能較清楚地呈現當前梅堯臣詩歌研究的方向。陳宗敏〈梅聖俞其人其詩〉〔註123〕概述梅堯臣的生平、性格和深遠閑淡、詩窮後工、關注社會民生等詩歌特色。吳大順〈論梅堯臣觀照山水的基本範型〉〔註124〕論述梅堯臣既吸收前人的創作技巧，又有自己的創新，運用了「出遊觀景，移步換形」、「精選視點，三維眺覽」、「專注一景，凝眸近觀」、「虛擬泛化，因情造景」四種基本範型來觀照山水景物。鞏本棟〈北宋黨爭與梅堯臣的詩歌創作〉〔註125〕一文，就北宋黨爭的角度，探討梅堯臣與范仲淹的矛盾與其古拙簡勁詩風的形成。張仲謀〈梅堯臣詩「以醜爲美」論〉〔註126〕從取材、用字、用韻和意象幾個層面，論證梅堯臣詩所體現以醜爲美的審美趣味，並考察其創作傾向之成因。綠川英樹〈梅堯臣與黃庭堅──兼論北宋詩壇「怪巧」風格的嬗變〉〔註127〕詳談梅堯臣、謝景初（梅堯臣之妻任）、黃庭堅（謝景初之女婿）三者間的關係，說明謝景初對黃庭堅詩風確立的影響，再從押韻、句法及立意探討梅、黃二人「怪巧」詩風的異同，藉其異中之同，考察宋詩的嬗變。晶巧平〈論「瀛奎律髓」對梅堯臣五律的

〔註122〕王秀春：《歐蘇梅詩歌歷時性研究》（南京：南京大學博士論文，2003年）。

〔註123〕陳宗敏：〈梅聖俞其人其詩〉，《中華文化復興月刊》第16卷第7期（1983年7月），頁64。

〔註124〕吳大順：〈論梅堯臣觀照山水的基本範型〉，《懷化師專學報》第18卷第6期（1999年12月），頁53。

〔註125〕鞏本棟：〈北宋黨爭與梅堯臣的詩歌創作〉，收入王水照主編：《首屆宋代文學國際研討會論文集》（上海：復旦大學出版社，2001年6月），頁129。

〔註126〕張仲謀：〈梅堯臣詩「以醜爲美」論〉，見氏著《近古詩歌研究》（北京：中國社會科學出版社，2002年12月），頁23。

〔註127〕〔日〕綠川英樹：〈梅堯臣與黃庭堅──兼論北宋詩壇「怪巧」風格的嬗變〉，《中國詩學》第8輯（北京：人民文學出版社，2003年6月），頁142。

評點〉〔註 128〕文中，以《瀛奎律髓》推崇梅堯臣五律「宋代第一」
為切入點，從「詩味」的角度進行探源，認為堯臣詩有「味」是方回
所云「宋代第一」的根本原因；「詩韻」是方回評點堯臣詩之「味」
的另一說法。徐丹麗〈陸游效梅宛陵體初探〉〔註 129〕論述陸游對梅
堯臣的推崇和其仿效之作，認為陸氏對堯臣的品評和學習，是站在詩
歌史的高度，不僅在字句之間，也在字句之外。呂玲娣〈北宋詩人梅
堯臣用韻研究〉〔註 130〕通過對梅堯臣詩的詩韻研究，發現其古體詩
在一定程度上反映了當時實際語音的面貌；近體詩則與古體詩舒聲部
分相同，且借韻、出韻現象十分普遍。代亮〈孟郊、梅堯臣窮苦之吟
異同論〉〔註 131〕以為兩位詩人相似處在於都堅守儒家的道德人格，
不同處則在藝術風貌、情感基調及由此體現的人生態度，並從中考察
唐宋詩風，以及唐宋士人在面對挫折時心態與精神追求的差異。龔玲
〈梅堯臣「窮者之詩」的內容特色〉〔註 132〕深入剖析梅堯臣「窮者
之詩」的具體表現，乃在於「憂思感憤，廣泛關注國計民生」、「窮居
隱約，深切表達人倫真情」、「放浪泉林，細緻刻劃山水清華」等內容
特色。邱志誠〈梅堯臣詩中的審醜意識——兼論宋詩以俗為雅風格的
形成〉〔註 133〕認為梅堯臣詩是我國文學審醜的先聲，是宋代經濟、
政治、思想、文化條件和文學自身發展演變的結果；堯臣詩的審醜意

〔註 128〕 轟巧平、李光生：〈論「瀛奎律髓」對梅堯臣五律的評點〉，《西南
民族大學學報（人文社科版）》總 25 卷第 2 期（2004 年 2 月），頁
150。

〔註 129〕 徐丹麗：〈陸游效梅宛陵體初探〉，《中國韻文學刊》第 20 卷第 1 期
（2006 年 3 月），頁 20。

〔註 130〕 呂玲娣：〈北宋詩人梅堯臣用韻研究〉，《阜陽師範學院學報（社會
科學版）》第 4 期（2007 年），頁 76。

〔註 131〕 代亮：〈孟郊、梅堯臣窮苦之吟異同論〉，《廣西社會科學》第 6 期
（2008 年），頁 146。

〔註 132〕 龔玲、張勤：〈梅堯臣「窮者之詩」的內容特色〉，《成都大學學報
（教育科學版）》第 22 卷第 8 期（2008 年 8 月），頁 126。

〔註 133〕 邱志誠、馮鼎：〈梅堯臣詩中的審醜意識——兼論宋詩以俗為雅風
格的形成〉，《中南大學學報（社會科學版）》第 14 卷第 6 期（2008
年 12 月），頁 841。

識，創立了宋詩「力避陳熟」、「以俗爲雅」的風格，對後世文學發展影響鉅大。陳慶豔〈論科舉考試對梅堯臣詩歌創作的影響〉〔註134〕則指出科考失利所導致的仕途坎坷和人生磨難，固然給梅堯臣帶來很多痛苦和無奈，但也賦予詩歌創作巨大的動力，不僅推動堯臣詩風格的轉變，更豐富其內容。

　　另外，或從梅堯臣詩風格的繼承與接受來研究，如周義敢〈梅堯臣詩的歷史評價〉〔註135〕、李劍鋒〈陶淵明接受史新局面的開創者梅堯臣〉〔註136〕、吳大順〈博採眾長話宛陵──論梅堯臣師法眾長對其詩風形成之影響〉〔註137〕和〈論宛陵師法眾長對其詩風形成之影響〉〔註138〕、張明華〈論梅堯臣詩對陶淵明的接受〉〔註139〕、尚永亮〈歐、梅對韓、孟的群體接受及其深層原因〉〔註140〕、楊再喜〈柳宗元詩歌傳播接授的開創者梅堯臣〉〔註141〕、楊理論〈「先生詩律擅雄渾」──陸游接受梅堯臣的一個獨特視角〉〔註142〕等篇；或針對意象手法的運用來探討，如張娜〈梅堯臣詩動物意象初探〉

〔註134〕陳慶豔：〈論科舉考試對梅堯臣詩歌創作的影響〉，《棗莊學院學報》第26卷第4期（2009年8月），頁30。

〔註135〕周義敢、周雷：〈梅堯臣詩的歷史評價〉，《安徽大學學報（哲學社會科學版）》第2期（1990年），頁63。

〔註136〕李劍鋒：〈陶淵明接受史新局面的開創者梅堯臣〉，《山東師大學報（社會科學版）》第5期（1997年），頁79。

〔註137〕吳大順：〈博採眾長話宛陵──論梅堯臣師法眾長對其詩風形成之影響〉，《廣西師院學報（哲學社會科學版）》第21卷第3期（2000年7月），頁40。

〔註138〕吳大順：〈論宛陵師法眾長對其詩風形成之影響〉，《廣西師範大學學報（哲學社會科學版）》第36卷第3期（2000年9月），頁40。

〔註139〕張明華、魏宏燦：〈論梅堯臣詩對陶淵明的接受〉，《廣西社會科學》第2期（2004年），頁140。

〔註140〕尚永亮、劉磊：〈歐、梅對韓、孟的群體接受及其深層原因〉，《四川大學學報（哲學社會科學版）》第4期（2005年7月），頁83。

〔註141〕楊再喜：〈柳宗元詩歌傳播接授的開創者梅堯臣〉，《湘潭師範學院學報（社會科學版）》第30卷第2期（2008年3月），頁97。

〔註142〕楊理論、駱曉倩：〈「先生詩律擅雄渾」──陸游接受梅堯臣的一個獨特視角〉，《社會科學戰線》第12期（2008年），頁236。

〔註 143〕、李萍〈論梅堯臣詩歌的意象群色澤〉〔註 144〕、穆迪〈我心豈是限南北　美好未必須深紅──論梅堯臣詩歌中的植物情結〉〔註 145〕等篇；或依題材內容的分類來闡述，如謝孝寵〈梅堯臣的詩是北宋社會階級矛盾的真實反映〉〔註 146〕、王永厚〈王安石與梅堯臣唱和農具詩〉〔註 147〕、陳光明〈不作浮靡風月詩　直辭千載耐沉思──梅堯臣詩歌的人民性〉〔註 148〕、方健〈梅堯臣茶詩注析〉〔註 149〕及〈梅堯臣茶詩注析（續）〉〔註 150〕、馬舒〈梅堯臣與建茶〉〔註 151〕、蘇莉〈芻議梅堯臣的茶人情懷及對當代茶道思想的啟示〉〔註 152〕、李栖〈梅堯臣的題畫詩〉〔註 153〕、張廷杰〈論梅堯臣的邊塞詩〉〔註 154〕、熊海英〈食趣・詩興・友情──梅堯臣的食魚詩〉

〔註 143〕張娜：〈梅堯臣詩動物意象初探〉，《社科縱橫》第 1 期（2001 年），頁 50。

〔註 144〕李萍：〈論梅堯臣詩歌的意象群色澤〉，《南京工業職業技術學院學報》第 4 卷第 2 期（2004 年 6 月），頁 62。

〔註 145〕穆迪、李偉：〈我心豈是限南北　美好未必須深紅──論梅堯臣詩歌中的植物情結〉，《九江學院學報》第 26 卷第 5 期（2007 年 10 月），頁 62。

〔註 146〕謝孝寵：〈梅堯臣的詩是北宋社會階級矛盾的真實反映〉，《文史哲》第 8 期（1956 年），頁 58。

〔註 147〕王永厚：〈王安石與梅堯臣唱和農具詩〉，《農業考古》第 1 期（1984 年 2 月），頁 137。

〔註 148〕陳光明：〈不作浮靡風月詩　直辭千載耐沉思──梅堯臣詩歌的人民性〉，《湘潭大學學報（哲學社會科學版）》第 S1 期（1986 年），頁 50。

〔註 149〕方健：〈梅堯臣茶詩注析〉，《農業考古・中國茶文化專號（2）》第 4 期（1991 年 12 月）。

〔註 150〕方健：〈梅堯臣茶詩注析（續）〉，《農業考古・中國茶文化專號（3）》第 2 期（1992 年 6 月），頁 137。

〔註 151〕馬舒：〈梅堯臣與建茶〉，《福建茶葉》第 3 期（1997 年），頁 48。

〔註 152〕蘇莉：〈芻議梅堯臣的茶人情懷及對當代茶道思想的啟示〉，《茶葉》第 35 卷第 1 期（2009 年 3 月），頁 58。

〔註 153〕李栖：〈梅堯臣的題畫詩〉，《中國學術年刊》第 13 期（1992 年 4 月），頁 189。

〔註 154〕張廷杰：〈論梅堯臣的邊塞詩〉，《寧夏大學學報（哲學社會科學版）》第 20 卷第 1 期（1998 年），頁 57。

〔註155〕、陳金現〈梅堯臣的夢與詩〉〔註156〕、王祥〈北宋交通與梅堯臣的紀行詩〉〔註157〕、張健〈梅堯臣的悼亡詩〉〔註158〕、王淮喜〈伉儷之悲 斷腸心碎——梅堯臣悼亡詩敘議〉〔註159〕、陶廣學、盧瑞彬〈梅氏悼亡詩的平淡邃美及其倫理文化意義〉〔註160〕及〈平凡中的眞情 平淡中的深邃——論梅堯臣的悼亡詩〉〔註161〕、萬艷紅〈此恨不可窮 悲淚空流枕——論梅堯臣悼亡詩的創作內涵及抒情藝術〉〔註162〕、朱海萍〈北宋梅堯臣的詠梅詩探析〉〔註163〕、顧雪〈「我本山水鄉，看山常不足」——梅堯臣詠宣城詩研究〉〔註164〕等篇；或自佛禪思想對堯臣詩歌創作的影響來探究，如陳利娟〈梅堯臣與禪宗〉〔註165〕、梁珍明〈梅堯臣與佛教〉〔註166〕等篇；或就堯

〔註155〕 熊海英：〈食趣‧詩興‧友情——梅堯臣的食魚詩〉，《文史知識》第 8 期（2005 年 8 月），頁 70。

〔註156〕 陳金現：〈梅堯臣的夢與詩〉，《興大人文學報》第 36 期（2006 年 3 月），頁 105。

〔註157〕 王祥：〈北宋交通與梅堯臣的紀行詩〉，《瀋陽師範大學學報（社會科學版）》第 31 卷第 3 期（2007 年 5 月），頁 62。

〔註158〕 張健：〈梅堯臣的悼亡詩〉，收入張高評主編：《宋代文學研究叢刊》第 3 期（1997 年 9 月），頁 257。

〔註159〕 王淮喜：〈伉儷之悲 斷腸心碎——梅堯臣悼亡詩敘議〉，《湖北教育學院學報》第 24 卷第 7 期（2007 年 7 月），頁 6。

〔註160〕 陶廣學、盧瑞彬：〈梅氏悼亡詩的平淡邃美及其倫理文化意義〉，《社會科學論壇》2008 卷 2B 期（2008 年 2 月），頁 105。

〔註161〕 陶廣學、盧瑞彬：〈平凡中的眞情 平淡中的深邃——論梅堯臣的悼亡詩〉，《安陽師範學院學報》第 3 期（2008 年 2 月），頁 84。

〔註162〕 萬艷紅：〈此恨不可窮 悲淚空流枕——論梅堯臣悼亡詩的創作內涵及抒情藝術〉，《現代語文（文學研究版）》第 9 期（2009 年），頁 49。

〔註163〕 朱海萍：〈北宋梅堯臣的詠梅詩探析〉，《河池學院學報》第 3 期（2009 年 6 月），頁 36。

〔註164〕 顧雪：〈「我本山水鄉，看山常不足」——梅堯臣詠宣城詩研究〉，《文教資料》上旬刊（2009 年 6 月），頁 8。

〔註165〕 陳利娟：〈梅堯臣與禪宗〉，《華南理工大學學報（社會科學版）》第 5 卷第 1 期（2003 年 3 月），頁 28。

〔註166〕 梁珍明：〈梅堯臣與佛教〉，《廣西教育學院學報》第 2 期（2005 年），頁 107。

臣詩之歷史地位加以論述，如吳孟復〈宋詩革新倡導者梅堯臣及其詩〉〔註167〕、王星琦、張宇聲〈開山祖師數宛陵——梅堯臣在宋代詩歌史上的貢獻〉〔註168〕、張宇聲〈開山祖師數宛陵——論梅堯臣詩〉〔註169〕、黎小瑤〈從梅堯臣「以詩代文」看宋詩散文化之端倪〉〔註170〕、王秀春〈北宋天聖明道年間歐、蘇、梅的詩歌創作〉〔註171〕、吳鶯鶯〈宋詩的「開山祖師」——梅堯臣〉〔註172〕、勞翠勤〈梅堯臣對宋詩的貢獻〉〔註173〕等篇；或從堯臣與歐陽修之間切磋詩藝及歐陽修品評的角度加以論析，如周治華〈試評歐陽修對梅堯臣及其詩的評價〉〔註174〕、陳友康〈梅堯臣詩的弊病与歐陽修的責任〉〔註175〕、馬中君〈北宋西京幕府中的梅堯臣與歐陽修〉〔註176〕、嚴杰〈贊「春秋筆法」而非論詩——梅堯臣「寄滁州歐陽永叔」詩意辨〉〔註177〕等篇；或從堯臣與蘇舜欽之間詩歌風格的比較予以討論，

〔註167〕吳孟復：〈宋詩革新倡導者梅堯臣及其詩〉，《江淮學刊》第 4 期（1963 年），頁 62。

〔註168〕王星琦、張宇聲：〈開山祖師數宛陵——梅堯臣在宋代詩歌史上的貢獻〉，《古典文學知識》第 3 期（1993 年 5 月），頁 64。

〔註169〕張宇聲：〈開山祖師數宛陵——論梅堯臣詩〉，《淄博師專學報》第 1 期（1994 年），頁 31。

〔註170〕黎小瑤：〈從梅堯臣「以詩代文」看宋詩散文化之端倪〉，《湛江師範學院學報（哲學社會科學版）》第 1 期（1994 年），頁 61。

〔註171〕王秀春：〈北宋天聖明道年間歐、蘇、梅的詩歌創作〉，《求索》第 6 期（2002 年），頁 169。

〔註172〕吳鶯鶯：〈宋詩的「開山祖師」——梅堯臣〉，《合肥學院學報（社會科學版）》第 22 卷第 3 期（2005 年 8 月），頁 54。

〔註173〕勞翠勤：〈梅堯臣對宋詩的貢獻〉，《考試周刊》第 16 期（2007 年），頁 92。

〔註174〕周治華：〈試評歐陽修對梅堯臣及其詩的評價〉，《西華師範大學學報（哲學社會科學版）》第 2 期（1982 年），頁 24。

〔註175〕陳友康：〈梅堯臣詩的弊病与歐陽修的責任〉，《雲南教育學院學報》第 10 卷第 3 期（1994 年 6 月），頁 50。

〔註176〕馬中君：〈北宋西京幕府中的梅堯臣與歐陽修〉，《洛陽師專學報（社會科學版）》第 3 期（1995 年），頁 77。

〔註177〕嚴杰：〈贊「春秋筆法」而非論詩——梅堯臣「寄滁州歐陽永叔」詩意辨〉，《井岡山師範學院學報（哲學社會科學）》第 21 卷第 3 期

如朱杰人〈北宋詩人梅堯臣和蘇舜欽的比較研究〉〔註 178〕、李法惠〈試論梅堯臣和蘇舜欽詩歌風格的異同〉〔註 179〕、楊旺生〈蘇舜欽梅堯臣藝術風格比較〉〔註 180〕等篇；或從堯臣與裴煜、宋敏修之間贈答詩歌來探討，如坂井多穗子〈梅堯臣の後半生の交友詩——裴煜と宋敏修について——〉〔註 181〕。

四、辭賦方面

對於梅堯臣辭賦的研究，僅於賦學資料中，零星可見部分之敘述，並未有專著做一通盤詳細的介紹。朱東潤《梅堯臣集編年校注》打破《宛陵集》原六十卷之編次，以梅堯臣寫作年代分三十卷及拾遺一卷而成，並將其逐年遭遇列於當年作品之前，使時代與作品密切結合。是書匯校各本，校勘精細，乃現今最通行的版本，亦為本論文分析討論作品之文本依據。

賦學論著單元討論部分，馬積高《賦史》〔註 182〕於 1987 年出版，是近代辭賦專著中最早較詳細探討宋賦，也是第一個對梅堯臣賦有較全面考察者。他肯定堯臣是北宋唯一以批判現實為主的賦家，言「其賦大都是託物寄意的諷世之作」，在宋賦中獨樹一格，對其作品有概括性介紹，並舉〈靈烏賦〉、〈靈烏後賦〉、〈針口魚賦〉為例，探究堯臣賦的藝術風格。郭維森、許結合著之《中國辭賦發

（2000 年 11 月），頁 7。

〔註 178〕 朱杰人：〈北宋詩人梅堯臣和蘇舜欽的比較研究〉，《上海師範大學學報（哲學社會科學版）》第 1 期（1985 年），頁 35。

〔註 179〕 李法惠：〈試論梅堯臣和蘇舜欽詩歌風格的異同〉，《南都學壇》第 3 期（1989 年），頁 45。

〔註 180〕 楊旺生：〈蘇舜欽梅堯臣藝術風格比較〉，《安徽教育學院學報》第 4 期（1992 年），頁 41。

〔註 181〕 〔日〕坂井多穗子：〈梅堯臣の後半生の交友詩——裴煜と宋敏修について——〉，《東洋大學中國哲學文學科紀要》第 17 號（2009 年 3 月），頁 77。坂井氏另有一篇〈梅堯臣の贈受品詩〉，《中唐文學會報》第 8 號（2001 年）。

〔註 182〕 同註 7，《賦史》，頁 407。

展史》〔註 183〕，於〈以歐陽修爲代表的辭賦變革〉一小節中，將梅堯臣賦置於「歐陽修文賦之創作」條下討論，就創作風格、藝術審美、情志內容等與歐陽修互爲比較。

再就博碩士論文而論，李瓊英《宋代散文賦研究》中有一些篇幅，將梅堯臣散文賦主題分爲三類討論，並擇篇予以重點式的評析。林天祥《北宋詠物賦研究》〔註 184〕、顧柔利《北宋文賦新探》、鄭雅方《北宋抒情賦研究》〔註 185〕都以北宋爲斷限，針對體裁、體式爲討論重點，於梅堯臣賦的指涉部分不多。劉培在《北宋初、中期辭賦研究》中，以〈覃思精微，深遠閒淡──論梅堯臣的辭賦創作〉一節，逐篇撮述梅堯臣賦內容，並分三部分探索其藝術特徵，議論客觀。

至於期刊論文方面，有黃師水雲〈論梅堯臣與范仲淹之「靈烏賦」〉一篇，文中除了分別陳述梅、范二人的生平交遊及賦作比較外，並根據〈靈烏賦〉的創作背景，探討該兩篇同題之作的內容理趣及藝術表現，再提出黃師對文賦代表梅堯臣和律賦翹楚范仲淹的看法，論斷精到。

最後，在歷代賦篇選讀及鑑賞部分，僅見畢萬忱《中國歷代賦選》〔註 186〕收入〈靈烏賦〉、〈風異賦〉二篇，張強《歷代辭賦選評注》〔註 187〕選錄〈針口魚賦〉一篇，並詳加注釋賞析；而《辭賦大辭典》〔註 188〕、《歷代賦辭典》〔註 189〕等賦學辭典中，對於梅堯臣

〔註 183〕同註 28，《中國辭賦發展史》，頁 554。

〔註 184〕林天祥：《北宋詠物賦研究》（臺北：萬卷樓圖書公司，2004 年 11 月）。本書原爲林天祥在香港珠海書院中國文學研究所的博士論文。

〔註 185〕鄭雅方：《北宋抒情賦研究》（高雄：國立高雄師範大學國文學系回流教育中國文學碩士論文，2006 年）。

〔註 186〕畢萬忱、何沛雄、洪順隆：《中國歷代賦選：唐宋卷》（南京：江蘇教育出版社，1996 年 8 月），頁 302。

〔註 187〕張強：《歷代辭賦選評注》（上海：上海三聯書店，2007 年 8 月），頁 281。

〔註 188〕霍松林主編：《辭賦大辭典》（南京：江蘇古籍出版社，1996 年 5 月），頁 187、360。

生平或作品集則有約百字的介紹，數量不多。

綜上所列梅堯臣文學作品的相關研究，都集中在詩歌、詩論的闡微，而其辭賦的探求則猶待吾人墾拓，欲完整呈現梅堯臣文學成就的全貌，其辭賦作品是不能忽略的，本論文將沿用前賢的研究成果，將梅堯臣賦作完整且全面的整理與探究，並將研究方向聚焦於創作特色的探討。

〔註189〕遲文浚、許志剛、宋緒連主編：《歷代賦辭典》（瀋陽：遼寧人民出版社，1992 年 9 月），頁 1363、1428。

第二章　梅堯臣之時代背景與生平

　　《孟子·萬章》下：「頌其詩，讀其書，不知其人，可乎？是以論其世也。」清代章學誠《文史通義·文德》也說：「不知古人之世，不可妄論古人文辭也。知其世矣，不知古人之身處，亦不可以遽論其文也。」〔註1〕文學著作與作家的身世經歷及時代環境有極密切的關係，知其人、論其世，才能對其作品做出正確的評價。以下便從堯臣之時代背景及生平來探討其文學創作形成的原因。

第一節　梅堯臣之時代背景

一、政治社會情勢

　　趙宋王朝承唐末以來五代擾攘的局面而建立，太祖為革除藩鎮跋扈及禁軍權重的積弊，乃厲行強幹弱枝、以文立國政策，「中國始漸漸有一個像樣的上軌道的中央政府」〔註2〕。在統一大業的基礎上，宋初採取趙普「稍奪其權，制其錢穀，收其精兵」的建議，從軍事、政治、財政等方面進行大刀闊斧的政治社會改革，確實開創了初期統

〔註1〕〔清〕章學誠撰、倉修良編注：《文史通義新編新注》（杭州：浙江古籍出版社，2005年10月），頁136。
〔註2〕錢穆：《國史大綱》下冊（臺北：臺灣商務印書館，1985年12月），頁394。

一的盛況，但是除弊太急，反而矯枉過正。

再者，宋初積極實行「興文教，抑武事」的文治政策，禮遇士大夫，提高科舉地位，大幅增加科舉取士名額，廣納士人，形成「滿朝朱紫貴，盡是讀書人」﹝註3﹞的崇文尊儒局面，委以重任，並給予很高的優待，如太祖誓約不殺士大夫及上書言事人﹝註4﹞、俸祿優厚、恩蔭制度等。相對的在士大夫社會中也逐漸萌生一種自覺精神，這種以天下為己任的時代意識，終由范仲淹正式呼喚出來﹝註5﹞：「先天下之憂而憂，後天下之樂而樂」，經范氏登高一呼，士風大振，學風、政風亦隨之轉變。皇帝右文納言，激發了富於淑世情懷與勇於直言進諫的狂直之士﹝註6﹞，而宋代名臣賢相之多，亦足以使其他時代相形失色。

到了真宗、仁宗兩朝，由於農工商業的發達，促成社會經濟文化高度繁榮昌明，雖然有西北党項族西夏和東北契丹族遼的不時侵犯騷擾，一時之間並無大患，但是國家制度本身的種種流弊，卻已逐漸由隱而現：中央集權造成國勢兵力不振，對外政策軟弱妥協，不斷靠輸銀貢物，維持苟安局面；冗官、冗兵、冗費使得人民負擔加重，民生日益窘迫困苦，社會問題加劇；優禮文人常使政治主張不同的雙方爭鬥不止，互不相讓，黨爭傾軋激烈。宋朝在承平盛世的表象下，實際隱藏著複雜的矛盾。

梅堯臣生時宋朝才開國四十三年，他一生中經歷真宗、仁宗兩

﹝註3﹞　〔宋〕張端義撰、李保民校點：《貴耳集》卷下，《宋元筆記小說大觀》（上海：上海古籍出版社，2007年3月），冊4，頁4322。

﹝註4﹞　〔宋〕陸游：《避暑漫鈔》，《百部叢書集成》4（臺北：藝文印書館，1966年），頁12右。文云：「藝祖受命之三年，密鐫一碑，立於太廟寢殿之夾室，謂之誓碑……碑止高七八尺，闊四尺餘，誓詞三行，一云：『柴氏子孫，有罪不得加刑，縱犯謀逆，止於獄中賜盡，不得市曹刑戮，亦不得連坐支屬。』一云：『不得殺士大夫及上書言事人。』一云：『子孫有渝此誓者，天必殛之。』」

﹝註5﹞　同註2，《國史大綱》下冊，頁416。

﹝註6﹞　張海鷗：〈狂者進取：宋代士人的淑世情懷〉，《社會科學論壇》第11期（2001年），頁30。

朝，而活躍的時間，只在仁宗在位時。仁宗朝因外族侵擾及內政腐敗所引起的各種弊端，如宋廷與西夏的戰爭與和局、統治集團內部的鬥爭、人民生活疾苦、農民起義不斷等，在堯臣作品裡都有眞實的反映。他以如椽之筆，關心百姓民生問題，反對戰爭造成之傷害，指責朋黨論罪，作品內容始終與政治時事及人民生活相關，文學趨勢實與他關係密切，今就當時學術文化環境與賦學思潮論之。

二、學術文化環境

陳寅恪爲鄧廣銘《宋史職官志考證》所作的序中說：「華夏民族之文化，歷數千載之演進，造極於趙宋之世。」〔註7〕而宋代文化的隆盛，表現在文學方面爲各體文學突出的發展和成就，相關著述「大而朝廷，微而草野，其所製作、講說、紀述、賦詠，動成卷帙，縈而數之，有非前代之所及也。」〔註8〕無論質與量都超越以前的朝代。具體來說，其表現主要在以下數方面：

（一）宋代特別注重文化教育，中央和地方擴大興辦官學，民間則有書院（當時最著名的江西廬山白鹿洞書院、湖南長沙嶽麓書院、湖南衡陽石鼓書院、河南商丘應天書院，即被稱爲宋代「四大書院」）、鄉校、家塾等，開展了私人講學風氣，培養人才無數，「自仁宗命郡縣建學，而寧熙以來，其法浸備，學校之設遍天下，而海內文治彬彬矣。」〔註9〕

（二）宋代諸帝重視文化建設事業，不僅廣收典籍，並進行校訂經史群書（如《五經疏義》、《史記》、《漢書》、《後漢書》）、編纂新書（如宋代四大書《太平廣記》、《太平御覽》、《文苑英華》、《冊府元龜》）等工作，各類型的私人著述也大量湧現，加上造紙術和雕版印刷業的

〔註7〕陳寅恪：《金明館叢稿二編》（北京：生活・讀書・新知三聯書店，2001年1月），頁277。

〔註8〕〔元〕脫脫等：〈藝文一〉，《宋史》（北京：中華書局，1977年11月），卷202，頁5033。

〔註9〕同前註，《宋史・選舉一》卷155，頁3604。

普遍盛行，使得書籍能順利流傳，加速知識的流通，宋人的文化素質亦得以大大提高。

（三）宋初統治者皆致力於圖書的蒐求和保護，立國之初，便設立三館（史館、昭文館、集賢院）以保存圖籍，其後幾經增益擴充，三館（崇文院）與秘閣成爲國家藏書之所，館閣制度的建立，讓文化典籍賴以保存，此在中國文化史上具有極大的意義。

（四）宋初的幾代皇帝皆採取儒學、佛教、道教兼容並蓄的思想文化政策，知識份子欲以儒學思想來改造社會，積極進取求爲世用，不過在受內政外患交迫卻無力解決，再加上黨爭傾軋時，這種關心現實政治的熱情，常會轉而吸收老莊與禪學中達觀的一面，因此在文學創造上，勇於干政和談禪說道的思想內容便工拙各逞，皆領風騷。儒釋道三家思想並崇，是宋代理學形成和發展的重要原因，理學乃宋代文化的最大特色之一，對宋、元、明、清文化有深遠影響。

（五）宋初統治者採用一系列休養生息的政策，使社會經濟逐步呈現繁榮的景象，爲文化發展提供了物質基礎和保障，也促進了文學的演進。爲適應手工業、商業發達和城市生活需要，庶民文化興起，雜劇南戲、話本小說得以興盛發展，並且直接影響元代，以迄明、清，後人因此將其並稱爲宋元戲曲、宋元話本。

凡此背景和因素的交互作用，促使宋代思想文化的輝煌燦爛，也造就宋代文學的極度繁榮氣象。另外歐陽修在儒學復興的同時，以韓愈、柳宗元爲旗幟，倡導文以「明道」、「致用」，再加上許多當時文壇上赫赫有名人物的支持推動，成功地倡導詩文革新運動〔註10〕，受文學思潮影響，賦的創作亦傾向於散文化，而形成以文爲賦的藝術特色。

〔註10〕何寄澎：《北宋的古文運動》（臺北：幼獅文化事業公司，1992 年 8 月），頁 199。文中歸納歐陽修成功古文運動的因素有五：一、掌握有力的工具——知貢舉；二、富有文采，文章爲士子所效習；三、塑造簡雅平淡的風格，指示了眾人可習的門徑；四、胸襟寬闊、善處人事；五、提攜後進不遺餘力。

三、賦學思潮

　　劉乃昌以爲漢朝多數文章家仍把通曉辭賦視爲本質和榮耀，到唐宋時代更是如此，其原因爲：（一）賦本來被作爲儒生從政入仕的重要工具；（二）君主獎勵獻賦；（三）歷朝文章領袖多以鑑賞賦才來月旦人物揄揚後進；（四）唐以來進士考試特重詩賦，追求功名之士莫不竭盡心力研習；（五）賦承屈騷精神，亦是失志之士借以遣懷抒憤的工具，賦體因而流行不衰。〔註11〕劉氏從文士與賦的關係來討論賦對宋詞的影響沾溉，這同樣也可用以說明辭賦於宋代盛行的原因。由此可見，宋代的辭賦作品是文人躋身仕途、受帝王獎勵得官〔註12〕、爲時人稱揚傳誦〔註13〕的重要工具，也是科舉考試必修科目，此外還是怏怏失意之士遣興抒懷的方式，凡此因素均鼓勵了賦文的寫作。

　　有宋一代以詩賦取士，詩與賦相較，因賦的韻腳多，且一般要依次押韻，而更難於詩〔註14〕，故多有以賦取高第的記載，如太宗朝呂

〔註11〕劉乃昌：〈論賦對宋詞的影響〉，見氏著《情緣理趣展妙姿——兩宋文學探勝》（濟南：山東教育出版社，2003 年 10 月），頁 48。

〔註12〕同註8，《宋史・夏侯嘉正傳》卷 440，頁 13028。夏侯嘉正使於巴陵，作〈洞庭賦〉，人多傳寫，「端拱初，太宗知其名，召試辭賦，擢爲右正言、直史館兼直秘閣，賜緋魚。」又〔宋〕晁補之〈汴都賦序〉言，宋仁宗時，關景暉「初奏〈汴都賦〉以諷，天子嘉其才，命對便殿⋯⋯天子以語宰相，使補中都官之缺。」見《雞肋集》卷 34，文淵閣《四庫全書》本，冊 1118，頁 665。

〔註13〕同註8，《宋史・梁周翰傳》卷 439，頁 13000。梁周翰於「乾德中，獻《擬制》二十編，擢爲右拾遺。會修大內，上〈五鳳樓賦〉，人多傳誦之。」又〔宋〕歐陽修〈諫議大夫楊公墓誌銘〉載：「成平三年，交趾獻馴犀，府君（楊大雅）以秘書丞監在京商稅院，因奏〈犀賦〉。眞宗嘉之，召試學士院，遷太常博士。賦，一時文士爭相傳誦不及。」見《歐陽修全集》（北京：中華書局，2001 年 3 月），卷 62，頁 910。

〔註14〕〔宋〕胡仔《苕溪漁隱叢話》後集卷 21 引，〔宋〕吳曾《能改齋漫錄》記載唐德宗貞元末年，權德輿任主考官時與應考者的一場對話，「舉人試日，已晚，試官權德輿於簾下戲云：『三條燭盡，燒殘舉子之心。』而舉子遂答曰：『八韻賦成，驚破侍郎之膽。』」言賦成能

蒙正〈訓練將士賦〉〔註15〕、路振〈厄言日出賦〉〔註16〕、眞宗時徐奭〈鑄鼎象物賦〉、蔡齊〈置器賦〉、王沂公〈有教無類賦〉〔註17〕、仁宗朝呂溱〈富民之要在於節儉賦〉〔註18〕、章子平〈民監賦〉〔註19〕等，或以舉子的體貌氣度出眾，或因作品的文辭理致俱佳，而擢爲第一。孫何〈論詩賦取士〉說：「惟詩賦之制，非學優才高不能當也……觀其命句，可以見學殖之深淺；即其構想，可以覘器業之大小。」〔註20〕應制的律賦雖能檢驗士子的學殖器識，在宋朝經義與詩賦之

使主考官破膽，可見看重賦甚於詩。見《苕溪漁隱叢話》（北京：人民文學出版社，1984 年 5 月），頁 150。

〔註15〕〔宋〕葉夢得撰、徐時儀校點：《避暑錄話》卷 3。同註 3，《宋元筆記小說大觀》冊 3，頁 2649。太平興國二年（977）「是時會太宗初與趙韓王議，欲廣致天下士以興文治而志在幽燕，試〈訓練將士賦〉。文穆辭既雄麗，唱名復見容貌偉然。」帝嘆謂得人。

〔註16〕同註8，《宋史・路振傳》卷 441，頁 13060。文云：「太宗以詞場之弊，多事輕淺，不能該貫古道，因試〈厄言日出賦〉，觀其學術……（路振）所作賦尤爲典贍，太宗甚嘉之。擢置甲科……」

〔註17〕〔宋〕歐陽修《歸田錄》卷 1：「眞宗好文，雖以文辭取士，然必視其器識。每御崇政賜進士及第，必召其高第三、四人並列於庭，更察其形神磊落者，始賜第一人及第；或取其所試文辭有理趣者。徐奭〈鑄鼎象物賦〉云：『足惟下正，詎聞公餗之欹傾；鉉乃上居，實取王臣之咸重。』遂以爲第一。蔡齊〈置器賦〉云：『安天下於覆盂，其功可大。』遂以爲第一人。」（同註 3，《宋元筆記小說大觀》冊 1，頁 613。）同書卷 2：「（眞宗）咸平五年，南省試進士〈有教無類賦〉，王沂公爲第一。賦盛行於世……」（頁 620）

〔註18〕〔明〕彭大翼撰、〔明〕張幼學編：《山堂肆考》卷 129，文云：「仁宗朝，呂臻作〈富民之要在於節儉賦〉，有『國用既省，民財乃豐』之句，上方崇儉，亦擢第一。」見文淵閣《四庫全書》本，冊976，頁 523。

〔註19〕〔宋〕施德操撰、王根林校點：《北窗炙輠錄》卷下，文云：「章子平〈民監賦〉云：『運啓元聖，天臨兆民，監行事以爲戒，納斯民於至純。』上覽卷子，讀『運啓元聖』，上動容歎息曰：『此謂太祖。』讀『天臨兆民』，歎息曰：『此謂太宗。』讀『監行事以爲戒』，歎息曰：『此謂先帝。』至讀『納斯民於至純』，乃竦然拱手曰：『朕何敢當！』遂魁天下。」同註 3，《宋元筆記小說大觀》冊 3，頁 3338。

〔註20〕〔清〕孫梅《四六叢話》卷 5 引〈寓簡〉所記宋人孫何之言，見王

爭則更加激烈，爲改革試賦不近治道的弊病，科舉曾兩度罷詩賦，第一次在北宋神宗熙寧四年（1071），採納王安石的意見，改試經義策論，至哲宗元祐間（1086）廢新法，復分經義、詩賦兩科；第二次於哲宗紹聖元年（1094）再罷詩賦，至南宋高宗時（1128）又詔令兼用經賦〔註21〕，該兩段不試詩賦時間共計五十年。考賦制度雖幾經更易罷去，讀書人對於辭賦仍極爲重視，終宋之世，律賦創作之風未輟。

　　宋初〔註22〕賦壇仍沿襲晚唐五代的駢儷之風，一些賦家則已自覺地在轉變文風，另闢蹊徑，如梁周翰〈五鳳樓賦〉、張詠〈聲賦〉、路振〈弔戰馬文〉、种放〈端居賦〉等，至於王禹偁是北宋初期詩文革新的先驅之一，長於辭賦，用以揭露現實、抒發憤懣之情，在同時的作家中並不多見，〈尺蠖賦〉、〈藉田賦〉、〈三黜賦〉等都是名篇。君主亦提倡於上，淳化三年（992）太宗殿試，自出試題〈卮言日出賦〉，觀其學術，希望藉由科舉試題影響士風。〔註23〕此時賦作大都以駢、律爲主，由於宋初文人富於創造革新精神，辭賦也呈現開創性，其「新變以掃蕩五代衰颯文風爲開端，接緒中唐以來韓柳的古文傳

　　水照編：《歷代文話》（上海：復旦大學出版社，2007 年 11 月），冊
　　5，頁 4353。

〔註21〕〔元〕馬端臨《文獻通考》選舉考 5：「熙寧四年，始罷詞賦，專用
　　　　經義取士，凡十五年。至元祐元年復詞賦，與經義並行。至紹聖元
　　　　年復罷詞賦，專用經義，凡三十五年。至建炎二年又兼用經賦。蓋
　　　　熙寧、紹聖，則專用經而廢賦；元祐、建炎，則雖復賦而未嘗不兼
　　　　經。」（臺北：新興書局影清武英殿本，1963 年），卷 32，頁 299。

〔註22〕本論文依劉培《北宋初、中期辭賦研究》（臺北：萬卷樓圖書公司，
　　　　2004 年 9 月）的分期方式，宋初是指從 960 年北宋建立到仁宗親政
　　　　的明道元年（1032），共七十餘年。中期則指仁宗明道二年（1033）
　　　　到神宗熙寧九年（1076）這段時間，共約四十餘年。

〔註23〕〔宋〕魏泰《東軒筆錄》卷 10：「孫何榜，太宗皇帝自定試題〈卮言
　　　　日出賦〉，顧謂侍臣曰：『比來舉子浮薄，不求義理，務以敏速相尚。
　　　　今此題淵奧，故使研窮意義，庶澆薄之風可漸革也。』語未已，錢
　　　　易進卷子，太宗大怒，叱出之。自是科場不開者十年。」同註3，《宋
　　　　元筆記小說大觀》冊 3，頁 2751。

統，並且遠承漢晉辭賦傳統」〔註24〕，在題材內容、體制形式、語言風格方面，寫典禮的頌美諷喻賦創作的興盛，議論說理成分的增加，「破體爲文」風氣的出現，散文化和語言平易化的傾向，清便自然的風格……由此發展，到了北宋中期即形成了純以散體運文的文賦。

　　關於文賦的起源、名稱義界、形成原因、體式特點、價值地位等，前人論述已詳，茲不贅述，以下在既有之研究基礎上，考察梅堯臣文賦創作的背景。堯臣所處的北宋中期的辭賦，經過宋初七十餘年的發展，已逐漸形成自己的特色。這一期間正是經濟比較繁榮，也是社會問題日益浮現，王朝開始走下坡的臨界點。在文學方面，則是北宋古文運動蓬勃開展時期，詩、文、詞的創作進入高潮，辭賦亦呈現眾體並作局面，騷賦、駢賦、律賦及文賦各領風騷。

　　何寄澎將北宋古文運動以歐陽修爲界分成兩個階段〔註25〕，歐陽修以前的一百年，是從宋太祖建隆元年（960）到仁宗嘉祐二年（1057）〔註26〕。此時以楊億、劉筠與錢惟演爲首的西崑體風靡流行，「楊劉風采，聳動天下」〔註27〕，「雕章麗句」〔註28〕是其主要風格，文風變得綺靡卑弱。柳開、王禹偁、穆修和石介等都曾力矯之，卻因糾正過度，以怪誕好奇爲尚的太學體隨之崛起，弊害尤甚，蘇軾即詳言及此：

　　　　天下之事，難於改爲。自昔五代之餘，文教衰落，風俗靡
　　　　靡，日以塗地。聖上慨然太息，思有以澄其源，疏其流，
　　　　明詔天下，曉諭厥旨。於是招來雄俊魁偉敦厚樸直之士，
　　　　罷去浮巧輕媚叢錯采繡之文，將以追兩漢之餘，而漸復三
　　　　代之故。士大夫不深明天子之心，用意過當，求深者或至

〔註24〕同註22，頁27。
〔註25〕同註10，《北宋的古文運動》，頁145。
〔註26〕宋太祖建隆元年至宋仁宗嘉祐二年，正值北宋太祖、太宗、眞宗及仁宗四朝，而歐陽修於仁宗嘉祐二年知貢舉。
〔註27〕〔宋〕劉克莊：《後村先生大全集》卷174（北京：綫裝書局，2004年，《宋集珍本叢刊》影印清鈔本），冊82，頁751。
〔註28〕〔宋〕楊億：《西崑酬唱集・序》，《全宋文》冊7，卷295，頁272。

於迂，務奇者怪僻而不可讀，餘風未殄，新弊復作。大者
鏤之金石，以傳久遠；小者轉相摹寫，號稱古文。紛紛肆
行，莫之或禁。〔註29〕

柳開是宋代全力用古文寫作的第一人，他曾對古文加以界說：

古文者，非若辭澀言苦，使人難誦讀之，在於古其理，高
其意，隨言短長，應變作制，同古人之行事，是謂古文也。
〔註30〕

柳氏雖言古文並非在其辭澀言苦，使人難讀，惜其創作未能與理論配
合，「本朝爲古文自開始，然其體艱澀。」〔註31〕而引後學者走上怪
奇之路。〔註32〕之後首對西崑派正式加以嚴厲攻擊批評的爲石介，他
的〈怪說〉是最早在理論上反對楊億「窮妍極態，綴風月，弄花草，
淫巧侈麗，浮華纂組」的檄文，在太學講學時，亦力詆崑體，有意作
奇，於是士子競爲險怪奇澀之文。慶曆六年（1046）張方平知貢舉，
即曾擯斥求深務奇的太學體，並上書朝庭請加誡勵：「先朝考較升黜，
悉有程式。自景祐元年，有以變體而擢高第者，後進傳效，因是以習。
爾來文格日失其舊，各出新意，相勝爲奇。至太學之建，直講石介課
諸生，試所業，因其好尚而遂成風。」〔註33〕但此風未泯，直到嘉祐
二年（1057）歐陽修知貢舉，凡爲太學體者即行黜落，天下文風終至

〔註29〕〔宋〕蘇軾撰、孔凡禮點校：〈謝歐陽內翰書〉，《蘇軾文集》（北京：
中華書局，1986 年 3 月），卷 49，頁 1423。

〔註30〕〔宋〕柳開：〈應責〉，《河東柳仲塗先生文集》卷 1（北京：綫裝書
局，2004 年，《宋集珍本叢刊》影印清曙戒軒鈔本），冊 1，頁 445。

〔註31〕〔宋〕陳振孫撰、徐小蠻、顧美華點校：《直齋書錄解題》（上海：
上海古籍出版社，1987 年 12 月），卷 17「《柳仲塗集》十五卷」條，
頁 489。

〔註32〕王水照主編：《宋代文學通論》（高雄：高雄復文圖書出版社，2000
年 6 月），頁 209。對於柳開的散文風格，楊慶存有不同意見，認
爲「以樸實流暢見長，前人或指責『奇僻』、『艱澀』，則失於詳
察。」

〔註33〕〔宋〕張方平：〈貢院請誡勵天下舉人文章〉，《樂全先生文集》卷 20
（北京：綫裝書局，2004 年，《宋集珍本叢刊》影印宋刻本），冊 5，
頁 482。

趨於平正。〔註 34〕

　　北宋古文運動的成功，對辭賦領域影響最深遠的是受到散文的
滲透，讓辭賦發展重獲藝術生命，完成文賦的創造，也爲賦的繼續發
揚開闢道路。歐陽修受命知貢舉，堯臣也是考官之一，二人雖爲摯
友，但際遇有殊，文學成就亦各不相同，〈四庫全書總目提要〉說：
「佐修以變文體者，尹洙；佐修以變詩體者，則堯臣也。」〔註 35〕堯
臣輔歐公開創宋詩面目，自有其歷史地位，而其辭賦創作，也如曾棗
莊〈論宋賦諸體〉摘要云：「宋賦與宋詩、宋詞、宋文一樣力求革新，
不肯蹈襲前人。題材較前代更廣泛，並好在賦中發議論，往往以文爲
賦，語言散文化，由艱深華麗而變爲平易流暢，追求理趣。」〔註 36〕
深受文學思潮影響，表現以文爲賦的藝術手法、平易自然的風格、
題材側重日常生活、重理境、好議論，與當時的文學精神脈動是一
致的。

第二節　梅堯臣之生平

　　梅堯臣的生平資料，以朱東潤《梅堯臣傳》〔註 37〕內容最爲豐
富，吳孟復〈梅堯臣年譜〉〔註 38〕、〈梅堯臣年譜（續完）〉〔註 39〕

〔註 34〕 〔宋〕沈括撰、胡道靜校證：《夢溪筆談校證》（上海：上海古籍出
　　　　 版社，1987 年 9 月），卷 9，頁 344。文云：「嘉祐中，士人劉幾，累
　　　　 爲國學第一人，驟爲怪嶮之語，學者翕然效之，遂成風俗，歐陽公
　　　　 深惡之，會公主文，決意痛懲，凡爲新文者，一切棄黜，時體爲之
　　　　 一變，歐陽之功也。」
〔註 35〕 〔清〕永瑢、紀昀等：《四庫全書總目提要》，見文淵閣《四庫全書》
　　　　 本，冊 4，頁 124。
〔註 36〕 曾棗莊：〈論宋賦諸體〉，《陰山學刊》第 12 卷第 1 期（1999 年 3
　　　　 月），頁 1。
〔註 37〕 朱東潤：《梅堯臣傳》，《朱東潤傳記作品全集》第 2 卷（上海：東方
　　　　 出版中心，1999 年 1 月）。
〔註 38〕 吳孟復：〈梅堯臣年譜〉，《安徽文獻研究集刊》第 1 卷（合肥：黃山
　　　　 書社，2004 年 12 月），頁 28。
〔註 39〕 吳孟復：〈梅堯臣年譜（續完）〉，《安徽文獻研究集刊》第 2 卷（合

亦頗爲詳實，本節以此二處做爲主要依據，並參之《宋史》卷四四三本傳〔註40〕，將其人生分成四階段，依所經歷的時代環境，配合其性格特質、交遊家人、生活境遇等加以陳述，希望經由分期方式，能更深入了解梅堯臣文學作品中傳達的意涵。

一、少年及青年時期（1002～1029）

梅堯臣，字聖俞，宣州宣城（今安徽宣城市）人。生於宋眞宗咸平五年（1002），卒於宋仁宗嘉祐五年（1060），享年五十九歲。宣城在漢代名宛陵，以宛溪和陵陽山而得名，故世稱梅宛陵或又稱宛陵先生，其詩集名《宛陵集》。後仕至尚書都官員外郎，而有梅都官之稱。家族中，堯臣大排行二十五，小排行第二，故人呼爲梅二。父梅讓（959～1049），字克遜〔註41〕，不仕，居鄉務農，以子貴，進爲太子中舍，贈職方郎中。嫡母束氏，生母張氏〔註42〕，堯臣不分親疏，均侍奉至孝。兄弟六人，長兄早殤，堯臣居二，二弟正臣和四弟禹臣皆仕進，三弟彥臣及五弟純臣則未仕，常伴隨堯臣共相挈攜。叔父梅詢（964～1041），字昌言，二十六歲進士及第，眞宗一見以爲奇材，遂

肥：黃山書社，2006 年 5 月），頁 31。

〔註40〕同註8，《宋史·梅堯臣傳》卷443，頁 13091。

〔註41〕堯臣父梅讓之字，歐陽修〈太子中舍梅君墓誌銘〉、張師曾《宛陵先生年譜》、夏敬觀《梅堯臣詩》、劉筱媛《梅堯臣年譜及其詩》、劉守宜《梅堯臣詩之研究及其年譜》皆云字克讓。朱東潤《梅堯臣集編年校注》（頁 1）據宣城《梅氏宗譜》訂爲字克遜，茲從之。

〔註42〕堯臣有兩母，歐陽修〈梅聖俞墓誌銘〉曰：「母曰仙游縣太君束氏，又曰清河縣太君張氏。」張師曾《宛陵先生年譜》亦云：「梅讓娶束氏封仙游縣太君，又娶張氏封清河縣太君。」意即束氏爲生母，張氏爲繼母。劉筱媛《梅堯臣年譜及其詩》（頁 6）據歐陽修〈梅聖俞墓誌銘〉及堯臣詩〈答張令卷〉：「嘗聞甥似舅，似舅詩尤少……」（《梅堯臣集編年校注》卷 26），以爲《宛陵集》中「未有稱束氏兄弟爲舅者，故堯臣生母當是張氏。」朱東潤《梅堯臣集編年校注》（頁 1）亦言「嫡母束氏，生母張氏」，堯臣爲庶出。吳孟復〈梅堯臣年譜〉則認爲：「堯臣兩母，一嫡一庶，家譜上諱不明言，其用心更容易理解，但如依其言，則堯臣出處時間詭誤，因古人居喪便不能服官。」同註 38，頁 29，茲從之。

以仕顯，官至翰林侍讀學士給事中知許州，好學有文，尤喜爲詩。據蘇軾〈題梅聖俞詩後〉語：「梅二丈長身秀眉，大耳紅頰，飲酒過百醆，輒正坐高拱，此其醉也。」〔註43〕可知堯臣相貌姣好，且早慧嗜書，傳說他常和玩伴們一起伏在村頭梅溪旁的一塊長條青石板上讀書寫字，年長日久，竟將青石板磨得光可鑑人，當地人敬重地稱爲「讀書石」。堯臣十二歲前，都在宣城故里習字學詩，得以有很好的學養，如歐陽修〈梅聖俞詩集序〉所說：「幼習於詩，自爲童子出語已驚其長老。」〔註44〕

　　由於梅讓始終不願做官，歐陽修〈太子中舍梅君墓誌銘〉云：「其弟（梅詢）後貴顯，必欲官之，君堅不肯，乃奏任君大理評事，致仕於家。」〔註45〕爲了讓堯臣能有更好的學習發展，眞宗大中祥符七年（1014）十三歲時〔註46〕，就跟著梅詢前往襄州（今湖北襄樊市）通判任所，開始他隨叔父宦遊的生活，大致經歷了鄂州、蘇州、陝西、懷州、池州、廣德軍、楚州、壽州及陝府等處〔註47〕。在這段期間，由於有機會與親貴交往，增廣見聞，切磋詩作；又得到叔父的指導，耳濡目染，詩藝日進，已與名士論文章，其文字甚得誦讚。對於堯臣

〔註43〕同註29，《蘇軾文集》卷68，頁2148。

〔註44〕〔宋〕歐陽修：〈梅聖俞詩集序〉。同註13，《歐陽修全集》卷43，頁612。

〔註45〕〔宋〕歐陽修：〈太子中舍梅君墓誌銘〉。同註13，《歐陽修全集》卷28，頁434。

〔註46〕堯臣於〈早夏陪知府學士登疊嶂樓〉中說：「伊我去閭井，爾來三十秋。」（見《梅堯臣集編年校注》卷14）此詩作於慶曆四年自湖州歸宣城時，據此逆推，離宣城應在是年。張師曾《宛陵先生年譜》繫於大中祥符九年，非是。

〔註47〕〔宋〕歐陽修〈翰林侍讀學士給事中梅公墓誌銘〉：「（梅詢）以刑部員外郎爲荊湖北路轉運使，坐擅給驛馬與人奔喪而馬死，奪一官，通判襄州，徙知鄂州，又徙知蘇州。天禧元年，復爲刑部員外郎、陝西轉運使……遷工部郎中，坐朱能反，貶懷州團練副使，再貶池州。天聖元年，拜度支員外郎、知廣德軍，徙知楚州，遷兵部員外郎、知壽州，又知陝府。六年，復直集賢院，又遷工部郎中。」同註13，《歐陽修全集》卷27，頁413。

日後在詩壇的發展，影響很大。

仁宗天聖二年（1024），堯臣二十三歲，以叔父詢翰林學士蔭補太廟齋郎。二十六歲時，由梅詢主婚，娶太子賓客謝濤之女、詩人謝絳之妹爲妻。次年（1028）由太廟齋郎循資補桐城縣（今安徽桐城縣）主簿，堯臣在桐鄉，勤於民事，百姓甚爲敬愛，「我昔在桐鄉，伊人頗欣戴」〔註48〕，《桐城縣志》〔註49〕亦將其列於名宦。堯臣日後曾寫一首詩，回憶當時爲了勸課農桑往來山間，出行遇虎受驚駭，以及妻子的鼓勵。〔註50〕

二、西京幕府時期（1030～1033）

天聖八年（1030），堯臣二十九歲，由桐城縣主簿調任河南縣（今河南洛陽市）主簿，揭開了生活新的一頁。河南縣是西京河南府洛陽郡的首縣，風物繁富，人文薈萃。當時西京留守錢惟演，爲西崑派領袖人物，對文士極爲優待，幕下會聚了大批文人學士。他鼓勵屬下詩文創作，平日相偕遊山戲水，吟哦唱和，每逢時令佳節，就一起宴飲酬唱，洛邑文人集團於是形成。〔註51〕堯臣在此與歐陽修、尹師

〔註48〕《梅堯臣集編年校注》卷1〈河南受代前一日希深示詩〉。
〔註49〕〔清〕廖大聞等修、金鼎壽纂：《桐城續修縣志》（臺北：中國地方文獻學會，1975年，《中國方志叢書》第242號影印清道光七年刊本）。〈人物志・名宦〉云：「梅堯臣以從父蔭補太廟齋郎，歷桐城、河南、河陽三縣主簿，有聲，累官至尚書都官員外郎……」又於書眉引方中發曰：「縣東有都官山，聖俞官主簿，課農往來，後遷都官員外郎，民即以官名其山。」卷9，頁274。
〔註50〕《梅堯臣集編年校注》卷15〈初冬夜坐憶桐城山行〉。詩云：「我昔吏桐鄉，窮山使屢躓，路險獨後來，心危常自怯……馬行聞虎氣，豎耳鼻息歙，遂投山家宿，駭汗衣尚浹……吾妻常有言，艱勤壯時業，安慕終日間，笑媚看婦靨……」
〔註51〕〔宋〕邵伯溫《邵氏聞見錄》卷8：「天聖、明道中，錢文僖公自樞密留守西都，謝希深爲通判，歐陽永叔爲推官，尹師魯爲掌書記，梅聖俞爲主簿，皆天下之士，錢相遇之甚厚……一時幕府之盛，天下稱之……當朝廷無事，郡府多暇，錢相與諸公行樂無虛日。」同註3，《宋元筆記小說大觀》冊2，頁1747。又〔宋〕魏泰《東軒筆錄》卷3：「錢文僖公惟演生貴家，而文雅樂善出天性。晚年以使

魯、楊子聰、張太素、張堯夫、王幾道「爲七友，以文章道義相切劘。率嘗賦詩飲酒，閑以談戲，相得尤樂。」〔註52〕錢惟演又「特嗟賞之，爲忘年交，引與酬倡，一府盡傾。」〔註53〕歐陽修則「與爲詩友，自以爲不及」。〔註54〕王曙知河南府時，曾稱賞聖俞詩：「子之詩，有晉、宋遺風，自杜子美沒後，二百餘年不見此作。」〔註55〕受到前輩的獎掖，加上朋輩的稱道，此後更加刻苦自勵，精思苦學，有「詩袋」〔註56〕與「日課一詩」〔註57〕之說。堯臣作品從天聖九年（1031）開始存稿。明道元年（1032），妻兄謝絳來爲河南通判，以親嫌改官河陽縣（今河南孟州市）主簿，但常藉吏事之便，往來河

相留守西京，時通判謝絳、掌書記尹洙、留守推官歐陽修，皆一時文士，遊宴吟詠，未嘗不同。洛下多水竹奇花，凡園圃之勝，無不到者。」同註23，頁2700。

〔註52〕〔宋〕王闢之撰、韓谷校點：《澠水燕談錄》卷4。同註3，《宋元筆記小說大觀》冊2，頁1253。

〔註53〕同註8，《宋史·梅堯臣傳》卷443，頁13091。

〔註54〕〔宋〕歐陽修〈七交七首·梅主簿〉：「聖俞魁楚才，乃是東南秀，玉山高岑岑，映我覺形陋。〈離騷〉喻草香，詩人識鳥獸。城中爭擁鼻，欲學不能就。平日禮文賢，寧久滯奔走。」同註13，《歐陽修全集》卷51，頁716。

〔註55〕〔宋〕曾敏行撰、朱杰人校點：《獨醒雜志》卷1。同註3，《宋元筆記小說大觀》冊3，頁3208。

〔註56〕據說堯臣每次外出遊玩或訪友，總是隨身帶著一個布袋，〔宋〕孫升述、〔宋〕劉延世錄《孫公談圃》卷下：「公（孫升）昔與杜挺之、梅聖俞同舟遡汴，見聖俞吟詩，日成一篇，眾莫能和，因密伺聖俞如何作詩，蓋寢食遊觀，未嘗不吟諷思索也。時時於坐上忽引去，奮筆書一小紙，內箅袋中。同舟竊取而觀，皆詩句也，或半聯，或一字，他日作詩有可用者入之。有云：『作詩無古今，惟造平淡難。』乃箅袋中所書也。」見《全宋筆記》第2編（鄭州：大象出版社，2006年1月），冊1，頁166。《孫公談圃》爲劉延世錄所聞於孫升之語。

〔註57〕〔宋〕蘇軾〈答陳傳道五首〉之三：「知日課一詩，甚善。此技雖高才，非甚習不能工也。聖俞昔常如此。」同註29，《蘇軾文集》卷53，頁1575。又〔宋〕胡仔：「舊說梅聖俞日課一詩，寒暑未嘗易也。聖俞詩名滿世，蓋身試此說之效耳。」同註14，《苕溪漁隱叢話》前集，卷29，頁202。

陽、洛陽間，與親友相聚。

　　宋代官員的入仕途徑，主要有科舉取士、恩蔭補官、胥吏出職、進納買官、軍功補授等，其中科舉出身的官員所受到的待遇優越，也最爲社會重視。科舉以明經、進士兩科爲盛，進士地位又凌駕於明經之上，尹洙曾說：「狀元登第，雖將兵數十萬，恢復幽薊，逐彊虜於窮漠，凱歌勞還，獻捷太廟，其榮亦不可及也。」〔註 58〕南宋呂祖謙亦云：「到得本朝，待遇不同，進士之科往往皆爲將相，皆極通顯；至明經之科，不過爲學究之類。當時之人爲之語曰：『焚香取進士，嗔目待明經。』」〔註 59〕可見進士及第被視爲正途出身，也是宋代讀書人的夢想，即使憑家世門第或父兄功業恩蔭獲得官職，如堯臣以叔父蔭補太廟齋郎，歷三縣主簿，仍要不只一次離開官職參加考試。明道二年（1033）冬，以鎖廳赴汴京應進士試，景祐元年（1034）榜發，未第。堯臣一再落第，或因「其爲文章，簡古純粹，不求苟說於世」〔註 60〕，與當時權貴主盟館閣諸公之西崑體詩風趣味有異；或因仁宗改眞宗尊崇道術爲尊崇經術，於天聖五年（1027）正月詔貢院：「將來考試進士，不得只於詩賦進退等第，今後參考策論，以定優劣。」〔註 61〕縱觀《宛陵集》中，包括二千八百多首詩歌、二篇散文、一闋詞及二十篇賦，未見策論之文，梅堯臣的專長在於詩賦，這種新的選拔制度，對其無疑是一大不利。科場失意，亦爲日後仕途偃蹇的主因，景祐元年的應試，乃堯臣最後一次參加科舉考試〔註 62〕。

〔註 58〕　〔宋〕田況：《儒林公議》。同註 56，《全宋筆記》第 1 編，冊 5，頁 88。

〔註 59〕　同註 21，《文獻通考》，頁 304。

〔註 60〕　同註 44，〈梅聖俞詩集序〉。

〔註 61〕　〔清〕徐松：《宋會要輯稿》選舉 3（北京：中華書局，1957 年 11 月），冊 5，頁 4269。

〔註 62〕　朱東潤《梅堯臣集編年校注‧敘論一》：「歐陽修說堯臣『累舉進士，輒抑於有司』。最後的一次在景祐元年（1034），那年他卸去河陽縣主簿，到東京去應試，但是依然落得一名『不第秀才』。」（頁 5）按，「累舉進士，輒抑於有司」引自歐陽修〈梅聖俞詩集序〉，以是知堯

明道二年（1033）底，發生仁宗欲廢郭皇后事件，朝臣對此分成兩派，宰相呂夷簡認爲可以廢，御史中丞孔道輔則叩宮門諫阻，右司諫范仲淹亦爲孔道輔聲援，結果范氏被貶知睦州（今浙江建德市），堯臣作〈聚蚊〉、〈清池〉〔註63〕等詩反映這次鬥爭。

三、慶曆黨議時期（1034～1044）

景祐元年（1034），堯臣應進士舉下第，這對他而言是個沉重的打擊，也是終生的遺憾，曾作〈西宮怨〉〔註64〕一詩，爲其心情寫照。當時授堯臣爲饒州府德興縣（今江西德興市）縣令，實未到任，接著以德興縣令知池州府建德縣（今安徽東至縣）事，遂遠離京洛。建德縣是個山區小縣，官署簡陋且地處偏僻，縣署外有圈破舊的竹籬，常年需要修護，因此成了衙吏向人民勒索的藉口，堯臣果斷地築土牆代替，並在院內植了一叢竹子，作有〈建德新牆詩〉〔註65〕、〈縣署叢竹〉〔註66〕二詩以爲誌。堯臣雖是在進士未第，心情沮喪的情況下來到建德，仍有一番建樹。他經常下鄉訪問，能體察民間疾苦，有〈田家〉、〈陶者〉〔註67〕、〈觀博陽山火〉〔註68〕等憫民詩。當時建德民習好競渡〔註69〕，多鬥傷溺死，堯臣爲文禱於屈原祠，下令禁止競渡。〔註70〕據《池州府志》記載：「知建德，有惠政，既去，民立祠祀之。」

臣應進士舉不只一次，而景祐元年爲其最後一次應試。

〔註63〕《梅堯臣集編年校注》卷4。

〔註64〕《梅堯臣集編年校注》卷4。

〔註65〕《梅堯臣集編年校注》卷5。

〔註66〕《梅堯臣集編年校注》卷6。

〔註67〕《梅堯臣集編年校注》卷6。

〔註68〕《梅堯臣集編年校注》卷7。

〔註69〕《梅堯臣集編年校注》卷5〈五日登北山望競渡〉。詩云：「南方傳競渡，多在屈平祠，簫鼓滿流水，風煙生畫旗。千橈速飛鳥，兩舸刻靈螭，盡日來江畔，誰知輕薄兒。」

〔註70〕〔宋〕劉敞：〈屈原蝦辭并序〉，《公是集》卷3（北京：線裝書局，2004年，《宋集珍本叢刊》影印清光緒覆刻聚珍本），冊9，頁372。序云：「梅聖俞在江南，作文祝於屈原，譏原好競渡，使民習尚之，因以鬥傷溺死，一歲不爲，輒降疾殃，失愛民之道，其意誠善也。然競

〔註71〕《建德縣志》亦稱讚他「所居民富，所去民思」〔註72〕。南宋寧宗嘉定年間，縣民把縣城改名爲梅城，並於其官舍西偏，立梅公堂以祀之，後又將梅城後面白象山麓之半山亭改建爲梅公亭〔註73〕，以表達緬懷之情。

　　景佑三年（1036）五月，吏部員外郎范仲淹與權相呂夷簡發生激烈衝突，呂夷簡於仁宗前控訴范仲淹越職言事，范仲淹則譏切時弊，指責呂夷簡敗壞朝綱，結果黜知饒州（今江西鄱陽縣），支持者余靖、尹洙也相繼被罷。當時身爲諫官的高若訥不但不論救，反而曲意逢迎宰相，館閣校勘歐陽修激憤填膺，寫了著名的〈與高司諫書〉，痛斥高之爲人「非君子也」、「不復知人間有羞恥事」，乃「君子之賊也」。高若訥怒不可遏，將書信上奏朝廷，歐陽修因此遭貶謫爲峽州夷陵縣（今湖北宜昌市）縣令。西京留守推官蔡襄作〈四賢一不

　　　　渡非屈原意，民言不競渡則歲輒惡者，詭也。故爲原作蝦辭以報祝，明聖俞禁競渡得人意。」
〔註71〕〔明〕李思恭等修、丁紹軾等纂：《池州府志》（臺北：成文出版社，1985 年 3 月，《中國方志叢書》第 635 號影印明萬曆四十年刊本），卷 4，頁 547。
〔註72〕〔清〕許起鳳等纂修：《建德縣志》（臺北：成文出版社，1985 年 3 月，《中國方志叢書》第 656 號據清乾隆四十三年刊本影印），卷 3，頁 479。〈官師志・名宦〉序云：「所居民富，所去見思，生有榮號，沒有奉祀。讀漢循吏傳，嘗三致意焉。邑自梅公作令以來，若彭柳潘花，召父杜母，風代有其人，宦績流徽，名並玉山高而蘭水長也，前事者後事之師歟，志名宦。」
〔註73〕〔清〕周學銘、張贊巽等纂修：《建德縣志》（臺北：成文出版社，1985 年 3 月，《中國方志叢書》第 658 號影印清宣統二年鉛印本）。〈輿地志三・古蹟〉：「梅公亭，在白象山之半山，宋邑令柴夢規改半山亭，建後廢。元邑令吳師道即其址更建（雙行小注：有半在山林額）。明正德十五年知縣言震、國朝康熙十年知縣喻成龍重建，四十一年邑人重修，今圮。」卷 3，頁 260。按，梅公亭始建於宋嘉定年間，元至正二年吳師道重建，並作〈梅公亭記〉，明正德十五年、清康熙十年及四十一年，又三次重建，民國七年縣長王人鵬再次重修，並作文摹泐於亭基岩壁上，該亭共歷五修五建，文革時被毀，今僅存遺址。見《東至縣志》（合肥：安徽人民出版社，1991 年），頁 570。

肖〉詩以記其事，士人爭相傳寫，影響很大。〔註74〕此時梅堯臣正在建德縣令任，也爲范仲淹言事落職一事，有感而作〈靈烏賦〉，以靈烏喻范氏不可如烏鴉噪人耳而強諫，范氏亦有同題和賦，所以答堯臣賦而自諭。

寶元元年（1038）正月，范仲淹自饒州徙潤州（今江蘇鎮江市），道經彭澤（今江西彭澤縣），約堯臣遊廬山，以故不往〔註75〕。稍後，范氏至建德與堯臣相會，共席宴飲而別，堯臣名作〈范饒州坐中客語食河豚魚〉〔註76〕，即作於宴席中。夏，堯臣離建德，溯汴河而至京師。途中看到汴水暴漲，縴夫蓬首裸體在烈日下工作的場面，令人目不忍睹：「輸卒引縴兮蓬首裸體劇縲囚，赤日上煎兮膠津蘦氣塞咽喉，胸盪肩挨同軛牛，足進復退不得休。」〔註77〕明年（1039）春，堯臣在京，改京秩爲大理寺丞〔註78〕，調知汝州襄城縣（今河南襄城縣）。其時謝絳出知鄧州（今河南鄧州市），十一月，卒於南陽（鄧州故治在今南陽市）。謝氏生前與堯臣爲至交，且多所提攜，他的死使堯臣失去了良師益友，當時堯臣雖窮乏，仍欲減俸助葬，但爲歐陽修所止，歐陽修認爲謝氏族大費多，非堯臣獨力可支，由此可見堯臣與謝絳二人的情誼。

〔註74〕〔宋〕王闢之《澠水燕談錄》卷2：「景祐中，范文正公知開封府，忠亮讜直，言無回避，左右不便，因言公離間大臣，自結朋黨。仍落天章閣待制，黜知饒州。余靖安道上疏論救，以朋黨坐貶。尹洙師魯言：『靖與仲淹交淺，臣與仲淹義兼師友，當從坐。』貶監郢州稅。歐陽永叔貽書責司諫高若訥不能辯其非辜。若訥大怒，繳其書，降授夷陵縣令。永叔復與師魯書云：『五六十年來，此輩沈默畏慎，布在世間，忽見吾輩作此事，下至灶間老婢亦爲驚怪。』時蔡君謨爲〈四賢一不肖〉詩，布在都下，人爭傳寫，鬻書者市之，頗獲厚利。房使至，密市以還。張中庸奉使過幽州，館中有書君謨詩在壁上。四賢，希文、安道、師魯、永叔。一不肖，謂若訥也。」同註52，頁1237。

〔註75〕《梅堯臣集編年校注》卷8〈范待制約遊廬山以故不往因寄〉。

〔註76〕《梅堯臣集編年校注》卷8。

〔註77〕《梅堯臣集編年校注》卷8〈廟子灣辭〉。

〔註78〕同註38，〈梅堯臣年譜〉，頁43。

在這時候，宋朝邊事也面臨極大的考驗。寶元元年（1038）冬，西北方的党項羌族首領拓跋元昊稱帝，建國號大夏，史稱西夏。第二年（1039）上表要求宋廷承認，仁宗怒，六月，下詔削元昊官爵，奪國姓，棄綏撫政策，絕互市，並在沿邊布置軍事，厲兵秣馬，戰事一觸即發。堯臣雖為一介儒士，亦有親赴沙場為國效命的抱負，他感於時勢需要，為應元昊犯邊之急，乃進呈所注《孫子》十三篇，獻上禦敵守邊之計。堯臣於此書，期許甚高，「信有一日長，可壓千載魂，未涉勿言淺，尋流方見源。」〔註79〕歐陽修為之序，將其比之張良〔註80〕，讚美可謂至極點。康定元年（1040）三月，尹洙從葛懷敏辟為涇原秦鳳路經略安撫使簽書判官，聽說好友慷慨從軍，擔負對西夏作戰的重責大任〔註81〕，更讓他躍躍欲試。但是他總感到請纓無路的悲哀，這可從〈弔李膺辭〉看出，辭中感歎李膺被太學生譽稱為「天下模楷」，卻沒有機會貢獻個人才智於國家社會的悲哀，「允簡亢不容於時兮，玉雖碎而猶潔，痛漢綱之頹圮兮，又何毀乎賢哲。」〔註82〕

康定元年（1040）正月，夏主元昊擁兵十萬進攻延州（今陝西延安市），三川口之戰宋軍潰敗，後復數度入侵。其時堯臣在襄城任內，勤於民事，連近在縣城內的名寺首山乾明寺都無暇攬勝。〔註83〕七月，汝水溢，襄城受災〔註84〕，堯臣親率縣民救獲修築，以土塞

〔註79〕《梅堯臣集編年校注》卷10〈依韻和李君讀余注孫子〉。
〔註80〕〔宋〕歐陽修〈孫子後序〉：「……吾知此書當與三家並傳，而後世取其說者，往往於吾聖俞多焉。聖俞為人謹質溫恭，仁厚而明，衣冠進趨，眇然儒者也。後世之視其書者，與太史公疑子房為壯夫何異。」同註13，《歐陽修全集》卷42，頁606。
〔註81〕《梅堯臣集編年校注》卷10〈聞尹師魯赴涇州幕〉。
〔註82〕《梅堯臣集編年校注》卷10〈弔李膺辭〉。
〔註83〕《梅堯臣集編年校注》卷10〈檢覆葉縣魯山田李晉卿餞於首山寺留別〉。詩云：「我本山水鄉，看山常不足，自從到官來，塵事便拘束。嘗聞此山寺，法宇深雲木，無由一來過，夢想向巖谷……」
〔註84〕〔清〕孫灝等纂修：《河南通志續通志》（二）（臺北：華文書局，1969年1月，《中國省志彙編之十四》影印清光緒八年刊本）。〈名宦下〉：

郭門，大水後城中田園廬舍毀壞無數，乃作〈觀水〉〔註85〕記錄當時慘況，並作詩自咎，「豈敢問天災，但慙爲政惡」〔註86〕。那時宋與西夏交戰，據《續資治通鑑長編》記載：「八月，乙未，朝廷獨念京東鄰河朔，京西接關陝，此二道不可以無備，遂遣使閱鄉民，俾習武以代官兵。」〔註87〕地方官員爲了媚上，並不依「三丁籍一」的詔命行事，雖老幼不得免，上下愁怨。堯臣爲此寫了二首名篇，〈田家語〉借農民之口，揭露原本就生活在煎熬之中的農村，現在又雪上加霜，只剩下不能耕種的跛盲者沒有被抓丁，致耕稼荒廢的悲苦情形；〈汝墳貧女〉又用汝河岸邊一位貧女的口吻，述說其與被強行徵兵的父親生離死別的痛苦遭遇。其實在去年（1039），堯臣已有〈思歸賦〉〔註88〕之作，此刻面對天災及人禍給人民帶來巨大的苦難，自己身爲父母官卻無能爲力，「郡吏來何暴，縣官不敢抗」〔註89〕，堯臣除於詩中表達悲憤心情，也透露了去官之思：「獨此懷百憂，思歸臥雲壑」〔註90〕、「我聞誠所慙，徒爾叨君祿，卻詠〈歸去來〉，刈薪向深谷。」〔註91〕任期未滿，即以親老爲辭去任。

　　慶曆元年（1041）夏初，前往許州（今河南許昌市）探視病中的

「梅堯臣，宣城人。寶元中知襄城縣。汝水暴至溢岸，堯臣親率士民救護修築，邑人賴之。以詩名海內。稱宛陵先生。」卷56，頁1275。又〔清〕汪運正纂修：《襄城縣志》（臺北：成文出版社，1976年，《中國方志叢書》第494號影印清乾隆十一年刊本），卷4〈官師志・官蹟〉亦有記載。

〔註85〕　《梅堯臣集編年校注》卷10。
〔註86〕　《梅堯臣集編年校注》卷10〈大水後城中壞廬舍千餘作詩自咎〉。詩云：「不如無道國，而水冒城郭，豈敢問天災，但慙爲政惡。湍迴萬瓦裂，槎向千林閣，獨此懷百憂，思歸臥雲壑。」
〔註87〕　〔宋〕李燾：《續資治通鑑長編》卷128。見文淵閣《四庫全書》本，冊316，頁108。
〔註88〕　《梅堯臣集編年校注》卷9。
〔註89〕　《梅堯臣集編年校注》卷10〈汝墳貧女〉。
〔註90〕　《梅堯臣集編年校注》卷10〈大水後城中壞廬舍千餘作詩自咎〉。
〔註91〕　《梅堯臣集編年校注》卷10〈田家語〉。

叔父詢。六月，詢卒。堯臣之於梅詢甚爲敬愛，《宛陵集》中雖無與
其唱和之詩，而言及叔父者九首，多追念之作。堯臣留至初秋，始復
入汴京領取湖州（今浙江吳興區）監稅任的赴任文憑。這一年二月在
好水川之役，宋軍又失敗了，大將任福殉國，堯臣的好友耿傅也陣
亡，而他卻始終未獲得投筆從戎的機會。歐陽修可能曾向范仲淹舉薦
堯臣，可是范仲淹沒有給予肯定答覆，「嫉忌尙服美，傷哉今亦無」
〔註92〕，抒寫了堯臣憤慨的心境，也種下日後恩怨的種子。啓程履新
前，與歐陽修、陸經三人餞別會飮，堯臣不禁慨歎「談兵究弊又何益，
萬口不謂儒者知」〔註93〕。

　　慶曆二年（1042），遷秩太子中舍〔註94〕，三月抵湖州。當時知
湖州者爲胡宿，乃堯臣故人，唱和甚得，生活漸趨安定。湖州去宣城
故里不遠，得以時獲高堂消息〔註95〕，又常與詩友酬遊，頗爲愜意，
「樽有綠蟻醅，俎有賴壺橘，可以持蟹螯，逍遙此居室。」〔註96〕今
年，遼乘宋與西夏有邊事之際，以兵脅宋，遣使索地，宋派富弼前往
交涉，而以增歲幣銀、絹各十萬爲和。

　　慶曆三年（1043），西夏請和，范仲淹回朝，拜樞密副使，不久
改參知政事，上〈答手詔條陳十事〉奏疏，提出十項改革方案，推行
變法，史稱「慶曆新政」。明年（1044），宋與西夏和議成，夏稱臣於
宋，受宋冊封爲夏國主；宋歲賜銀、絹、茶等二十餘萬。從景祐元年
到慶曆四年，十年戰爭帶來的災難，最後以大量的歲幣換取眼前的苟
安，在堯臣詩裡都有沉重的反映。

　　慶曆四年（1044）二月，堯臣生活漸近窘迫，已露貧狀，且華髮

<hr />

〔註92〕《梅堯臣集編年校注》卷11〈桓妒妻〉。
〔註93〕《梅堯臣集編年校注》卷11〈醉中留別永叔子履〉。
〔註94〕同註38，〈梅堯臣年譜〉，頁47。
〔註95〕〔宋〕劉敞〈聞聖俞移官雪上以便歸養〉：「親老不擇祿，此心如古
　　　　人。戴星捐吏事，戲綵過鄉鄰。若下開新酌，汀邊詠白蘋。醉吟俱
　　　　入手，亦未負青春。」同註70，《公是集》卷19，頁491。
〔註96〕《梅堯臣集編年校注》卷12〈凝碧堂〉。

早生，淺飲即醉。〔註97〕夏間監湖州鹽稅任期已滿，乃解官暫歸宣城。
不久，奉母攜妻孥自吳中北行赴京。七月，妻謝氏卒於高郵三溝（今
江蘇高郵市）之舟中，未幾，次子十十也死於符離（今安徽宿州市），
天倫遽變，堯臣哀慟逾恆，傷悼之情，數年未得平復，有〈悼亡三首〉、
〈書哀〉〔註98〕、〈悼子〉、〈懷悲〉〔註99〕等一系列想切感人的悼亡
詩。外患稍歇，朝廷卻發生御史中丞王拱辰借進奏院鬻賣廢紙之罪
名，使樞密使杜衍女婿集賢校理蘇舜欽獲得除名勒停的處分，連坐者
眾。堯臣時在汴京賦閒，聽候任用，憤慨地為蘇打抱不平，作〈雜興〉、
〈鄆中行〉、〈讀「後漢書」列傳〉〔註100〕等詩，對小人讒言挑撥、
陷害賢良的行徑表示不滿。同時由於此一事件，導致堯臣與范仲淹二
人仇隙加深，終至無法挽回。

四、新政失敗時期（1045～1060）

　　這是堯臣提出詩論主張的重要時期，特別是慶曆五年到六年這
一期間。「平淡」是他作詩的理想，「因事有所激」的現實批判精神是
他作詩的態度。

〔註97〕《梅堯臣集編年校注》卷14〈迴自青龍呈謝師直〉。
〔註98〕《梅堯臣集編年校注》卷14。陳衍評堯臣〈悼亡三首〉其三云：「情
　　　　之所鍾，不免質言。雖過，當無傷也。」並認為潘岳以三首〈悼亡〉
　　　　詩為最好，但其中除「望廬思其人，入室想所歷」、「流芳未及歇，
　　　　遺掛猶在壁」等數句外，「無沉痛語」，因為他「薰心富貴，朝命
　　　　刻不去懷」，故潘氏的人品「不可與都官同日語也。」參陳衍評選、
　　　　曹旭校點：《宋詩精華錄》（南昌：百花洲文藝出版社，1993 年 8
　　　　月），頁31。又張健〈梅堯臣的悼亡詩〉比較了堯臣的〈悼亡三首〉
　　　　與元稹的〈三遣悲懷〉，以為堯臣詩「一、用五言更凝鍊；二、不用
　　　　任何典故，不作對仗經營；三、切入點較豐富，可謂後出轉勝。」
　　　　見張高評主編：《宋代文學研究叢刊》第 3 期（1997 年 9 月），頁
　　　　259。堯臣的款款真情，以最平淡之語，表達最濃厚之情，顯得深沉
　　　　痛切，陳師道所謂「有聲當徹天，有淚當徹泉」，亦適用在堯臣的悼
　　　　亡詩。
〔註99〕《梅堯臣集編年校注》卷15。
〔註100〕《梅堯臣集編年校注》卷14。

　　慶曆五年（1045），轉殿中丞〔註101〕，春夏間待在京師，生活景況困頓，而時懷念亡妻。六月，應王舉正辟爲許州忠武軍節度判官，始出京赴任。從去年（1044）十一月「奏邸之獄」後，杜衍自請罷免，范仲淹、富弼也相繼離開汴京，到今年初，慶曆新政終告失敗。堯臣對於范仲淹的失利，曾寫〈諭烏〉〔註102〕詩，指出范氏用人的失當和教子的無方，導致革新失敗，令人極度失望；又有〈靈烏後賦〉〔註103〕攻擊范氏當政無甚建樹，只是任用附和小人。其實堯臣始終是立場堅定的革新派，只因和新派范仲淹之間的矛盾，致使無論新派或舊派得勢，都沒有獲得重用。

　　慶曆六年（1046），堯臣續娶刁氏，乃西崑派詩人刁衎之孫女、太常博士刁渭之女，新婦柔淑〔註104〕，遂漸從失偶之痛、暴飲嘔血傷身的失落中重獲生趣。九月，從京師歸許州途中，船經潁州（今安徽阜陽市），當時知潁州者爲晏殊，兩人相見甚歡，喝酒論詩，經旬乃別。晏殊推許堯臣詩可以上比陶淵明、韋應物，堯臣並作側字詩爲贈〔註105〕。許州境內有風景名勝「西湖」，堯臣置屋湖畔，題曰「西

〔註101〕　同註38，〈梅堯臣年譜〉，頁51。
〔註102〕　《梅堯臣集編年校注》卷15。
〔註103〕　《梅堯臣集編年校注》卷15。
〔註104〕　《梅堯臣集編年校注》卷16〈新婚〉。詩云：「前日爲新婚，喜今復悲昔。閨中事有託，月下影免隻。慣呼猶口誤，似往頗心積。幸皆柔淑姿，稟賦誠所獲。」又《宣城志》記載：「錢醇老文云：『刁氏，金陵人。父渭，都官員外郎。逾笄歸聖俞。聖俞所與遊，皆世偉人。歐陽公與朝之士大夫，至門無虛日。刁氏親鼎饔，調滋味，以稱其君子之心。聖俞過諸公飲，已夜乃歸。刁氏迎候屏間，恐不及。』」刁氏之賢慧可見一斑。
〔註105〕　〔宋〕蔡絛《西清詩話》：「晏元獻守汝陰，梅聖俞自都下特往見之，劇談古今作詩體製。聖俞將行，公置酒潁河上，因言古今章句中，全用平聲製字，穩帖若神施鬼設者，如『枯桑知天風』是也，恨未見側字詩。聖俞既引舟，遂作五側體寄公：『月出斷岸口，影照別舸背。且獨與婦飲，頗勝俗客對。』此詩家一種事也。」收入蔡鎮楚編：《中國詩話珍本叢書》（北京：北京圖書館出版社，2004年12月），冊1，頁314、316。按，所引五側體詩，即《梅堯臣集編年校注》卷16〈舟中夜與家人飲〉，詩云：「月出斷岸口，影照別舸

軒」。時與諸友相邀宴飲，泛遊湖中，詩歌酬唱，刁氏亦能妥貼應付，使賓主盡歡〔註106〕。堯臣雖仍官運不佳，幸得天倫、友朋之樂，心境稍寬。

慶曆七年（1047）八月，解許州簽判任，返回汴京。十月得女稱稱。十一月王則在貝州（今河北清河縣）發動兵變，聲勢浩大。明年（1048）正月，由參知政事文彥博以執政大臣赴貝州指揮作戰，平定動亂，遂拜同中書門下平章事。堯臣對其驟進很不以爲意，作〈宣麻〉〔註107〕加以譏刺，並作〈甘陵亂〉〔註108〕、〈兵〉〔註109〕揭露宋室當局的措置失當。

慶曆八年（1048）正月，爲國子監博士，賜緋服、銀魚，「蹉跎四十七，腰間始懸魚，茜袍雖可貴，髮短齒已疏。」〔註110〕雖得償宿願，仍不免傷於遲暮。三月，幼女稱稱殤，生止五月餘，堯臣再次受到打擊，他眞摯的深情，在哀悼詩〔註111〕中毫不保留地吐露。夏間率刁氏歸覲宣城，經揚州（今江蘇江都市）時訪州守歐陽修。秋後應晏殊辟，赴簽書陳州（今河南淮陽縣）鎮安軍節度判官任，途經揚州，再訪歐陽修。在陳州任內與晏殊唱和頗多，亦受晏殊影響，寫了許多擬古詩作。皇祐元年（1049）正月，以父喪，歸宣城守制

背，且獨與婦飲，頗勝俗客對。月漸上我席，暝色亦稍退，豈必在秉燭，此景已可愛。」

〔註106〕 《梅堯臣集編年校注》卷16〈奉和子華持國玉汝來飲西軒〉。

〔註107〕 《梅堯臣集編年校注》卷18。按，據《續資治通鑑長編》卷174載，皇祐五年五月，仁宗以狄青平儂智高亂有功，欲拔之爲樞密使，龐籍認爲賞之太過，言：「貝州之賞，當時論者已嫌其太厚。」可見堯臣此詩，正反映當時的公論。同註87，文淵閣《四庫全書》本，冊316，頁780。

〔註108〕 《梅堯臣集編年校注》卷17。

〔註109〕 《梅堯臣集編年校注》卷18。

〔註110〕 《梅堯臣集編年校注》卷18〈賜緋魚〉。按，國子監博士是五品官，服緋服及佩銀魚。

〔註111〕 《梅堯臣集編年校注》卷18〈戊子三月二十一日殤小女稱稱三首〉、〈小女稱稱塼銘〉。

三年。

　　皇祐三年（1051）二月，服除，爲生計乃彊赴京師再任〔註112〕。五月至京師，待闕家中，一度窮乏，幸賴友朋濟助〔註113〕。大臣屢薦宜在館閣，於是召試學士院，九月，視同進士出身，改太常博士，這時堯臣已經五十歲。十月間，殿中侍御史裏行唐介彈劾丞相文彥博以燈籠錦媚張貴妃，得相位，又除張堯佐宣徽節度使，共相狼狽，而請仁宗將文氏罷黜。終因仁宗的溺愛，怒責唐介，並貶放英州（今廣東英德市）別駕，文氏亦罷相，改知許州。這次政爭，堯臣是否作〈書竄〉〔註114〕詩，直言對文彥博的不滿，有關此事眞僞之辨，已於第一章第三節敘述。

　　皇祐四年（1052），以太常博士監永濟倉〔註115〕。二月底，歐陽修約堯臣買田於穎州，以爲終老之計，而堯臣以貧匱無資，難於與購。未幾，歐氏丁母憂，歸穎州，乃作罷。五月范仲淹卒，堯臣作詩三首弔之〔註116〕。廣西廣源州的少數民族儂智高在廣南西路一帶起兵，戰事延及廣州（今廣東廣州市），明年（1053）正月，狄青破邕州（今廣西南寧市），儂智高事平，堯臣有詩表示忻喜，但也指出朝廷官吏的顢頇〔註117〕。

〔註112〕　《梅堯臣集編年校注》卷21〈依韻和達觀禪師贈別〉。詩云：「平生少壯日，百事牽於情，今年輒五十，所向唯直誠……近因喪已除，偶得存餘生，強欲活妻子，勉焉事徂征……」

〔註113〕　《梅堯臣集編年校注》卷21〈貸米於如晦〉、〈杜挺之新得和州將出京遺予薪芻豆〉。

〔註114〕　《梅堯臣集編年校注》卷21。

〔註115〕　《梅堯臣集編年校注》卷22〈七月十六日赴庾直有懷〉、〈十一月十三日病後始入倉〉。

〔註116〕　《梅堯臣集編年校注》卷22〈聞高平公姐謝述哀感舊以助挽歌三首〉。

〔註117〕　《梅堯臣集編年校注》卷23。堯臣於〈十一日垂拱殿起居聞南捷〉中說「因人成功喜受賞，親戚便擬封侯王」，又在〈聞密賜〉責其「宜先戰士老與孩」，今從劉摯《忠肅集》卷11〈天章閣待制郭公墓誌銘〉載郭申錫「論狄青除樞密副使，賜第、官二子，恩過優。曹彬平江南無此賞。且智高尚在，邊境未寧，宜愼賞以勵有功。」

　　皇祐五年（1053）秋，嫡母束氏卒，靠著諸友協助，始克扶櫬歸里。至和二年（1055）秋，服除，離宣城返京。是年晏殊卒，堯臣對晏殊有知遇之感，在陳州又為屬吏，作〈聞臨淄公薨〉〔註118〕挽之。

　　至和三年（1056）九月改元，史稱嘉祐元年，堯臣五十五歲。八月，翰林學士趙槩、歐陽修等十餘人列薦堯臣，因得補國子監直講。嘉祐二年（1057），由太常博士遷屯田員外郎。正月，歐陽修以翰林學士權知貢舉，乃辟堯臣為參詳官，同在禮闈五十日，相與唱和。歐陽修主試進士，重視古文派之經世議論，專取平易樸實之文，這一年得士極多，自是詩文改革進入高潮。〔註119〕

　　嘉祐三年（1058）六月，以曾奏進所撰《唐載記》二十六卷，復經歐陽修推薦，乃充《唐書》編修官。初，堯臣猶冀得一館職以償宿願，既修《唐書》，恐仕宦止於此，語其妻刁氏曰：「吾之修書，可謂獼猴入布袋矣。」刁氏對曰：「君于仕宦，亦何異鮎魚上竹竿耶！」〔註120〕堯臣妻誠可謂慧心妙舌。十月，幼子龜兒生。

　　嘉祐四年（1059）十月，仁宗有事郊廟，堯臣預祭，進祫享詩。十二月，有詔獎諭，進都官員外郎。嘉祐五年（1060），轉尚書都官員外郎，充國子監直講，《唐書》編修官。暇時自種草藥而食，以強血補氣，歐陽修身體羸弱，嘗乞藥於堯臣〔註121〕偶與友朋酬遊唱和。夏，京師大疫，四月得疾以終。所預修《唐書》已成，未及

　　　　（北京：中華書局，2002 年 9 月，頁 238）可知堯臣所言乃當時公論。同註 39，〈梅堯臣年譜（續完）〉，頁 37。

〔註118〕《梅堯臣集編年校注》卷 25。

〔註119〕〔元〕劉性〈宛陵先生年譜序〉：「宋嘉祐二年，詔脩取士法，務求平澹典要之文。文忠公知貢舉而先生為試官，於是得人之盛，若眉山蘇氏、南豐曾氏、橫渠張氏、河南程氏，皆出乎其間。不惟文章復乎古作，而道學之傳，上承孔孟。然則，謂為文忠公與先生之功，非耶？」見《梅堯臣集編年校注》迻錄 10，頁 1169。

〔註120〕〔宋〕歐陽修撰、韓谷校點：《歸田錄》卷 2。同註 17，頁 622。

〔註121〕《梅堯臣集編年校注》卷 30〈次韻和永叔乞藥有感〉。

奏。〔註122〕明年（1061）正月，葬於宣城雙羊山，俗呼爲梅夫子墓
〔註123〕。（附錄二：梅堯臣生平年表、附錄三：梅堯臣經略圖）

〔註122〕同註8，《宋史‧梅堯臣傳》，頁 13092。文云：「預修《唐書》，成，
　　　　未奏而卒，錄其子一人。」嘉祐五年七月，歐陽修等上所修《唐書》
　　　　250 卷，預修者皆得賞賜。堯臣既卒，乃恩錄其子梅增一人。
〔註123〕〔宋〕趙與虤《娛書堂詩話》卷上：「梅聖俞因劉元甫戲言之讖，
　　　　竟終於都官，葬在宣城，俗呼爲梅夫子墓。弔之者有句云：『贏得
　　　　兒童叫夫子，可憐名位只都官。』」見《百部叢書集成》39（臺北：
　　　　藝文印書館，1969 年），頁 10 右。

第三章　梅堯臣辭賦分篇研究

　　梅堯臣以賦爲題的作品共計二十篇，本論文將依主題分成五節，逐篇進行探討：第一節爲安分知命之人生態度，有〈紅鸚鵡賦〉、〈矮石榴樹子賦〉、〈雨賦〉、〈鳭鳩賦〉、〈擊甌賦〉等五篇。第二節爲志乎仁義之學道方向，有〈魚琴賦〉、〈麈尾賦〉、〈乞巧賦〉等三篇。第三節爲表現誠摯之淑世情懷，有〈靈烏賦〉、〈南有嘉茗賦〉、〈問牛喘賦〉、〈針口魚賦〉、〈靈烏後賦〉、〈述釀賦〉等六篇。第四節爲抒發內心之感慨情思，有〈哀鷓鴣賦〉、〈思歸賦〉、〈凌霄花賦〉等三篇。第五節爲反對迷信之理性精神，有〈風異賦〉、〈鬼火賦〉、〈鬼火後賦〉等三篇。各節擬就寫作動機與背景、題材內容、句法結構、押韻分析、事類字詞、修辭技巧及筆法等擇其特點論述。每節篇章敘述順序，依寫作先後次第，時間不可考者列之於後。

第一節　安分知命之人生態度

一、紅鸚鵡賦

　　此賦篇是明道元年（1032），梅堯臣在河陽縣主簿任內所作，時年三十一歲，爲堯臣賦中現存最早的一篇。其賦序曰：「相國彭城公尹洛之二年，客有獻紅鸚鵡，籠之甚固，復以重環縶其足，遂感而賦

云。」彭城公即錢惟演，於天聖九年（1031）留守西京，尹洛之二年指天聖十年（1032），即明道元年。在這段序言中，已將寫作原委動機交待得很清楚。

紅鸚鵡因善學人語，性惠貌安，形色瑰異，而為人所寵愛豢養，「加以堅鏁，置以深廬」，堯臣卻為牠失去自由而慨嘆，「吾謂此鳥曾不若尺鷃之翻翻」，如果不是因為奇異、聰慧，就不會被人捕捉飼養，「何天生爾之乖耶」，最後得出「異不如常，慧不如愚」的啟示，藉著紅鸚鵡的遭遇，述說莊子「直木先伐」、「甘井先竭」之理。歐陽修〈畫眉鳥〉〔註1〕詩也有相同的理趣：「百囀千聲隨意移，山花紅紫樹高低。始知鎖向金籠聽，不及林間自在啼。」謂聽畫眉鳥在樹林裡自由地歌唱，遠勝於聽牠在金籠裡啼叫，故人類不應用自己主觀的方式看待萬物，使「飲瓊乳啄彫胡」、「鑄南金飾明珠」，表面上是為牠好，實際上卻是違反自然。堯臣此賦寓有守拙之心，人惟有順應自然之性，不以物累形，才能全身遠害，保全天性。

歐陽修有同題賦作，題明道元年（1032），當與堯臣同時所作。其賦序云：

> 聖俞作〈紅鸚鵡賦〉，以謂禽鳥之性，宜適於山林，今茲鸚徒事言語文章以招累，見囚樊中，曾烏鳶雞雛之不若也。謝公學士復多鸚鵡之才，故能去昆夷之賤，有金閨玉堂之安，飲泉啄實，自足為樂，作賦以反之。夫適物理、窮天眞，則聖俞之說勝。負才賢以取貴於世，而能自將所適皆安，不知籠檻之於山林，則謝公之說勝。某始得二賦，讀之釋然，知世之賢愚出處，各有理也。然猶疑夫茲禽之腹中，或有未盡者，因拾二賦之餘棄也，以代鸚畢其說。
> 〔註2〕

從序文可知，謝絳亦有一篇〈紅鸚鵡賦〉，惟已佚，僅能從歐文中窺

〔註1〕〔宋〕歐陽修撰、李逸安點校：〈畫眉鳥〉，《歐陽修全集》（北京：中華書局，2001年3月），卷11，頁184。

〔註2〕〔宋〕歐陽修：〈紅鸚鵡賦〉。同前註，《歐陽修全集》卷58，頁834。

知其內容旨趣。歐陽修以爲物必見用於人，斯能盡物之性，而於此賦預設紅鸚鵡的立場，答辯堯臣「徒事言語文章以招累」、謝絳「負才賢以取貴於世」的說法，對人性深刻反省，議論曲妙。

〈紅鸚鵡賦〉以隔句押韻爲多，亦有奇數句押韻情形，換韻三次，二十三處用韻，各段皆屬通韻的情況。茲將該賦韻部 [註3] 排列如下：

（一）○○固足賦○羽○聚○處○鵡
　　　　遇遇遇　麌　麌　語　麌
　　　（去聲遇、上聲麌、語通韻）[註4]

（二）○端○安○觀翻○論（平聲寒、元通韻）[註5]
　　　　寒　寒　寒元　元

（三）族綠（入聲屋、沃通韻）[註6]
　　　屋沃

（四）軀朱○○取○與○○樞○盧○○雛○愚乎
　　　麌麌　　麌　語　　麌　麌　　麌　麌麌
　　　（上聲麌、語通韻）

由上列觀之，此賦通韻情況較爲特殊的是第一段，屬於上聲去聲通韻之例。其他押韻形式，如第一段賦序末三句爲連續押韻：「籠之甚『固』，復以重環縶其『足』，遂感而『賦』云。」固、足、賦皆屬遇部，一氣讀下，點出題旨。第三段及第四段的第一組句是兩句換韻連續押韻：「吾昔窺爾『族』，喙丹而『綠』；今覽爾『軀』，

〔註3〕 本論文之韻部分析，「○」表非韻之句，並以《詩韻集成》各韻題下註明之通轉韻爲則。詳見〔清〕余照春亭編輯、周基校訂、朱明祥索引編寫：《增廣詩韻集成》（附索引）（高雄：高雄復文圖書出版社，2005 年 10 月）。

〔註4〕 去聲七遇：古通御；上聲六語：古通麌，韻略同；上聲七麌：古通語。

〔註5〕 上平十四寒：古轉先；下平一先：古通鹽，轉寒刪；上平十一眞：古通庚青蒸轉文元，韻略通文元寒刪先；上平十三元：古轉眞。

〔註6〕 入聲一屋：古通沃轉覺，韻略通沃覺；入聲二沃：古通屋。

體具而『朱』。」一、二句以族、綠入聲押韻，三、四句則轉押上聲的軀、朱。另第四段有以虛字入韻者二，一為：「俾爾為爾類，尚或弗『取』，況爾殊爾眾，不其甚『與』！」取屬虞部，與屬語部（虞、語同用），「與」即虛字，同「歟」；二為：「吾是知異不如常，慧不如『愚』，已乎已『乎』。」愚、乎皆屬虞部，以虛字「乎」入韻。

　　全篇共計二百二十字，句式有二言、三言、四言、五言、六言、七言、十言、十二言等，參差錯落，極為自由，隨意運用對偶句的變化，突破成雙成對駢偶的拘束，呈現散文化的語言，加上內容議說言理，自然成趣，與歐陽修〈紅鸚鵡賦〉的句式相較，便可發現「在宋代禽鳥賦創作上首先表現散文化特質的作家是梅堯臣」〔註7〕。

　　篇中運用許多字詞隔離的類疊修辭，如：「以形以色」、「或嘯或呼」、「其性惠，其貌安」、「爾為爾類」、「爾殊爾眾」、「謹其守，固其樞」、「加以堅鑕，置以深廬」、「異不如常，慧不如愚」等，以類字描繪出紅鸚鵡的特性與無奈。文末用「已乎已乎」疊句，強烈表達了作者的人生感慨，亦透露出絕望之情〔註8〕。另外有映襯法：「昔窺爾族，喙丹而綠，今覽爾軀，體具而朱。」以時間上今與昔，兩相對比，呈現紅鸚鵡的不同於眾。

二、矮石榴樹子賦

　　本篇是寶元二年（1039）堯臣任襄陽縣令時所作〔註9〕，時年三

〔註7〕吳儀鳳：《詠物與敘事──漢唐禽鳥賦研究》，收入龔鵬程主編：《古典詩歌研究彙刊》第 1 輯（永和：花木蘭文化出版社，2007 年 3 月），冊 3，頁 267。

〔註8〕《左傳・昭公十二年》：「(南蒯)將適費，飲鄉人酒。鄉人或歌之曰：『我有圃，生之杞乎！從我者子乎，去我者鄙乎，倍其鄰者恥乎！已乎已乎，非吾黨之士乎！』」楊伯峻注：「已乎、已矣乎、已矣哉，皆絕望之詞。」見楊伯峻編著：《春秋左傳注》（北京：中華書局，1981 年 3 月），冊 4，頁 1338。

〔註9〕〔明〕林鸞輯：《嘉靖襄城縣志》卷 7〈詞翰志〉，收錄堯臣於襄城期

十八歲。前有序文已指出明確的時空背景：「襄城縣庭下生矮石榴，往來者異之，予作賦寫其狀，因以自勵云。」

　　正文首先描寫矮石榴是未經栽種自己長出來的，外形特徵爲「密葉如蓋，繁條如織，萎蕤下垂，疲軟無力，緗苞貯露，纍纍仄仄，下人俯視，顚本可識」。而且它的形貌醜陋，「偃偃盤盤，若屈若鬱，紉紉結結，非曲非直，榦不足攀，陰不足息」，以致於「雀愧卑棲而不肯集分，故啾唧以矯翼」。接著作者自設問答，以第一人稱「我」反覆說理，透過自問自答的筆法，烘托主旨。堯臣認爲矮石榴不生長在園林園圃或亭臺樓榭等遊賞攬勝之地，而立於縣庭之內，正是欲給人以警示，其樹雖形貌不揚，殊乖眾木，卻能免受外界打擾斲傷，亦屬不幸中之大幸，而惕勵自己爲人處事也要像這棵醜樹一樣，不要被外表所蒙蔽，從而培養內在品德，固窮守節，表現高尚的道德情操。

　　〈矮石榴樹子賦〉多隔句押韻，亦有奇數句押韻情形，換韻四次，三十處用韻，各段或同屬一韻，或爲通韻的情況。茲將該賦韻部排列如下：

（一）○異○勵（去聲寘、霽通韻）〔註10〕
　　　寘　霽

（二）○仄○石○植○曆○織○力○仄○識集翼○鬱○直
　　　陌　陌　職　錫　職　職　職　職緝職　物　職
　　　○息惑○○（入聲陌、職、錫、緝、物通韻）〔註11〕
　　　職　職

間所作辭賦兩篇：〈矮石榴樹子賦〉、〈弔李膺辭〉。見《天一閣藏明代方志選刊》14（臺北：新文豐出版公司影寧波天一閣藏明嘉靖刻本，1985年），頁215。
〔註10〕去聲四寘：古通未霽隊轉泰，韻略通未霽泰卦隊；去聲八霽：古通寘。
〔註11〕入聲十一陌：古通月，韻略通錫職；入聲十二錫：古通職緝；入聲十三職：古通質；入聲五物：古通質；入聲十四緝：古通質，韻略通合葉洽。

（三）異異類（去聲寘韻）
　　　寘 寘 寘
（四）妖妖翹（平聲蕭韻）
　　　蕭 蕭 蕭
（五）所○覤○補○舉○侮○處○撫○主（上聲麌、語通韻）
　　　語 麌 麌 語 麌 語 麌 麌

　　第三、四段獨用一韻，第一、二、五段有通用二韻或五韻者，大抵符合《詩韻集成》該韻題下註明之通用範圍，堯臣此處將其合用，用韻較寬。

　　由上列觀之，此賦用韻三十處，仄聲字便占了二十七個，仄聲字短促有力，表達出作者內心急於說理之情。第三、四段為三句換韻連續押韻：「人以為『異』，我不知其『異』，曰殊眾木之類『類』。人以為『妖』，我不知其『妖』，曰乖眾木之翹『翹』。」一、二、三句以異、類去聲押韻，四、五、六句則轉押平聲的妖、翹，平仄相諧。

　　全文共計二百七十二字，句法以四言為多，併用三言至十二言等長短不齊之句式，如連續以三句散文三字句法：「高倍尺，中訟庭，麗戒石」，描述矮石榴的生長情形；又如：「勿洿溺以自抑，勿猶豫而失處，勿闒茸以接卑，勿上下之不撫」，為上三下三、第四字應用「以」、「而」、「之」等虛字的六字句〔註12〕，語言形式變化靈活。賦中夾入一句騷句：「雀愧卑棲而不肯集兮」，借助「兮」字抒發醜木竟為雀鳥所棄之嘆。

　　修辭方面，共用了八組疊字：「纍纍」、「仄仄」、「偃偃」、「盤盤」、「紉紉」、「結結」、「類類」、「翹翹」，或形容詞，或副詞，都能貼切地描摹矮石榴的形態。另外有譬喻法、設問法及排比、類疊法等，譬喻法如：「密葉如蓋，繁條如織」、「若屈若鬱」，設問法如：「夫何挺

〔註12〕張正體、張婷婷：《賦學》（臺北：臺灣學生書局，1982年8月），頁132。

質之可惑耶，意爲異歟，爲妖歟？」排比、類疊法如：「勿俾苞苴之流行，勿使吏氓之輕侮，勿湙沁以自抑，勿猶豫而失處，勿闒茸以接卑，勿上下之不撫。」

三、雨賦

此篇朱東潤《梅堯臣集編年校注》繫於慶曆八年（1048），時堯臣四十七歲，授國子監博士，秋後應晏殊辟，簽書陳州鎮安軍節度判官。

本賦無賦序，篇幅甚短，依文意約可分爲三段，首段自「春雨之至兮」至「不收報者歟」，言春雨之令人喜。「春雨」二字，點出季節，杜甫〈春夜喜雨〉云：「好雨知時節，當春乃發生。」將春天的雨稱爲好雨，因爲春雨滋潤萬物，不求回報，利於春耕播種，風調雨順就能帶來好收成。二段自「入波而隨流」至「迷而不知復者歟」，原本應令人喜的春雨，卻因積水成潦，使得屋漏瓦壞，樹木長出菌類，人民日夜愁泣。此段採用類比論證，堯臣將自己的仕途比作在霪雨裡苦苦掙扎，而將仕途偃蹇的不幸，歸罪於自己不能隨俗浮沉，「專好而失道」、「過而爲酷」、「迷而不知復」，以形象說理，春雨到底是有利還是有害，宦途到底是平坦大路還是洶湧險灘，實乃兩難的選擇。末段自「將告之雨」以下，歸結在窮愁之中，呼天不應，叫地無聲，只能以「窮居知命」自我寬解。

〈雨賦〉換韻三次，十四處用韻，各段或同屬一韻，或爲通韻。茲將該賦韻部排列如下：

（一）○[導]○[潦]○○○[報]（去聲號、效通韻）〔註13〕
　　　　　號　　效　　　　號

（二）○[潦][道]（上聲皓韻）
　　　　皓　皓

_____

〔註13〕去聲二十號：古通嘯；去聲十九效：古通嘯；去聲十八嘯：古通效號，韻略同。

（三）屋木酷○哭復（入聲屋、沃通韻）

　　　屋屋沃　屋屋

（四）○聽○夐命病○（去聲徑、敬通韻）〔註14〕

　　　徑　敬敬敬

　　由上列觀之，此賦全文用頓挫的仄聲韻，以去、上、入、去交替輪用，把情緒推入低沉感傷。第三段以「屋、木、酷、哭、復」爲韻腳，屋、木、哭、復屬屋部，酷屬沃部（屋、沃同用），依劉師培《正名隅論》所立條例，屬於侯類幽類霄類字，多有「曲折有稜」、「隱密斂收」的意義，可以顯出堯臣對於仕途的失意，內心所隱藏的萬般無奈，那樣的心情有著曲折不復說和深沉斂收的痛苦。有兩處使用連續押韻，一爲「壞瓦漏『屋』，蒸菌出『木』，過而爲『酷』者歟。」屋、木屬屋部，酷屬沃部（屋、沃同用）；一爲「將告之天，天且『夐』也。窮居知『命』，是何『病』也。」夐、命、病皆屬敬部，仄聲連押，予人心情沉重之感。

　　通篇二十四句，共計一百零七字，沿襲荀賦中的反詰模式，四言中間夾用排比反詰，「……，……者歟。」及「……，……，……者歟。」共十三句，前四句言春雨之「利」，後九句言春雨之「害」，連發五問的排比反詰句式，層層加深文章氣勢，營造了春雨到底有利還是有害的反思空間，發人深省。另外也用頂真格：「將告之雨，雨無聽也。將告之天，天且夐也。」以「雨」、「天」二處頂真，語氣貫通，使堯臣面對現實命運的無助感溢於言表。還有象徵法，用雨來象徵仕途環境的險惡。篇末用感嘆詞「噫」結束全文，傳遞內心不盡的感傷之情，可謂「文已盡而意有餘」〔註15〕。

　　雨是一種自然現象，不帶有任何主觀情意，經文人從不同角度進行意象經營，而具有豐富的意涵和審美感受。文人所使用的雨意象，

〔註14〕去聲二十四敬：古通震，韻略通徑：去聲二十徑：古通震。

〔註15〕〔南朝梁〕鍾嶸撰、陳延傑注：《詩品注・總論》（北京：人民文學出版社，1998 年 2 月），頁 2。

有使人歡欣的喜雨、令人愁悲的苦雨、追求雅致意境的雅雨、讓人領悟哲理的禪雨等〔註16〕，端視作者在創作時的處境情懷不同，而有特定的情感內涵。雨作爲愁緒的表達，傳遞了世事之艱、別離之愁、相思之苦、仕途之險等種種人生感觸，雨意象經堯臣情感的化合，〈雨賦〉成爲慨嘆仕途坎坷的篇章，以雨多成災抒發生不遇時、有志難伸之嘆。

四、鳹鳩賦

　　此篇著作年代已不可考。賦中堯臣以鳹鳩自比，並提出多種鳥類來與牠映襯，寫鳹鳩的智不如燕雁、勇不如鵰鶻鷹鸇、惠不如鸚鵡鸜鵒、年不如鸛鶴、巧不如女匠，確是癡又拙；但是牠在不得意中，仍能爲自己的悲苦心情找出路，安守本分，隨緣自適，隨心自在。堯臣取「鳩拙而安」〔註17〕的物性，而踵事增華，變本加厲，將鳹鳩的拙與癡出新意，以「自持」、「自遂」、「自善」、「自安」、「自寧」言其認定本分而求安處常寧之道。篇末堯臣藉唱嘆以總約全賦旨意，使文氣迴環往復，餘韻不絕，「噫，唯癡與拙，天之所生，若此而已矣，又烏足爲之重輕。」其作用與辭賦章法的「亂辭」相似，乃其變型。

　　〈鳹鳩賦〉通篇押韻，換韻十次，三十三處用韻，各段或同屬一韻，或爲通韻的情況。茲將該賦韻部排列如下：

　　（一）　禽○心音（平聲侵韻）

　　　　　侵　侵 侵

　　（二）　○雁 晚 ○返（上聲阮韻）

　　　　　阮 阮　阮

〔註16〕丁國強、周偉銘：〈論唐宋詩詞中「雨」意象的建構類型與人生意蘊〉，《遼寧大學學報（哲學社會科學版）》第4期（2002年7月），頁31。

〔註17〕〔周〕師曠《禽經》：「鳩拙而安。」〔晉〕張華注：「鳩，鳹鳩也。《方言》云：蜀謂之拙鳥。不善營業，取鳥巢居之，雖拙而安處也。」見文淵閣《四庫全書》本，冊847，頁684。《禽經》是我國最早的一部鳥類學著作，舊題師曠所作。

（三）□鸇□天○□拳（平聲先韻）
　　　先　先　　先

（四）□鶿□屋○□腹（入聲屋韻）
　　　屋　屋　　屋

（五）□匠□上○□壯（去聲漾韻）
　　　漾　漾　　漾

（六）□鶴□廓○□爵（入聲藥韻）
　　　藥　藥　　藥

（七）□鳥□表○□少（上聲篠韻）
　　　篠　篠　　篠

（八）□時□持（平聲支韻）
　　　支　支

（九）□利□遂（去聲寘韻）
　　　寘　寘

（十）□辯□善（上聲銑韻）
　　　銑　銑

（十一）□完□安□情□寧○○□生○□輕（平聲寒、庚、青通韻）〔註18〕
　　　　寒　寒　庚　青　　　庚　　庚

由上列觀之，此賦全篇用韻密實，感情激烈轉折，除了一句一韻、兩句一韻的韻例，亦有四句三韻者，共用了十一種不同的韻腳，韻腳豐富，形成鏗鏘的聲韻之美，讓文章讀起來具音樂性及韻律性，容易琅琅上口。賦末五句押庚韻，依劉師培《正名隅論》所立條例，屬於耕類字，多有「上平下直」、「虛懸」的意義，堯臣寫癡與拙乃與生俱來，吾人應順其自然，無須強求，使用耕類韻腳緩緩道來，流露出淡然處之的智慧。用韻方式特殊之處有二，一是每四句爲一韻段，四句

〔註18〕上平十四寒：古轉先；下平一先：古通鹽，轉寒刪；上平十一眞：古通庚青蒸轉文元，韻略通文元寒刪先；下平八庚：古通眞，韻略通青蒸；下平九青，古通眞。

三韻，第三句不韻，如第二段至第七段：

> 智不如燕雁，識氣候之蚤晚，隨陽而來，知社而返。
>
> 勇不如鶚鶻鷹鸇，恣搏擊於秋天，下無全物，落不空拳。
>
> 惠不如鸚鵡鸜鴿，入崇堂分陰夏屋，事言語以如人，飫果梁而飫腹。
>
> 巧不如女匠，挂巢室於枝上，畏風雨之漂搖，絞茅茅而密壯。
>
> 年不如鸛鶴，潔羽毛於寥廓，希霖雨而鳴垤，和氣類而靡爵。
>
> 茲五者實無有於羣鳥，分馴馴於林表，癡亦誠多，拙亦不少。

以上二十四句，每組四句，四句中之一、二、四句押韻，而四句一轉韻，初押平聲的「雁」、「晚」、「返」，次轉平聲的「鸇」、「天」、「拳」，再轉入聲的「鴿」、「屋」、「腹」，三轉去聲的「匠」、「上」、「壯」，四轉入聲的「鶴」、「廓」、「爵」，五轉上聲的「鳥」、「表」、「少」，韻腳平仄比例為一平五仄。此處以燕雁、鶚鶻鷹鸇、鸚鵡鸜鴿、女匠、鸛鶴的才智和鳲鳩的癡拙相映襯，採用四句換韻一、二、四句押韻的形式，讓文字迴盪著一種音節的美妙。

二為兩句換韻連續押韻，如第八段至第十二段：

> 雖不能趨暄燠之時，亦毛翮而自持；
>
> 雖不能決爪吻之利，亦飲啄而自遂；
>
> 雖不能弄喉舌之辯，亦呼鳴而自善；
>
> 雖不能理窠之完，亦棲處而自安；
>
> 雖不能適變赴情，亦隨宜而自寧。

以上十句，每句押韻，但一、二句是以「時」、「持」平聲押韻，三、四句則轉押去聲的「利」、「遂」，五、六句又轉押上聲的「辯」、「善」，七、八句復轉押平聲的「完」、「安」，九、十句再轉押平聲的「情」、「寧」。其中「時、持」、「完、安」、「情、寧」雖同屬平聲韻字，但不在相同韻部，韻腳平仄比例為三平二仄。此處氣韻迫促，正表現出

作者內心情感的激烈轉變。

全文二百五十三字，句法自然而自由，從一字句至九字句均有，隨言短長。除了賦首四句「時人謂鳲鳩癡拙禽也，茲禽然癡且拙，猶能以喙寫心，布於辨音者焉。」及賦末五句「噫，唯癡與拙，天之所生，若此而已矣，又烏足為之重輕。」之外，中段運用了兩次排比、類疊手法抒發議論，先連續用五組二十句的排比、類疊句，描寫鳲鳩的癡拙：「（智、勇、惠、巧、年）不如……」接著再用五組句子形成排比、類疊，鋪陳鳲鳩安時處順、恬淡自適的人生觀：「雖不能……，亦……而……」此十句亦兼用對偶法中的長句對。另外還運用映襯法，以燕雁、鵰鶹鷹鸇、鸚鵡鸜鵒、女匠、鸛鶴的智、勇、惠、巧、年，來反襯鳲鳩的癡拙，在對比映襯中，讓堯臣固窮自勵、自得其樂的形象躍然紙上。

鳲鳩，即布穀鳥。《詩經·曹風·鳲鳩》〔註19〕全詩四章，每章都以「鳲鳩在桑」起興，毛亨《傳》云：「鳲鳩之養其子，朝從上下，莫從下上，平均如一。」因其有均一之德，而用以命官名，古代管理水土營建的官司空，曾稱作鳲鳩氏。〔註20〕鳲鳩有許多異名，大抵與農耕有關，或以聲音之訛轉，因時因地而名稱各異，雅俗不同，如鴶鵴、穫穀、郭公、脫卻破袴、割麥插禾等。〔註21〕布穀以鳴聲得

〔註19〕《詩經·曹風·鳲鳩》：「鳲鳩在桑，其子七兮。淑人君子，其儀一兮。其儀一兮，心如結兮。鳲鳩在桑，其子在梅。淑人君子，其帶伊絲。其帶伊絲，其弁伊騏。鳲鳩在桑，其子在棘。淑人君子，其儀不忒。其儀不忒，正是四國。鳲鳩在桑，其子在榛。淑人君子，正是國人。正是國人，胡不萬年。」

〔註20〕《左傳·昭公十七年》：「鳲鳩氏，司空也。」〔晉〕杜預注：「鳲鳩，鴶鵴也。鳲鳩平均，故為司空，平水土。」

〔註21〕有關布穀鳥的叫聲，不同地方的人聽成不同話語的現象，古籍多有記載，如：〔漢〕揚雄《方言》卷8、〔宋〕陳造《江湖長翁文集》卷7〈布穀吟〉、〔明〕李詡《戒庵老人漫筆》卷6布穀鳥條、〔明〕李時珍《本草綱目》卷49林禽類、〔明〕包汝楫《南中紀聞》、〔清〕姚椿《通藝閣詩續錄》卷5〈採茶播穀謠〉、〔清〕陸以湉《冷廬雜識》卷6禽言條等。

名，雙音節叫聲「Cuck-oo、Cuck-oo」，每到春耕時候，就會聽到牠不停地啼唱催耕。牠也會隨季節遷徙，有托卵行為，古人以為不自築巢，強居鵲巢，即《詩經‧召南‧鵲巢》所謂：「維鵲有巢，維鳩居之。」〔註22〕

堯臣的〈啼禽〉和〈聞禽〉，即巧妙地將布穀叫聲的諧音「脫卻破袴」嵌入詩中，如：

> 盆蠶未成絲，破袴勸可脫，安知增羞顏，赤脛衣短褐。〔註23〕

> 禽鳴脫破袴，定無新易故，此語莫相識，善貧知有素。〔註24〕

這兩首詩寫暮春時節，布穀鳥啼叫勸人們換舊衣著新衣，但實際生活是如此窮困，「貧家能有幾尺布」〔註25〕，藉禽言描述憫農悲苦，表達堯臣深切的同情與關心。

若依鳥的生態習性、外觀特徵、築巢育雛、民間傳說等為攝取角度，古人詩歌中的「鳩」字，含義甚為混淆〔註26〕，實有將杜鵑科的

〔註22〕周鎮：《鳥與史料》（南投：省立鳳凰谷鳥園，1992年），頁177。周鎮從喜鵲的習性及外觀、卵的大小和顏色、鳥巢形狀等，與鳲鳩比較，以為鳲鳩托卵於鵲巢一事幾乎不可能，疑「鵲」是「雀」的同音之誤。

〔註23〕《梅堯臣集編年校注》卷21〈啼禽〉。

〔註24〕《梅堯臣集編年校注》卷26〈聞禽〉。

〔註25〕〔宋〕梁棟〈四禽言〉其一：「脫卻布袴，貧家能有幾尺布！寒機翦盡無可裁，可人不來廉叔度。脫卻布袴。」見陳衍輯撰、李夢生校點：《元詩紀事》（上海：上海古籍出版社，1987年3月），卷31，頁721。

〔註26〕〔三國吳〕陸璣撰、〔明〕毛晉廣要：《陸氏詩疏廣要》卷下之上翩翩者雛條：「按鳩類甚多，其名亦紛紛不一……凡鳩皆好鳴，故馮衍〈逐婦書〉云：『口如布穀』，羅氏遂混鳲鳩、鳴鳩為一鳥，與陸氏分疏之意，甚相矛盾。」（見文淵閣《四庫全書》本，冊70，頁109）。又〔清〕徐珂《清稗類鈔》動物類鳩條：「古人於鳥類，多以鳩名之，如鶚為雎鳩，鷹為鷞鳩，布穀為鳲鳩，則固非以形態類屬，特假借名之也。」（海口：海南國際新聞出版中心，1996年，《傳世藏書‧子庫‧雜記》冊4，頁1969）。又貫祖璋《鳥與文學》亦言：「從舊記載中去找尋材料，那末鳩字的含義，發生十分混淆亂雜的現象。他有各種的名稱，他有各種的意義；有許多截然不同的鳥類，都被包括在這個鳩的名稱之中。」（上海：上海古籍出版社，2001年），頁137。

鳲鳩與鳩鴿科的斑鳩〔註27〕、鵓鳩〔註28〕、白鳩等混為一鳥的現象。斑鳩後頸有黑色斑輪環，因其善鳴，故稱為鳴鳩。〈離騷〉取其鳥囀聲，寫道：「吾令鴆為媒兮，鴆告余以不好；雄鳩之鳴逝兮，余猶惡其佻巧。」屈原欲求有娀氏之佚女，受託為鳥媒的鴆鳥讒佞害人，以善為惡，屈原又鄙夷班鳩多言無實，輕薄取巧，拒斥其為媒介，辭中斑鳩成為饒舌佻薄的小人。〔註29〕斑鳩以果實、植物種子等堅硬食物為主食，育雛時，會先在自己的嗉囊中，將食物半消化後，重複吐出以餵食幼鳥〔註30〕，而被稱為不噎之鳥，漢代有向高年授鳩杖的制度，寓意欲老人不噎，以示敬老〔註31〕。宋人羅願《爾雅翼》所謂：「物之拙者，不能為巢，纔架數枝，往往破卵。」〔註32〕亦指此類鳩

〔註27〕〔清〕徐珂《清稗類鈔》動物類斑鳩條：「斑鳩，一名鵓鳩，體小於祝鳩，羽色淡白，頭頸及下面，色灰白微紅，自肩脊至尾，皆灰褐色，後頸有黑色之斑輪環。陸璣《詩疏》所謂『項有繡文斑然者』是也。」同註26。

〔註28〕〔三國吳〕陸璣《毛詩草木鳥獸蟲魚疏》卷下宛彼鳴鳩條：「鵓鳩灰色，無繡項，陰則屏逐其匹，晴則呼之，語曰：『天將雨，鳩逐婦』是也。」（同註26，《傳世藏書‧子庫‧科技》，頁488）。又〔清〕徐珂《清稗類鈔》動物類鵓鴣條：「鵓鴣，即祝鳩也……晴時鳴聲和緩，將雨則急，故俗又稱之曰『水鵓鴣』。」（同註26）。又貫祖璋《鳥與文學》綜合郝懿行《爾雅義疏》所述，關於祝鳩的名稱共十九個，有佳其、鵓鳩、鵓鴣、水鵓鴣、雋鳩等，由於古代典籍資料過於雜亂，這十九個名稱，「當然是不只一種鳥類，不過究屬何種名稱，指何種鳥類；每種名稱，所指共有幾種鳥類，則完全不能確說。」同註26，頁144。

〔註29〕楊牧：〈說鳥〉，《傳統的與現代的》（臺北：洪範書店，1979年9月），頁107。文中比較了史賓賽〈仙后〉詩與屈原〈離騷〉，二者都以班鳩做為求女鳥媒，由於中西方社會背景的差異，前者藉班鳩的協助兩個情人離而復合，屈原卻因人格使然，恐被道德社會視為與「佻巧」之徒為伍，而放棄斑鳩選擇鴆鳥作為媒介，終於失敗。

〔註30〕〔清〕徐珂《清稗類鈔》動物類鳩條：「其特性，能自嗉囊分泌一種乳汁，自口吐出，以養其雛，如祝鳩、斑鳩之屬是也。」同註26。

〔註31〕《後漢書‧禮儀志》卷95：「仲秋之月，縣道皆案戶比民。年始七十者，授之以王杖，餔之糜粥。八十九十，禮有加賜。王杖長九尺，端以鳩鳥為飾。鳩者，不噎之鳥也。欲老人不噎。」

〔註32〕〔宋〕羅願：《爾雅翼》卷14〈釋鳥二〉隹鳩條。見文淵閣《四庫全

鳥，牠們築巢技巧拙劣，用樹枝或竹枝草草編搭，十分簡陋。古人認為鳩類所作的巢不精巧，容積又小，無法居二鳥；聽其鳴聲，則天將雨無還聲，天將晴有還聲，於是將鳩鳥拙於築巢的習性和晴雨時不同的鳴聲結合，創造出「逐婦喚雨」的民間傳說〔註33〕，如南宋方岳的六言絕句〈鵓鳩〉：「村北村南雨暗，舍東舍西水生。去婦復還何日？煙蓑處處春耕。」〔註34〕謂下雨天被逐出巢的雌鵓鳩，要到什麼時候天氣轉晴，才能返回巢中。黃庭堅〈考試局與孫元忠博士竹間對窗夜聞元忠誦書聲調悲壯戲作竹枝歌三章和之〉其三亦有：「鵓鳩夫婦喜相喚，街頭雪泥即漸乾」之句。

白鳩，古以為瑞物〔註35〕，全身雪白，亦能預測氣候〔註36〕，關於白鳩的詩文有魏曹植〈白鳩謳〉、晉張華〈白鳩篇〉、唐李白〈白鳩辭〉、宋何承天〈白鳩頌〉等。

《宛陵集》中有兩首以鳩為題的禽鳥詩：

　　鳴鳩識陰晦，聒聒雌逐雄，鵲巢汝得共，可蔽雨與風。春

書》本，冊 222，頁 369。

〔註33〕 〔明〕婁元禮《田家五行》論飛禽條：「諺云：鴉浴風，鵲浴雨，八八兒洗浴斷風雨。鳩鳴有還聲者謂之呼婦，主晴；無還聲者謂之逐婦，主雨。」收入〔清〕陶珽纂：《續說郛》卷 30（臺北：新興書局，1964 年 6 月）。本書版心題《田家雜占》。

〔註34〕 〔宋〕方岳撰、秦效成校注：《秋崖詩詞校注》（合肥：黃山書社，1998 年 12 月），卷 1，頁 17。

〔註35〕 〔宋〕李昉等撰《太平御覽・羽族部八》：「孫氏《瑞應圖》曰：『白鳩，成湯時來。王者養耆老，尊道德，不以新失舊，則至。』」（北京：中華書局，2006 年 6 月），卷 921，頁 4087。

〔註36〕 〔清〕王必昌《重修臺灣縣志》卷 12〈風土志・土產〉羽之屬條：「白鳩，每當風雨，鼓翅盤旋。霜衣雪襟，殊堪珍玩。能知氣候，交時即連鳴數聲，或謂之知更鳥，以其每當五更則鳴也。」（南投：臺灣省文獻委員會，1993 年影印《臺灣文獻叢刊》第 113 種，頁 431）。又〔清〕朱景英《海東札記》卷 3〈記風土〉：「鳩不一種……白鳩周身如雪，皎然可愛，能知氣候，每交一更，輒鳴數聲，真慧禽也。」（見《臺灣文獻叢刊》第 19 種，頁 41）。又〔清〕林豪《澎湖廳志》卷 10〈物產〉鳥獸條：「白鳩，即知候，每交一時即鳴。」見《臺灣文獻叢刊》第 164 種，頁 339。

物況不晚，杏萼巳半紅，試看池館間，燕雀隨西東。〔註37〕

一世爲巢拙，長年與鵲爭。欲知雲腳雨，先向屋頭鳴。頸
上玉花碎，臆前檀粉輕。何時將刻杖，扶助老夫行。〔註38〕

詩中所言鳩的行止應包括三種鳥類，與鵲爭巢者爲鳲鳩，能預知天氣
變化者是鶻鳩，頸上有碎玉花斑，胸前羽毛輕軟，手杖以鳩形飾於杖
端，佐助老人行走者即班鳩。又如李白〈夷則格上白鳩拂舞辭〉亦有
相似情形：

鏗鳴鐘，考朗鼓，歌〈白鳩〉，引拂舞。白鳩之白誰與鄰，
霜衣雪襟誠可珍，含哺七子能平均。食不噎，性安馴，首
農政，鳴陽春。天子刻玉杖，鏤形賜耆人。〔註39〕

辭中言「含哺七子能平均」（對待雛鳥十分公平）、「性安馴，首農
政，鳴陽春」（生性溫良，春天時會提醒人們播種），應爲鳲鳩的特
徵。

五、擊甌賦

梅堯臣作〈擊甌賦〉並未言明寫作背景，也無從推測。甌是一種
陶製樂器，於其中分別加入不等量的水，以箸敲擊來和節拍。本賦採
設辭問對形式，以一問一答方式出之。篇首云：「余觀今樂，愛乎清
越出金石之間，所謂擊甌者……」此段先描繪甌的質地材料、音律特
色等。繼由虛設的「非之者」曰：「善則善矣，未若豔女之歌喉。」
最後是作者的辯解，辨明甌雖僅供優伶在宴飲聚會時演奏，亦可愉悅
嘉賓，精神穌暢，自不必計較其非爲廟堂所用樂器，或不如歌伎吟詠，
表現了堯臣樂天安命、不怨天尤人的人生態度。歐陽修〈醉翁亭記〉：
「宴酣之樂，非絲非竹，射者中，弈者勝，觥籌交錯，起坐而諠譁者，
眾賓歡也。」〔註40〕亦主張宴飲之樂，並不依賴美妙的音樂，只要眾

〔註37〕《梅堯臣集編年校注》卷 16〈春鳩〉。
〔註38〕《梅堯臣集編年校注》卷 26〈鳩〉。
〔註39〕〔唐〕李白撰、〔清〕王琦注：《李太白全集》（北京：中華書局，1985
年 1 月），卷 3，頁 209。
〔註40〕〔宋〕歐陽修：〈醉翁亭記〉。同註 1，《歐陽修全集》卷 39，頁

賓歡娛即可，這和梅堯臣的想法一致。

〈擊甌賦〉除了隔句押韻、連續押韻，亦有三句一韻者，換韻兩次，十八處用韻，各段或同屬一韻，或爲通韻的情況。茲將該賦韻部排列如下：

（一）○○甌○球 優○○周○倖 瑩 脩 泠 瀏○○喉
　　　　尤　尤尤　　尤　尤庚尤青尤　　尤
（平聲尤韻，平聲庚、青通韻）

（二）○竹 肉○目（入聲屋韻）
　　　　屋屋　屋

（三）○○鈞○人 賓 神倫（平聲眞韻）
　　　　眞　眞眞眞眞

由上列觀之，此賦押韻不十分整齊，文到韻隨。第一段有兩組句是交互押韻：「冰質『瑩』然，水聲『脩』然，度曲『泠』然，入爾『瀏』然。」此四韻，脩、瀏皆屬尤部，瑩屬庚部，泠屬青部（庚、青同用），一、三句與二、四句形成互相交錯的型態。全篇虛字皆不入韻，如：「所謂擊『甌』者，本埏埴，異琳『球』，入伶倫兮間齊『優』。」「以其近自然之氣，況此曾何參於樂錄之『目』乎！」其中虛字「者」、「乎」不入韻。第三段押眞韻，依劉師培《正名隅論》所立條例，屬於眞類字，多有「抽引上穿」、「聯引」的意義，堯臣於此使用眞類韻腳有答辯通朗之感。賦末採連續押韻：「發和於器，導和於『人』，可以樂嘉『賓』，可以暢百『神』，安得絲竹謳吟之匪『倫』也哉。」人、賓、神、倫皆屬眞部，爲平聲連押，語意一氣呵成。

典故引用成辭亦運用自若，「絲不如竹，竹不如肉」見《世說新語‧識鑒》劉孝標注引《孟嘉別傳》：「庾亮問：『聽伎，絲不如竹，竹不如肉，何也？』孟嘉答曰：『漸近自然。』」〔註41〕「絲」借代

576。
〔註41〕〔南朝宋〕劉義慶撰、（梁）劉孝標注、楊勇校箋：《世說新語校箋》
　　　（修訂本）（北京：中華書局，2007年5月），頁360。

絃樂器，「竹」借代管樂器，「肉」借代人聲，即美妙的歌喉。聽歌伎演奏唱歌，爲什麼絃樂器的聲音比不上管樂器，管樂器的聲音又不比上人聲？孟嘉的解釋只有「漸近自然」四個字，因爲人的歌喉是自然之物，最能淋漓盡致地表達情感，漸近自然可說是一種道家的思維。

此賦共計一百七十三字，大抵爲散文句法，短句長句交錯，間雜一句騷句「入伶倫兮間齊優」，爲上三下三、中間加一「兮」字的折腰句式，可加強句式的變化。末尾收結文意，以六言、四言、五言構成的文句最後，爲散體句子「安得絲竹謳吟之匪倫也哉」，句式活潑而有深意。修辭運用了排比、類疊法，描寫甌樂的聲音清越悠揚，如：「鳴非瓦釜律度合，鼓非土缶音韻周，和非塤箎上下應，作非鍾磬節奏侔。」「冰質瑩然，水聲脩然，度曲泠然，入耳瀏然。」也運用了層遞、頂眞法，形容人唱歌的聲音勝於諸樂器之上，如：「絲不如竹，竹不如肉。」

要而言之，宋代文人普遍追求心境開適，常以豁達態度面對人生的不如意，悲哀不再是文學主題〔註42〕，賦意表現出損悲自達的處世態度，化艱難於淡遠的精神意趣〔註43〕。梅堯臣一生仕途不顯，欲有所作爲，但有志難伸，於是藉事件或物象來抒發他在逆境中，隨遇而安、超然物外的從容襟懷，如〈紅鸚鵡賦〉寄寓了順應自然，不機巧詭詐，安分守拙之心；〈矮石榴樹子賦〉、〈雨賦〉、〈鳲鳩賦〉、〈擊甌賦〉表達其認定本分、窮居知命的精神，呈現人格成熟和內心圓融自

〔註42〕〔日〕吉川幸次郎撰、鄭清茂譯：《宋詩概說》（臺北：聯經出版事業公司，1983 年 5 月），頁 32。吉川幸次郎以爲宋代「新的人生觀最大的特色是悲哀的揚棄。宋人認爲人生不一定是完全悲哀的，從而採取了揚棄悲哀的態度。過去的詩人由於感到人生充滿著悲哀，自然把悲哀當作詩歌的重要主題。只有到了宋朝，才算脫離了這種久來的習慣，而開創了一個新局面。」
〔註43〕許結：〈論宋賦的歷史承變與文化品格〉，《社會科學戰線》第 3 期（1995 年 6 月），頁 173。

足的境界。

第二節　志乎仁義之學道方向

一、魚琴賦

　　據朱東潤考訂，本賦撰於仁宗慶曆四年〔註44〕（1044），此時堯臣四十三歲。賦前有一小序：「丁從事獲古寺破木魚，斲為琴，可愛玩。潘叔治從而為賦，余又和之，將以道其事而寄其懷。」寫作動機甚明。賦題中無「和」字，但從序文可見這是一首和賦，乃堯臣與潘叔治唱和之作，惟潘文已佚，無法比較兩篇的異同。

　　琴棋書畫是中國古代文人怡情養性的四藝，而琴為四藝之首，亦是士大夫心中寓道於器的價值象徵，被視為載道之器。梧桐因其「附崖石，遠水涯，陰凝其液，陽峭其皮，曾亡漫戾而沉實之韻資」，而為優良之琴材，當其始遇工匠，或為木魚，或為琴器，貴賤有別，各有幸與不幸。從序文可知此琴，昔為古寺破木魚，桐木初被斫斬為木魚時，日擊而椎，命運乖舛，堪可嗟嘆，後由於木魚晨夕近鐘鼓，為金聲所入，亦為優良琴材，而被製為琴，乃能登堂入室，置身於儒士雅客之間。作者因此自勉自勵：

> 嗚呼琴兮，遇與不遇，誠由於通塞。始時效材，雖甚辱兮，
> 於道無所失。今而後決可以參金石之奏焉，無忘在昔為魚
> 之日。

人生際遇有起有落，重要的是窮達皆當守本不失其道，堯臣於此期勉自己「於道無所失」，託物言志，並有諷世之意。

　　〈魚琴賦〉之賦序為散文，正文才是韻文。以隔句押韻為最常見，亦有奇數句押韻情形，十九處用韻。茲將該賦韻部排列如下：

〔註44〕《梅堯臣集編年校注》卷14〈魚琴賦〉。補注云：「慶曆四年春，堯臣在湖州，有〈和潘叔治早春遊何山〉及〈和潘叔治晚春梅花〉詩；回宣城後，又有〈和潘叔治題劉道士房畫薛稷六鶴圖〉詩。二人唱和當在斯時，〈魚琴賦〉應繫慶曆四年。」

○○○○○○○枝 石 涯 液 皮 資○氏○宜○夷○瞖○椎○
　　　　　　　支 陌 支 陌 支 支　紙　支　支　支　支

馳 之○犧○絲○室○○窒○○失○日
支 支　犧　絲　質　　質　　質　日
支 支　　　　　質　　質　　質　質

（平聲支、上聲紙、入聲質通韻，入聲陌韻）

　　由上列觀之，此賦以支、紙、質通押到底，屬於平聲上聲入
聲通韻之例。文中有兩組句是交互押韻：「夫其生也附崖『石』，遠水
『涯』，陰凝其『液』，陽峭其『皮』。」一、三句同押陌部，二、四
句則同押支部，奇數句與偶數句所押的韻部不同，且平仄相間，而有
相互錯雜的感覺。賦末十句，以入聲質韻來表達情緒的激昂與議論的
高潮。

　　　通篇共計二百一十一字，句子長短隨文氣而補裁，少則一字一
句，多至十餘字一句，亦兼雜兩句「兮」字句「嗚呼琴兮」、「雖甚辱
兮」點綴其間，為散文句法組織。在修辭方面，使用修辭學上的象徵
手法，以「琴」象徵「寓道於器」、「道器並重」，意味深長。此外映
襯法，乃藉昔為木魚，今為琴器來對照「遇」與「不遇」的情懷。另
如「徽以黃金，絃以纍絲」為類疊法。

二、麈尾賦

　　本篇之撰年不可考。賦云壯麈為虞人所獲，以致身殺肉燔骨棄，
然尾獨猶存，乃被製成持柄華美的麈尾，供清談名士執握以助談興。
因感慨世間萬物，如生若蚍蜉、死若埃塵的犬豕之類，「生無以異於
其類，死不為時之所珍」的悲哀，並由此體會到孔子所說人要歿而不
朽的教誨，以及司馬遷發憤著書的意義。賦作透過對壯麈命運的思
考，表達了堯臣執著奮進、積極用世的人生態度。

　　　〈麈尾賦〉十五處用韻。茲將該賦韻部排列如下：

原○燔○存 柄 言 任 恩○○均○巡 今○人○塵○珍○因 親
元　元　元 敬 元 沁 元　　元　元 侵 真　真　真　真　真

（平聲元、侵、眞通韻〔註45〕，去聲敬、沁通韻〔註46〕）

由上列觀之，此賦以元、侵、眞通韻通押到底，惟於六、八句押仄聲韻，與七、九句形成交互押韻，排比敘寫麈尾的功用：「飾雕玉以爲『柄』，入君握而承『言』，聊指麈之可『任』，雖脫落而蒙『恩』。」柄屬敬部，任數沁部（敬、沁同用），言、恩皆屬元部，平仄更迭，音韻鏗鏘。全篇大抵採隔句押韻，首五句爲奇數句隔句押韻。賦末句以平聲眞韻作收，顯得激越悠揚。

本賦共計一百四十一字，駢散相間，以四言散句爲主，並多加入長句，有七言一句三次、八言一句一次、九言一句二次、十言一句一次、十一言一句一次，以散文氣勢恣意行文。對句如：「生若蚍蜉，死若埃塵」、「生無以異於其類，死不爲時之所珍」，此處在意義上亦是映襯，前二句又用譬喻法，以具體的蚍蜉、埃塵喻比抽象的生、死，藝術技巧高妙。此外在使用典故方面，有語典和事典各一例，如明引孔子：「君子疾沒世而名不稱焉」（《論語・衛靈公》）之詞而略加更動，並引司馬遷忍辱含垢、發憤著書之事例，表現出堯臣對此二人的企仰與追隨之意，用典純熟，意亦貼切。

六朝人雅好清談，麈尾是清談時標誌性的道具，在當時乃「名流雅器，六朝談士之重視其麈尾，正是重視他自己的學術生命」〔註47〕，爲名士地位的象徵。麈尾用麞鹿之尾製成，其形狀「員上天形，平下地勢」〔註48〕，持柄大多華麗，有白玉、犀角、象牙、竹等材質。

〔註45〕平聲十三元：古轉眞；平聲十二侵：古通眞，韻略通覃鹽鹹；平聲十一眞：古通庚青蒸轉文元，韻略通文元寒刪先。

〔註46〕去聲二十四敬：古通震，韻略通徑；去聲二十七沁：古通震，韻略通勘豔陷。

〔註47〕莊伯和：〈談麈尾〉，《故宮文物月刊》第 1 卷第 5 期（1983 年 8 月），頁 78。

〔註48〕〔陳〕徐陵：〈麈尾銘〉，《全陳文》卷 10，收入〔清〕嚴可均校輯：《全上古三代秦漢三國六朝文》（臺北：宏業書局，1975 年 8 月），冊 4，頁 3458。「員上天形，平下地勢」指它的上端圓形，有如天空；下端靠柄處平直，有如平地。

陸佃《埤雅》引《名苑》曰：「鹿之大者曰麈，群鹿隨之皆視麈所往，麈尾所轉爲準，於文主鹿爲麈，而古之談者揮焉，良爲是也。」〔註49〕高似孫《緯略》亦云：「群麊（一作鹿）隨之，皆依（一作視）麈尾所轉。」〔註50〕古代傳說麈遷徙時，以前麈之尾爲方向標識，故麈尾有領袖群倫之義，後古人清談時必執麈尾，以助談鋒，相習成俗，不談時，亦常握在手中。

　　陳子昂〈麈尾賦〉爲應酬之作，寫於筵席之間，藉原應是超群絕倫的麈尾，而今成爲盤中飧，隱喻自己不爲所用。陸龜蒙亦作〈即席探得麈尾賦〉，感嘆唐末世風頹壞，文士「陽矜莊而靜默，暗奔競而喧嘩」，陽奉陰違競逐名利，天隨子只能由一柄麈尾，追慕王、謝諸人。梅堯臣〈麈尾賦〉受柳宗元〈瓶賦〉、〈牛賦〉〔註51〕的影響和啓發，藉物寓志，以壯麈死而有用，製成麈尾，「信美而有文」〔註52〕，申言「疾沒世而名滅」的理想，表達自己欲爲有用，奮見於事業的願望。

三、乞巧賦

　　本篇寫作時間不得而知。篇首雖無賦序，但在開頭仍用不少篇幅交代了著作此文的動機：

> 孟秋七日，夕戶未扃，余歸自外，見家人之在庭，列時花與美果，祈織女而丁寧，乞天巧之付與，惡心手之鈍冥。余就寢而弗顧，又烏辨乎列星。兒女前曰：故事所傳，餘千百齡，何獨守拙，迷猶未醒。遂起坐而歎曰：吾試語汝，

〔註49〕〔宋〕陸佃：《埤雅》卷 3。見文淵閣《四庫全書》本，冊 222，頁78。

〔註50〕〔宋〕高似孫：《緯略》卷 3。見文淵閣《四庫全書》本，冊 852，頁 281。

〔註51〕〈瓶賦〉言陶瓶「淡泊爲師」、「寧除渴飢」，卻在「功成事遂，復於土泥」；〈牛賦〉寫牛生時「富窮飽飢」、「利滿天下」，死後「皮角見用」。

〔註52〕《梅堯臣集編年校注》卷 2〈玉麈尾寄傅尉越石聯句〉。詩云：「齋中獨何物，持之想見君，惟茲玉麈尾，信美而有文……」

　　汝其各聽。

　　此文為問答體，由堯臣與兒女對答成文。作者勸導兒女，愚慧乃天稟，妄求天巧，並不恰當；況且天巧與人巧不同，焉能私自祈巧？而人所求者，只不過心巧、口巧、手巧和足巧，像這些世間巧偽之事，實不足取，遂於賦末言志：「吾學聖人之仁義，尚恐沒而無知，肯乞世間之輕巧，以汨吾道而奪吾之所持。吾決守此而已矣，爾勿吾疑。」表現知識分子堅持聖人之道，不流世俗的風骨操守。

　　〈乞巧賦〉以隔句押韻使用最多，亦有奇數句押韻情形，換韻一次，三十二處用韻，各段皆為通韻的情況。茲將該賦韻部排列如下：

　　（一）　○局○庭○寧○冥○星○○齡○醒○○聽○○形生
　　　　　　　青　青　青　青　青　　青　青　　青　　青庚
　　　　　　靈○經○營○亭○青（平聲庚、青通韻）
　　　　　　青　青　庚　青　青
　　（二）　○○私○時機施○宜虧○○○詞○馳○為○○離○
　　　　　　　　支　支微支　支支　　　支　支　支　　支
　　　　　　○遺○○卑○○疲之○知○持○疑
　　　　　　　支　　支　　支支　支　支　支

　　（平聲支、微通韻）〔註53〕

　　由上列觀之，此賦全文押平聲韻，陽聲韻十五次、陰聲韻十七次，次數相當，用韻音和律諧，故見舒緩之氣，諄諄教誨，娓娓道來，足具說服力。押韻形式有兩處為連續押韻，一是：「天之巧者總陰陽，運四『時』，懸日月星辰而不忒其璇『機』，鼓雷風雨雪而不失其『施』。」分別屬支部、微部、支部（支、微同用），乃平聲連句押韻；二是：「變而有氣，氣而有『形』，形而有『生』，生而有『靈』。」形、靈屬青部，生屬庚部（青、庚同用），亦為平聲連押。又有每三句押韻之例，如：「慮之巧不過多智謀，使爾多謀多智，則

────────────────────

〔註53〕上平四支：古通微齊灰轉佳，韻略通微齊佳灰；上平五微：古通支。

精騖而魄『離』；詞之巧不過多辯言，使爾多言多辯，則鮮仁而行『遺』；技之巧不過多能藝，使爾多能多藝，則藝成而跡『卑』；馳之巧不過多履歷，使爾多履多歷，則速老而筋『疲』。」以上十二句，每組三句，於三句中之最後一句押韻，離、遺、卑、疲皆押支部，此處併用節奏明快的排比、類疊法，使文章更見靈動。另如：「如是則吾焉用而乞『之』。吾學聖人之仁義，尚恐沒而無『知』，肯乞世間之輕巧，以汨吾道而奪吾之所『持』。」「之」與後二韻皆屬支部，為虛字入韻。

全篇共計三百九十四字，乃堯臣諸賦中篇幅最長者。整體散文氣勢穩健通暢，少則三言，多至十一言，無所拘束，又有在句末加一「兮」字者：「則何異高山之木兮」、「欲戕而為犧象兮」，使句法組織自然靈活。堯臣在此賦中，馳騁才華，表現不俗。修辭方面，如：「變而有氣，氣而有形，形而有生，生而有靈」為層遞、頂真法；又如：「心巧於慮，口巧於詞，手巧於技，足巧於馳」為排比、類疊法。

傳說織女的手藝精巧，可以織出雲彩般華麗的衣服，因此七夕夜晚，婦女們藉由乞巧活動，祈求得到和織女一樣的巧工。各種乞巧的內容形式，常因時因地而有不同，結綵樓、穿針乞巧、喜蛛應巧、拜織女等則頗多一致。〔註54〕在宋代，京城還設有乞巧市，專賣乞巧物品，熱鬧的景象不亞於春節。〔註55〕乞巧節是古人最喜歡的節日之

〔註54〕（南朝梁）宗懍《荊楚歲時記》：「七月七日為牽牛織女聚會之夜。是夕，人家婦女結綵縷，穿七孔針，或以金銀鍮石為針，陳几筵酒脯瓜菓於庭中以乞巧，有喜子網於瓜上，則以為符應。」（見《叢書集成》新編，冊91，頁183）又〔宋〕孟元老《東京夢華錄》卷8：「至初六日、七日晚，貴家多結綵樓於庭，謂之乞巧樓。鋪陳磨喝樂、花瓜、酒炙、筆硯、針線，或兒童裁詩，女郎呈巧，焚香列拜，謂之乞巧。婦女望月穿針，或以小蜘蛛安合子內，次日看之，若網圓正謂之得巧。」見《叢書集成》新編，冊96，頁628。

〔註55〕〔宋〕金盈之《新編醉翁談錄》卷4：「七夕，潘樓前賣乞巧物。自七月一日，車馬嗔咽，至七夕前三日，車馬不通行，相次壅遏，不復得出，至夜方散……自後再就潘樓，其次麗景、保康諸門及睦親門外，亦有乞巧市，然終不及潘樓之繁盛也。」見《叢書集成》續

一，從漢代開始，一直到明朝都很盛行，許多文人以乞巧做爲詩賦題材，如柳宗元的諷諭賦〈乞巧文〉，後世仿作甚夥，有孫樵〈乞巧對〉、楊維楨〈乞巧賦〉、王達〈乞巧文〉、鄭珍〈乞巧文〉等，內容都以巧拙對照，揭露當世巧僞之人情或風氣。柳氏所說的「巧」，並非婦女們祈求的巧手藝，而是指世間的巧變機詐，全篇運用反語及自嘲方式，其實他眞正希望的是保持「拙」。堯臣仿擬柳文的問對體和散文筆法，以及「抱拙終身，以死誰惕」的觀點，而有所創新。他將「巧」分爲天巧和人巧，天巧指自然界運行的規律，不是人力所可左右，又如何能祈巧；人巧爲人間的奸巧詭詐，悖於聖人之道，避之惟恐不及，又何必去乞求，是以對七夕乞巧採取反對態度。他另有兩首以七夕爲題的詩作：

> 古來傳織女，七夕渡明河，巧意世爭乞，神光誰見過。隔年期已拙，舊俗驗方訛，五色金盤果，蜘蛛浪作窠。[註56]
> 織女無恥羞，年年嫁牽牛，牽牛苦娶婦，娶婦不解留。來往一夕光，奕奕河漢秋，輕傳人世巧，未知何時休。喜鵲頭無毛，截雲駕車輈，老鴉少斟酌，死欲同造舟。明月不到曉，是夜曲如鉤，天意與物理，注錯將何求。嘗聞阮家兒，犢鼻竹竿頭。人生自有分，豈媿曝衣樓。[註57]

詩中加入了理性的懷疑和思考，或對織女形象、七夕民俗加以翻案，或以爲巧拙本天成，無須強求，表達了與其〈乞巧賦〉相似的看法。

　　總結上文，堯臣一生官卑秩微，有志難伸，且生活常陷入窘迫之中，但他始終謹記聖賢之言，堅守仁義之道，不媚俗苟同，不譁眾取寵，表現出知識分子可敬的風骨、情懷和品格，如〈魚琴賦〉闡發作者自身在窮達貴賤之際的理想作爲，〈麈尾賦〉顯示志於身雖死而聲

　　　　編，冊213，頁247。
〔註56〕《梅堯臣集編年校注》卷17〈七夕〉。
〔註57〕《梅堯臣集編年校注》卷23〈七夕詠懷〉。

名長存的仁義精神，〈乞巧賦〉體現了淡泊守拙、順道而行的仁者境界，皆具有篤守儒家道德、不與世俗浮沉的氣節，也因此堯臣雖然科場蹭蹬，偃蹇困頓，在當代仍享有極為清高的聲望。

第三節　表現誠摯之淑世情懷

一、靈烏賦

　　宋仁宗景祐三年（1036），范仲淹上〈百官升遷次序圖〉譏刺呂夷簡不能選賢任能，因而坐貶饒州。堯臣當時知建德縣，對於范氏因指陳時弊而遭遷謫，感慨萬千，遂作〈靈烏賦〉以寄，聲援范氏〔註58〕。此賦指出范氏所受的委屈，字面上是勸范氏明哲保身，不必直言取禍，也暗喻了堯臣對小人塞途、直士被貶、朝政不綱的譴責。

　　賦文可分為四段，首段自「烏之謂靈者何」至「小者烏」，總寫烏的靈性，以人、獸、蟲、烏四者類比，並比烏於智者、馬駒、烏龜，結合人和動物，凸顯烏的靈性，使烏擬人化，寫烏同時也在表現人。二段自「賢不時而用」至「烏鴉鴉兮招唾罵於邑閭」，寫人、獸、蟲、烏的靈性雖各有大小不同，若不能適時合宜的發揮，只會事與願違，得不到效果。三段自「烏兮」至「體劬劬兮喪精」，反覆申說靈烏獻忠告凶，卻遭誣指成凶人，勸范氏要學習鳳凰適時而鳴，不要像烏龜、馬駒、智者一樣，汲汲表現自己才能，反而帶來禍害。末段由「烏兮爾靈」領起，諄諄告誡范仲淹要結舌鈐喙、飲啄自遂、勿植黨自高，以避其禍。

〔註58〕　〔宋〕葉夢得撰、〔宋〕宇文紹奕考異、穆公校點：《石林燕語》卷9，《宋元筆記小說大觀》（上海：上海古籍出版社，2007年3月），冊3，頁2558。文云：「范文正公始以獻百官圖譏切呂申公，坐貶饒州。梅聖俞時官旁郡，作〈靈烏賦〉以寄，所謂『事將兆而獻忠，人返謂爾多凶』，蓋為范公設也。故公亦作賦報之，有言『知我者謂吉之先，不知我者謂凶之類』。」

　　〈靈烏賦〉換韻四次，二十六處用韻，各段或同屬一韻，或爲通韻。茲將該賦韻部排列如下：

（一）　○○烏○○○○江○駒○○○○○○烏○趨○途○軀○圄
　　　　　　　虞　　　　　虞　　　　　　　虞　虞　虞　虞　魚

（平聲虞、魚通韻）〔註59〕

（二）　○忠 凶○凶 凶 凶 凶（平聲東、冬通韻）〔註60〕
　　　　　　東 冬　冬 冬 冬 冬

（三）　吉 出（入聲質韻）
　　　　　質 質

（四）　鳴 驚○行○精 靈○聽（平聲庚、青通韻）
　　　　　庚 庚　庚　庚 青　青

（五）　喙 遂 子 睨 累（上聲紙、去聲隊、眞、霽通韻）〔註61〕
　　　　　隊 眞 紙 霽 眞

　　由上列觀之，此賦用韻鬆散，隨在而施。第一段二十三句，前十五句或三句一韻一次，或六句一韻二次，氣勢極爲舒緩，緊接著八句改用隔句押韻，節奏急遽轉爲迫促，大有山雨欲來之勢。接下來第二段一連八句，有「忠、凶」兩個韻腳，韻母爲 ong 或 ung，字音比較響亮，予人情緒激越之感，八句中的後四句連續押韻，接連押四個「凶」字，凶屬冬部，爲平聲之陽聲韻，顯得感情激盪，語氣激烈。再下面第三段二句，用了兩個入聲質韻，有突然壓低嗓子說話的感覺，讓人惕勵警戒。接著第四段九句，又用六個平聲之陽聲韻，於是情感再次激動起來。接下來第五段的五句，以七言連續押韻，使用激厲勁遠的去聲韻，與堯臣勸誡范仲淹要謹言愼行的口吻相諧和。

〔註59〕上平七虞：古通魚；上平六魚：古通虞，韻略同。

〔註60〕上平一東：古通冬轉江，韻略通冬江；上平二冬：古通東。

〔註61〕去聲十一隊：古轉眞；去聲四寘：古通未霽隊轉泰，韻略通未霽泰卦隊；去聲八霽：古通眞。

本篇共計二百四十七字，句式以散句起首直云：「烏之謂靈者何？」接著自「夫人之靈」至「小者烏」用駢句作答；再從「賢不時而用」到「烏鴟鴟兮招唾罵於邑閭」以騷句申述。後幅也是騷、駢、散句交遞，「烏兮……是以為凶」、「烏兮爾靈……庶或汝聽」為散句；「爾之不告兮凶豈能吉……人不怪兮不驚」、「結爾舌兮鈐爾喙……往來城頭無爾累」為騷句；「龜自神而剚殼……體劬劬兮喪精」為駢句，句法極為自由活潑，充滿散文之氣。

修辭方面，運用轉化格，以靈烏比擬范仲淹，其間融合設問、感嘆、排比、類疊、映襯、呼告、頂真諸法，鋪排敷陳，藝術手法豐富。開頭採設問法，以「烏之謂靈者何？」提問，接著利用嘆詞構成感嘆句，「噫，豈獨是烏也。」並借「人之靈，大者賢，小者智；獸之靈，大者麟，小者駒；蟲之靈，大者龍，小者龜；鳥之靈，大者鳳，小者烏。」之排比、類疊句，以大小映襯對比，透現烏的靈性，並引出問題的答案；接下來一連八句，「賢不時而用，智給給兮為世所趨；麟不時而出，駒流汗兮擾擾於脩途；龍不時而見，龜七十二鑽兮寧自保其堅軀；鳳不時而鳴，烏鴟鴟兮招唾罵於邑閭。」也是排比、類疊句，申論立身處世應知進識退，進退有節；次再以呼告、類疊、頂真筆法兼用，「烏兮，事將乖而獻忠，人反謂爾多凶。凶不本於爾，爾又安能凶。凶人自凶，爾告之凶，是以為凶。」呼叫靈烏，鄭重告誡牠慎勿直言賈禍，復以類字「凶」，重複置於六句內，句句重出，讀來沉著而有力，益顯堯臣叮嚀規勸的苦心，並在「凶。凶」、「爾，爾」、「凶。凶」的聯繫中，讓語句結構更為嚴密緊湊。

范仲淹對於堯臣勸其禁口自保的美意，又作〈靈烏賦〉予以婉謝，其序云：「梅君聖俞作是賦，曾不我鄙而寄以為好，因勉而和之，庶幾感物之意，同歸而殊途矣。」〔註62〕賦中藉靈烏以明志，為報主人知遇之恩，縱因危言見黜也不後悔，體現「寧鳴而死，不默而生」的

<hr />

〔註62〕〔宋〕范仲淹：〈靈烏賦〉，《范文正公文集》卷1（北京：綫裝書局，2004年，《宋集珍本叢刊》影印北宋刻本），冊2，頁735。

用世熱望。范氏另有〈鄱陽酬曹使君泉州見寄〉〔註63〕、〈答梅聖俞
靈烏賦〉〔註64〕二詩，皆可見兩人立朝見解之不同。

梅堯臣對於范仲淹因言事被貶，余靖、尹洙、歐陽修為范氏抱不
平亦遭貶斥一事，有感而作〈靈烏賦〉、〈彼鴷吟〉、〈猛虎行〉〔註65〕
等系列詩文，另作詩〈聞尹師魯謫富水〉、〈聞歐陽永叔謫夷陵〉、〈寄
饒州范待制〉〔註66〕分致三人，以慰其直諫。在〈彼鴷吟〉中，以鴷
（啄木鳥）啄木除蠹的特性，寄寓士人為國除弊之意。其詩云：

> 斷木喙雖長，不啄柏與松，松柏本堅直，中心無蠹蟲。廣
> 庭木云美，不與松柏比，臃腫質性虛，朽蝍招猛觜。主人
> 赫然怒，我愛爾何毀，彈射出窮山，群鳥亦相喜。啁啾弄
> 好音，自謂得天理，哀哉彼鴷禽，吻血徒為爾。鷹鸇不搏
> 擊，狐兔縱橫起，況茲樹腹息，力去宜殞死。〔註67〕

詩以「鴷」喻范仲淹，「松柏」喻「堅直」之士，「廣庭木」喻呂夷簡
門下新進者，「主人」喻呂夷簡，「群鳥」喻權幸大臣，言啄木鳥為了
除掉樹上的害蟲，卻惹惱了園林主人，不幸被彈弓射落而死，並指出
啄木鳥既死，樹木也逃不了死亡的命運。寶元元年（1038）堯臣又寫
了一首〈啄木〉〔註68〕詩，與〈靈烏賦〉、〈彼鴷吟〉同以禽鳥為喻，
鞭撻權要，表露他對范仲淹的支持及對其遭貶的悲憤心情。

〔註63〕〔宋〕范仲淹〈鄱陽酬曹使君泉州見寄〉：「……卓有梅聖俞，作邑
　　　　郡之旁，矯首賦〈靈烏〉，擬彼歌〈滄浪〉……」見《全宋詩》冊3，
　　　　卷165，頁1870。

〔註64〕〔宋〕范仲淹〈答梅聖俞靈烏賦〉：「危言遷謫向江湖，放意雲山道
　　　　豈孤。忠信平生心自許，吉凶何卹賦靈烏。」見《全宋詩》冊3，卷
　　　　169，頁1917。

〔註65〕《梅堯臣集編年校注》卷6。

〔註66〕《梅堯臣集編年校注》卷6。

〔註67〕《梅堯臣集編年校注》卷6〈彼鴷吟〉。

〔註68〕〔宋〕李頎《古今詩話》云：「范文正公有勁節，知無不言，仁廟朝
　　　　數出外補。梅聖俞作〈啄木〉詩以見意曰：「啄盡林中蠹，未肯出林
　　　　飛。不識黃金彈，雙翎墮落暉。」見郭紹虞校輯《宋詩話輯佚》（臺
　　　　北：文泉閣出版社影印1937年8月北京哈佛燕京學社排印本《燕京
　　　　學報專號之十四》，1972年4月），卷上，頁143。

二、南有嘉茗賦

　　朱東潤《梅堯臣集編年校注》將本篇收錄於拾遺，乃「不能編年者」﹝註69﹞，《建德縣志》載有此賦﹝註70﹞，因無從考其歲月，此說仍可資參考，或為堯臣在建德時所作，確切作年不詳，姑附繫於景祐四年（1037）。建德是個老茶區，堯臣有詩云：「山茗烹仍綠，池蓮摘更繁」﹝註71﹞，把茶葉與池蓮並為建德之美，北宋後建德茶葉已負盛名，至元代成為十大名茶之一。

　　賦文可分成四段，首段敘說茶葉的產地，春雷才剛響過，就已長出嫩芽。二段「一之日……四之日……」句，說明採茶、製茶貴在及時，恰到好處﹝註72﹞，同時依茶葉品級，上等選為貢品，次等獻給公卿，三等市場賣錢，末等充抵賦稅。三段自「當此時也」以下，描繪製茶之繁忙和飲茶之盛況，感嘆「所以小民冒險而競鬻，孰謂峻法之與嚴刑。」末段從重農桑的觀點，論古之聖人「為之絲枲絺紵」、「播之禾麰菽粟」、「畜之牛羊犬豕」、「調之辛酸鹹苦」、「造之酒醴」、「樹之果蔬」，人民因而得以安居樂業，把飲茶視作奢侈的享樂行為，對於「體惰不勤，飽食粱肉，坐以生疾」，藉飲茶「消腑胃之宿陳」之

﹝註69﹞《梅堯臣集編年校注》拾遺，頁1149。

﹝註70﹞〔清〕周學銘、張贊巽等纂修：《建德縣志》（臺北：成文出版社，1985年3月，《中國方志叢書》第658號影印清宣統二年鉛印本），卷19，頁1815。〈藝文志二〉收錄堯臣於建德期間所作詩賦計10篇：賦〈南有嘉銘賦〉；五古〈東流江口寄內〉、〈陶者〉、〈縣齋對雪〉；五律〈和元輿遊春韻〉、〈縣署叢竹〉、〈九月見梅花〉、〈夏雨〉、〈寄建德徐元輿〉；七律〈食橙寄謝舍人〉，茲從之。

﹝註71﹞《梅堯臣集編年校注》卷8〈寄建德徐元輿〉。詩云：「才子方為邑，千峰對縣門，靜寒琴意古，閒厭鳥聲喧。山茗烹仍綠，池蓮摘更繁，訟稀應物詠，庭下長蘭蓀。」

﹝註72﹞〔宋〕宋徽宗《大觀茶論·天時》云：「茶工作於驚蟄，尤以得天時為急。輕寒，英華漸長，條達而不迫，茶之從容致力，故其色味兩全。若或時暘鬱燠，芽奮甲暴，促土暴力隨槁。暮刻所迫，有蒸而未及壓，壓而未及研，研而未及製，茶黃留漬，其色味所失已半，故焙人得茶天為慶。」收入《國立北京大學中國民俗學會民俗叢書》第1～2輯（臺北：東方文化複印，1988年）。

人，感慨憤激。

〈南有嘉茗賦〉換韻二次，二十八處用韻，各段或同屬一韻，或為通韻。茲將該賦韻部排列如下：

（一）營 氓 聲 萌 ○ 庭 ○ 卿 ○ 嬴 ○ 征 ○ 織 耕 息 停 ○ 溟 ○ 寧
　　　庚 庚 庚 庚　　青　　庚　　庚　　庚　　職 庚 職 青　　青　　青
　　　○ 刑（平聲庚、青通韻，入聲職韻）
　　　青

（二）○ 衣 飢 遺 宜 之 之 ○ 時（平聲微、支通韻）
　　　　微 支 支 支 支 支　　支

（三）人 勤 ○ ○ 陳 然 身 民（平聲眞、文、先通韻）〔註73〕
　　　眞 文　　　眞 先 眞 眞

由上列觀之，此賦換韻處每為文意轉折之處，使用平聲韻二十六次，入聲韻二次，平聲之陰聲韻有七次，陽聲韻有十九次，平聲韻舒而長，較見舒緩之氣，而數量居多的陽聲韻，鼻音悠遠而長，可見此賦語多舒緩，情韻幽眇。有二處用韻較特殊：（一）連續押韻，如：起首四句，「南有山原兮不鑿不『營』，乃產嘉茗兮囂此眾『氓』，土膏脈動兮雷始發『聲』，萬木之氣未通兮此已吐乎纖『萌』。」營、氓、聲、萌皆屬庚部，句句押韻，文氣一貫，很快地引出主題；又如：「古者聖人為之絲枲絺紵而民始『衣』，播之禾麰菽粟而民不『飢』，畜之牛羊犬豕而甘脆不『遺』，調之辛酸鹹苦而五味適『宜』，造之酒醴而讌饗『之』，樹之果蔬而薦羞『之』。」衣屬微部，飢、遺、宜、之皆屬支部（支、微同用），為平聲連押，其中「之」為虛字，乃虛字入韻之例。（二）交互押韻，如：「女廢蠶『織』，男廢農『耕』，夜不得『息』，晝不得『停』。」此四韻，織、息皆屬職部，耕屬庚部，停屬青部（庚、青同用），平仄交替，參差歷落，表現出為了修貢，男女廢耕廢織，日夜不息勞動的艱苦。

〔註73〕上平十一眞：古通庚青蒸韻轉文元，韻略通文元寒刪先韻；上平十二文：古轉眞；下平一先：古通鹽轉寒刪。

—87—

　　全文共計二百一十字，句式騷、駢、散句併用，而以散句爲主，短至二言，多至十四言的長句，散置錯落其間，未嘗拘束，或單行或偶行，隨文意而裁削，辭氣抑揚，跌宕有致。此賦多用排比句式，如：「（一、二、三、四）之日……，……」八句，兼用排比、層遞、類疊法，將茶葉採摘、烘焙、分級等過程，用重複的語法來表現煩忙的場面；復如：「（爲、播、畜、調、造、樹）之……而……」六句，運用排比、類疊手法，鋪寫古之聖人對農桑畜牧的重視，體現了賦體鋪排敷陳、構象宏麗的藝術特質。

　　宋代飲茶之風熾盛，遍及朝野，上至皇親國戚，下至文人僧侶、販夫走卒，無不尚茶。皇室嗜飲，對上貢之茶葉愈益講究，市場需求量大，貢茶區域不斷擴增，且貢茶品質特別要求精細，無論採摘與製造，都極度耗費民力，人民夜以繼日趕修貢，「民之憔悴於虐政，未有甚於此時者也。」〔註74〕同時社會上的飲茶習俗愈加流於豪奢，無論茶葉或飲茶相關配備，都競相爭求名品，以示富貴之極。文士們在鬥茶品茗論器試水之外，對當時貢茶制度之弊及惡質的茶風習俗，亦有深刻的批判。〈南有嘉茗賦〉就是這種社會現象的反映，體現了堯臣關心民瘼的現實精神，「文章歷述茶民之苦和官吏之貪，文勢夭矯而又清麗深刻，是不可多得的優秀茶文學作品。」〔註75〕

　　由於利之所趨，不肖的私販或盜竊行爲，時有所見，身爲讀書人亦不能免，堯臣在〈聞進士販茶〉中，對此等行爲有感而發。其詩云：

> 山園茶盛四五月，江南竊販如豺狼，頑凶少壯冒嶺險，夜行作隊如刀鎗。浮浪書生亦貪利，史笥經箱爲盜囊，津頭吏卒雖捕獲，官司直惜儒衣裳。卻來城中談孔孟，言語便欲非堯湯，三日夏雨刺昏墊，五日炎熱譏旱傷。百端得錢事酒禽，屋裏餓婦無糇糧，一身溝壑乃自取，將相賢科何爾

〔註74〕見《孟子·公孫丑》上。

〔註75〕石韶華：《宋代詠茶詩研究》（臺北：文津出版社，1996 年 9 月），頁37。本書原爲石韶華在成功大學研究所的碩士論文。

當。〔註76〕

首四句道出江南茶業盛產季節，夜晚盜茶風氣甚盛；接著說穿著儒衣的進士，竟也貪利而加入偷盜，為官所捕，刑滿釋放後，又在城內高談孔孟以騙錢，只顧自己酒食享受，不顧妻兒號寒啼飢，可見當時高級知識份子道德淪喪至此。

三、問牛喘賦

本賦題下自注：「和人。鄧州六首。」據朱東潤考證，此賦應是撰於寶元二年（1039）。朱氏曰：「按謝絳以寶元二年（1039）抵鄧州任，死於十一月，堯臣與絳關係最密，『和人』當指和謝絳而言。但『六首』二字不可解。〈矮石榴樹子賦〉、〈風異賦〉等皆作於襄城，襄城在宋時屬汝州，與鄧州無涉。疑指此三篇與〈凌霄花賦〉、〈乞巧賦〉、〈思歸賦〉等共六篇，為鄧州以後之作。」〔註77〕李立信則謂：「從題目下注文來判斷，這顯然是『以賦和詩』。」〔註78〕朱氏言「六首」意指堯臣之六篇賦作，李氏言為詩歌，今無法考知。

篇首曰：「客有感前史問牛喘廣而賦義有由，余得摭遺辭，掇遺韻，索遺意而用以酬。」說明此賦乃以漢宣帝時宰相丙吉，問牛喘以審陰陽是否協調之事例作為論證，其意取自《漢書・丙吉傳》：

> 吉又嘗出，逢清道群鬥者，死傷橫道，吉過之不問，掾史獨怪之。吉前行，逢人逐牛，牛喘吐舌。吉止駐，使騎吏問：「逐牛行幾里矣？」掾史獨謂丞相前後失問，或以譏吉，吉曰：「民鬥相殺傷，長安令、京兆尹職所當禁備逐捕，歲竟，丞相課其殿最，奏行賞罰而已。宰相不親小事，非所當於道路問也。方春少陽用事，未可大熱，恐牛近行，用暑故喘，此時氣失節，恐有所傷害也。三公典調

〔註76〕《梅堯臣集編年校注》卷25〈聞進士販茶〉

〔註77〕《梅堯臣集編年校注》卷9〈問牛喘賦〉補注文。

〔註78〕李立信：〈從「和賦」看賦的文體屬性〉，收入國立政治大學文學院編：《第三屆國際辭賦學學術研討會論文集（下）》（臺北：國立政治大學，1996年12月），頁694。

合陰陽，職當憂，是以問之。」掾史乃服，以吉知大體。
〔註79〕

有一天，丙吉出遊，遇到民眾群毆，死傷多人，他不聞不問，卻非常關心經過的牛隻爲何喘息不停。此乃丙吉知大節，識大體，留意氣候是否異常，恐影響農作物收成，不利國計民生。

賦文開始說四季寒暑有春天暖和、夏日炎熱、秋季涼爽、冬月寒冷的規律變化。接著言萬物能順應節氣——春生、夏長、秋收、冬藏，四者不失其時，則宰相的職分盡美善矣。至於春季天氣反常過熱，易有「雨水不降，草樹早落，火訛相驚，疾疫多作」等災異現象，丙吉的職責是調和陰陽，看到牛在初春，竟走得氣喘噓噓，憂心此爲節令失調的徵兆，所以問趕牛走了幾里路，實乃職司所在，並非本末倒置，問牛不問人。末段抨擊今之宰相不關心農事：「及其後世……日吾委佩而端冕，服美而食珍，上奉天子，下役烝民。夫何預於我哉，我亦無愧於茲辰。」從古今宰相對比之中，所託之意不言可喻。

〈問牛喘賦〉換韻二次，二十五處用韻，各段或同屬一韻，或爲通韻。茲將該賦韻部排列如下：

（一）由○○酬○○○秋抽周收休脩（平聲尤韻）
　　　尤　　尤　　　尤尤尤尤尤尤

（二）燠木降落驚作○錯○度○博○若
　　　屋屋江藥庚藥　藥　藥　藥　藥
　　（入聲屋、藥通韻〔註80〕，平聲江、庚通韻〔註81〕）

（三）○○○天人○春○均○珍○民○辰
　　　　　　先眞　眞　眞　眞　眞　眞
　　（平聲先、眞通韻）〔註82〕

〔註79〕見《漢書》卷74〈魏相丙吉傳〉。
〔註80〕入聲一屋：古通沃轉覺，韻略通沃覺；入聲十藥：古通覺。
〔註81〕平聲三江：古通陽；平聲七陽：古通江轉庚，韻略獨用；平聲八庚：古通眞，韻略通青蒸。
〔註82〕平聲一先：古通鹽轉寒刪；平聲十一眞：古通庚青蒸轉文元，韻略

　　由上列觀之，此賦平仄相間，第一段以連續押韻，如：「和以發生則物萌而『抽』，煖以長養則物盈而『周』，肅以登就則物實而『收』，寒以閉結則物藏而『休』。是則陰陽之道順而燮和之職『脩』。」抽、周、收、休、脩皆屬尤部，尤部有盤旋曲折的意義〔註83〕，此處與句句押韻併用，表現了春、夏、秋、冬四季交替，依節令周而復始、接連不斷的變化。第二段有交互押韻情形，如：「雨水不『降』，草樹早『落』，火訛相『驚』，疾疫多『作』。」降屬江部，驚屬庚部（江、庚同用），落、作皆屬藥部，音節起落頓挫，顯示出物候異常所引起的天然災害，對人民生活傷害之大。第三段押先、眞韻，依劉師培《正名隅論》所立條例，屬於眞類字，多有「抽引上穿」、「聯引」的意思，用在斥責今之宰相的作爲，貪圖享樂，怠忽職責，不管百姓死活，必將引發民怨沸騰直達天聽，以眞類字爲韻腳，與這時的情節一致。

　　本賦共計二百四十三字，構篇的句法，從三字句到十四字句均有，駢、散兼用，偶以騷句：「問從來之遠邇兮」，參伍變化，靈活運用。文章多次運用排比的修辭手法，使論點層次清晰，增強雄辯氣勢，排比、類疊句如：「摭遺辭，掇遺韻，索遺意」、「寒爲冬，煖爲夏，和爲春，肅爲秋」、「和以發生則物萌而抽，煖以長養則物盈而周，肅以登就則物實而收，寒以閉結則物藏而休」、「我自我，物自物，天自天，人自人」等。除了引用「丙吉問牛」典故以援古證今外，亦見鎔鑄前人成辭之用辭，如：「若乃當春而煖，是爲行夏令而火侵於木，時則有雨水不降，草樹早落，火訛相驚，疾疫多作。」乃兼融《呂氏春秋》〔註84〕卷一〈孟春紀〉：「孟春行夏令，則風雨不時，草木早槁，國乃有恐。」卷二〈仲春紀〉：「行夏令，則國乃大旱，煖氣早來，蟲

　　　通文元寒刪先。
〔註83〕王易：《中國詞曲史》（北京：團結出版社，2006年3月），頁228。
　　　文云：「韻與文情關係至切……尤有盤旋……此韻部之別也。」
〔註84〕〔戰國〕呂不韋撰、陳奇猷校釋：《呂氏春秋校釋（上）》（臺北：華正書局，2004年6月），頁2、64、122。

螟爲害。」卷三〈季春紀〉：「行夏令，則民多疾疫，時雨不降，山陵不收。」之詞而得。另外還運用映襯格中的對襯，今、昔宰相之異立現，使人感受深刻。或使用類疊法中的類句，如：「胡爲乎冬，胡爲乎春」、「孰謂差忒，孰謂平均」，饒富語言趣味。亦有對偶修辭中的句中對，如：「陰陽之道順而燮和之職脩」、「賤人而憂畜」、「原微而意博」等。

四、針口魚賦

朱東潤《梅堯臣集編年校注》未載〈針口魚賦〉作於何年，僅列於拾遺。然據范成大《吳郡志・土物》云：「針口魚，口有細骨半寸許，其形如針。春時，群集於松江長橋之下。土人撈取以爲乾，餉遠，味甚腴。」〔註85〕可知針口魚爲吳郡（今江蘇蘇州市）土產，因口有約半寸長的針形細骨而得名，每年春天聚集在松江（今吳淞江）長橋下，當地人捕撈後多將牠曬乾，饋贈遠方親友，肉質鮮美。堯臣於慶曆二年至四年（1042～1044）監湖州（今浙江湖州市）鹽稅任，湖州與蘇州隔太湖相望，地理位置相近，是以推測此賦或當作於湖州時期，姑附繫於慶曆三年（1043）。

賦首描述針口魚的形貌，「針喙形甚小」、「一掬不重乎銖杪」，接著分二層寫牠的無用，第一層是雖有針形嘴巴，但「穎不能刺肌膚，目不能穿絲縷，上不足以附醫而愈疾，下不足以因工而進補」；第二層爲縱可製成菜餚，卻「大非膾材，唯便鮓滷，烹之則易爛，貯之則易腐」。最後以看似有用、可供觀賞的可愛外形，來補針口魚的無用，並以「過此已往，未知其所處」淡淡帶過，言近旨遠，寓諷那些諂媚奉承、趨附虛名而無眞才實學之輩，即使「以口得名，終親技女」，畢竟是無所用處，甚至可能有害，故孔子惡利口之覆邦家〔註86〕，蓋

〔註85〕〔宋〕范成大撰、陸振岳校點：《吳郡志》，收入薛正興主編：《江蘇地方文獻叢書》（南京：江蘇古籍出版社，1999年8月），卷29，頁438。

〔註86〕《論語・陽貨》：「子曰：『惡紫之奪朱也，惡鄭聲之亂雅樂也，惡利

爲此也。馬積高評此賦云：「〈針口魚賦〉的刻劃尤妙，辭云……這也許是諷刺那些利口小慧之徒吧？單就體物的角度看，也是既貼切而又詼諧有趣的。」〔註87〕

〈針口魚賦〉換韻一次，十一處用韻，各段或同屬一韻，或爲通韻。茲將該賦韻部排列如下：

（一）　小 少 ○ 杪（上聲篠韻）
　　　　篠 篠　篠

（二）　○ 膚 縷 ○ 補 ○ 女 ○ 滷 ○ 腐 ○ 俎 ○ 處
　　　　虞 麌 麌　語　麌　麌　語　語
　　　　（平聲虞、上聲麌、語通韻）

由上列觀之，此賦屬轉韻之例，以四句三韻、兩句一韻爲用，靈活自由。全篇用猛烈的上聲，表達了堯臣憤慨的心情。

此文篇幅不長，僅十九句，共計一百零六字，屬短篇詠物諷諭小賦，體小而意豐。以四言居多，除此，五言、六言、七言、九言參差錯置，文氣一貫而行文流暢，具散文氣勢，又融合排比句，「穎不能刺肌膚，目不能穿絲縷，上不足以附醫而愈疾，下不足以因工而進補」，重複的強調，更加凸顯針口魚的無用。

五、靈烏後賦

有關本篇著作年代，朱東潤《梅堯臣集編年校注》繫於慶曆五年（1045）〔註88〕，范仲淹慶曆新政失敗後，堯臣延續昔日范氏在饒州時，兩人的文字因緣——〈靈烏賦〉，寫了這篇〈靈烏後賦〉。

賦文可分爲三段，首段敘明前一篇〈靈烏賦〉之寫作背景，當時

　　口之覆邦家者。』」孔安國注：「利口之人，多言少實，苟能悅媚時君，傾覆國家。」
〔註87〕馬積高：《賦史》（上海：上海古籍出版社，1987年7月），頁409。
〔註88〕《梅堯臣集編年校注》卷15〈靈烏後賦〉。補注云：「這篇賦和〈靈烏賦〉一樣，都指范仲淹，所不同的是這篇賦指范仲淹執政以後的措置不當，以致引起政治的失敗和堯臣的不滿。作品年代，雖然不能明確，大致是和〈諭烏〉同時的。」

范仲淹因指陳時事，得罪呂夷簡，而遭貶謫，有如烏鴉向人啞啞叫，所以告人吉凶，卻遭人怒斥，「余是時作賦以弔汝，非乘爾困而責爾聰。」二段自「今者主人悟」至「下窺鴉鷺」，言其後范氏獲得宋仁宗的支持，負責推動政治改革，極其榮顯。末段自「爾於此時」以下，指責范氏執政失當，任人惟私，表達堯臣強烈的不滿。最後三句，「夫然，吾分足而已矣，又焉能顧。」帶有與范仲淹絕交之意。

〈靈烏後賦〉換韻一次，十九處用韻，各段皆屬通韻的情況。茲將該賦韻部排列如下：

（一）○忠 凶○容○東○聰（平聲東、冬通韻）
　　　東　冬　冬　東　東

（二）悟 去 倉 樹 鳴 慕 皇 鷺○○兔○去○附○怒○○譽○
　　　遇 御 陽 遇 庚 遇 陽 遇　　遇 御　遇　遇　　御
　　○顧（去聲御、遇通韻〔註89〕，平聲陽、庚通韻〔註90〕）
　　　遇

由上列觀之，此賦用韻不十分整齊，第一段以「忠、凶、容、東、聰」為韻腳，忠、東、聰屬東部，凶、容屬冬部（東、冬同用），依劉師培《正名隅論》所立條例，屬於侵類東（冬）類字，多有「眾大高闊」、「發舒」的意思，此處堯臣寫他昔日寄賦予范仲淹所表現的友好情誼，與侵類東（冬）類字「發舒」的意義切合。第二段有交互押韻情形，如：「豐爾食於太『倉』，置爾巢於高『樹』，晨雞不『鳴』，百鳥爭『慕』，傍睨鳳『皇』，下窺鴉『鷺』。」一、三、五句同押陽部（陽、庚同用），二、四、六句則同押遇部，倉、鳴、皇相押，樹、慕、鷺相押，平仄參伍，烘托出范仲淹地位之顯赫。

本賦共計一百五十三字，句法自然而自由，少則二言一句，多至八言一句，隨言短長，應歸之於文賦。修辭方面，賦文一開始即使用

〔註89〕去聲六御：古通遇，韻略同；去聲七遇：古通御。
〔註90〕下平七陽：古通江轉庚，韻略獨用；下平八庚：古通眞，韻略通青蒸。

呼告法，「靈烏，……」對靈烏呼喊叫喚，表達強烈的情感，並運用轉化手法，所呼雖是靈烏，實指范仲淹。另有映襯法如：「我昔閔爾之忠……今者主人悟……」往昔的貶謫與今日的得意互相對比，使人感受深刻。許結稱此賦：「極似議論之文，雖乏情韻，然自出機杼，不假雕繢，以挺拔筆力造橫空盤硬之語，又與場屋文風有霄壤之別。」〔註91〕可見〈靈烏後賦〉敘中出議，別具匠心，平淡樸質，筆力挺拔，硬語盤空，甚具特色。

　　梅堯臣和范仲淹曾有過很好的情誼，從天聖九年（1031）在洛陽開始交往〔註92〕，其後范氏於明道二年（1033）因諫廢郭皇后事被貶知睦州、景祐三年（1036）因指責宰相呂夷簡用人不當遭貶知饒州，堯臣皆寫了許多詩文表示對范氏的關心。范氏的夫人李氏去世，堯臣有輓詩悼念〔註93〕。寶元元年（1038）范氏曾約堯臣同遊廬山〔註94〕。堯臣有一首名詩〔註95〕，是在范氏的宴席上即席而成，暗示范氏植黨如吃河豚，不值一試。此外還有〈啄木〉詩，將范氏比作專除害蟲、保護樹木的啄木鳥，對范氏推崇備至。然而兩人卻在慶曆五年（1045）公開決裂，緣因堯臣作〈諭烏〉及〈靈烏後賦〉強烈攻擊范氏的結黨營私。對於他們反目這段公案，宋人及後人討論甚多，至今尚無定論，或以為范氏顯貴，卻未援引堯臣，堯臣失望之餘，惱羞成怒，甚至「一生都沒有饒恕范仲淹，直至范死後，梅堯臣還作詩以刺之。」〔註96〕對此，吳孟復有不同的看法，就葉夢得《石林燕語》所言：「及公秉

〔註91〕許結：〈論宋賦的歷史承變與文化品格〉，收入氏著《中國賦學歷史與批評》（南京：江蘇教育出版社，2001年7月），頁255。

〔註92〕梅堯臣後來曾有詩回憶說：「京洛同逃酒，單袍跨馬歸，明朝各相笑，此分不為稀。」見《梅堯臣集編年校注》卷22〈聞高平公殂謝述哀感舊以助挽歌三首〉其二。

〔註93〕《梅堯臣集編年校注》卷7〈范饒州夫人挽詞二首〉。

〔註94〕《梅堯臣集編年校注》卷8〈范待制約遊廬山以故不往因寄〉。

〔註95〕《梅堯臣集編年校注》卷8〈范饒州坐中客語食河豚魚〉。

〔註96〕劉培：《北宋初、中期辭賦研究》（臺北：萬卷樓圖書公司，2004年9月），頁269。

政，聖俞久困，意公必援己，而漠然無意，所薦乃孫明復、李泰伯。聖俞有違言，遂作〈靈烏後賦〉以責之。略云：『我昔閔汝之忠，作賦弔汝；今主人誤豐爾食，安爾巢，而爾不復啄叛臣之目，伺賊疊之去，反憎鴻鵠之不親，愛燕雀之來附。』意以其西師無成功。世頗以聖俞為隘。」〔註97〕吳孟復認為：

> 按〈丞相〉、〈諭烏〉等詩亦作於慶曆五年，即范仲淹罷政之時，當亦為范而作。〔註98〕然而堯臣並非望援干澤之人，其動機實非葉氏所云。今按蘇舜欽《蘇學士集》中有〈上范公參政書〉，言范「入政府」後，「因循姑息」，譽望日隳，並言「若更畏縮循默，顧望而不為，則不唯國計漸隳，亦恐禍患及身矣。」〔註99〕舜欽乃范仲淹舉薦之人，其言直切如此。用此知堯臣和而不同，微文見意，正其直諒之處，亦出愛國之心。〔註100〕

朱東潤則據史料考證，於〈諭烏〉補注云：「但是堯臣對於仲淹之指責，仍從大局立論……堯臣所言野鶉、雀豹、鶚鶹、梟鵬，皆不為妄發……堯臣言仲淹『養子頗似父』，不為無因……范氏諸子，雖史傳多言其賢，儘有不滿人意處。」〔註101〕由此可見堯臣所言皆出於忠君愛

〔註97〕同註58，《石林燕語》，頁2558。

〔註98〕按，〈丞相〉、〈諭烏〉二詩，〈諭烏〉係為范仲淹而作，已有定論，至〈丞相〉則學界仍未能取得共識，夏敬觀云：「此詩為呂夷簡作。」朱東潤謂：「此詩為杜衍作。」（見《梅堯臣集編年校注》卷15《丞相二章》注及補注文）吳孟復稱當為范仲淹而作，未詳。《丞相二章》詩云：「丞相之拜，冠弁旅至，乘馬載驅，如彼鉅潛。有鵰有鷙，有龜有魚，烝然來萃，翔泳嘯呼。丞相之去，乃還印綬，乃飭車輪，如彼涸律。時靡翔羽，時靡游鱗，寂兮寂兮，豈有嘉賓。」

〔註99〕〔宋〕蘇舜欽：〈上范公參政書〉，《蘇學士集》卷10。

〔註100〕吳孟復：〈梅堯臣年譜（續完）〉，《安徽文獻研究集刊》第2卷（合肥：黃山書社，2006年5月），頁35。

〔註101〕《梅堯臣集編年校注》卷15〈諭烏〉。詩云：「百鳥共戴鳳，惟欲鳳德昌，願鳳得其輔，咨爾孰可當。百鳥告爾間，惟烏最靈長，乃呼烏與鵲，將政庶烏康。烏時來佐鳳，署置且非良，咸用所附己，欲同助翱翔。以燕代鴻鵬，傳書識暄涼；鶚鴿代鸚鵡，剝舌說語詳；禿鶖代老鶴，乘軒事昂藏；野鶉代雄雞，爪觜稱擅場；雀豹代雕

國之心,「直辭鬼膽懼,微文姦魄悲」〔註102〕,所述亦非無的放矢。

　　至於皇祐四年(1052)范仲淹死時,堯臣寫了三首悼詩〔註103〕,是否對范氏仍有微詞?宋人邵博將輓詩的第三首〔註104〕解釋爲堯臣對范仲淹死後猶加以譏諷,「夫爲郡而以酒悅人,樂奏記,納諛佞,豈所以論范公者!聖俞之意,眞有所不足邪?」〔註105〕劉子健則認爲堯臣雖然指摘范仲淹,究竟是出於一時氣憤,其內心還是承認范氏仍不失爲偉人,他考究原詩詩義,以爲邵博主觀的把詩解錯了,致堯臣對范氏表現的好意反遭誤解:

> 按「望酒壺」乃是范晚年知杭州時有名的救災典故。他勸佛寺興築,以工爲賑。自己故意以身作則,在湖上宴客,倡導娛樂,振興市面。「奏記向來無」和「門館隔」是說明兩人絕交,不通音問往來。「崇高不解諛」是說縱然梅不和范往來,范也未必在意。輓詩三首,前後一致,都表現對范的好意。〔註106〕

吳孟復也認爲堯臣並無惡意:

> 范仲淹卒,堯臣以詩挽之,首言「文章與功業,有志不能成」,末言「俗情難可學,奏記向來無。貧賤常甘分,崇高不解諛。」
>
> ……至言「文章」、「功業」,有志未成,就范仲淹生平而言,

鶚,搏擊肅秋霜;蝙蝠嘗入幔,捕蚊夜何忙;老鴟啄臭腐,盤飛使遊揚;鵁鶄與梟鵬,待以爲非常。一朝百鳥厭,讒烏出遠方,烏伎亦止此,不敢戀鳳傍。養子頗似父,又貪噪豺狼,爲鳥鳥不伏,獸肯爲爾我。莫如且斂翮,休用苦不量,吉凶豈自了,人事亦交相。」

〔註102〕　《梅堯臣集編年校注》卷 16〈寄滁州歐陽永叔〉。

〔註103〕　《梅堯臣集編年校注》卷 22〈聞高平公俎謝述哀感舊以助挽歌三首〉。

〔註104〕　詩云:「一出屢更郡,人皆望酒壺,俗情難可學,奏記向來無。貧賤常甘分,崇高不解諛,雖然門館隔,泣與眾人俱。」

〔註105〕　〔宋〕邵博撰、王根林校點:《邵氏聞見後錄》卷 16。同註58,《宋元筆記小說大觀》冊 2,頁 1937。

〔註106〕　劉子健:〈梅堯臣「碧雲騢」與慶曆黨爭中的士風〉,收入氏著《兩宋史研究彙編》(臺北:聯經出版事業公司,1987 年 11 月),頁 114。

不爲失實。當時人習爲阿諛，遂以直言爲曲。如葉夢得所云，只以自形其陋。〔註107〕

可知堯臣爲范仲淹所寫的輓詩，實因前有兩人交惡之事沸沸揚揚，在士大夫間流傳，後有《碧雲騢》作者疑義，讓人難以體會堯臣詩中的眞情，而妄加附會、曲解。

六、述釀賦

此賦著作年代已不可考。開首三句堯臣自言少時曾隨叔父宦遊楚州（今江蘇省淮安市楚州區），此地造酒業盛，因以略知釀酒技術。接下來敘述楚州釀酒講究器材和原料，雖因製法不同而風味各異，無論聖者、賢者，皆能令人精神愉悅。然後感嘆酒道日衰，「昔也熙熙，終日不亂，舒暢四肢；今也冥冥，迷魂倒魄，不知其醒。」今昔對照，不勝唏噓。接著指出只有「以天下爲爐甖，兆庶爲粱米，君臣爲麴糵，道德爲酒醴」，才能天下大治；但現今「率土澆弊」、「君臣乖異」、「道德逐薄」、「餔詐啜僞」，實是一個爾虞我詐、是非混淆的世界。最後力主改革積弊，「安得」數句表達了堯臣的美政理想，「安得」二字也隱含有不可得之意，意味深長。

〈述釀賦〉換韻五次，三十處用韻，各段或同屬一韻，或爲通韻。茲將該賦韻部排列如下：

（一）○○然○○泉○腩（平聲先韻）
　　　　先　　先　先

（二）約泊（入聲藥韻）
　　　藥 藥

（三）賢○年（平聲先韻）
　　　先 先

（四）○隮○醹熙○肢（平聲支韻）
　　　　支　支支　支

〔註107〕同註100，〈梅堯臣年譜（續完）〉，頁35。

（五）冥○醒（平聲青韻）
　　青　青

（六）○此○米○醴義○以弊○異施○飴偽歸○術物
　　紙　薺　薺寘　紙霽　寘寘　支寘微　質物
　　室桂橘日（上聲紙、薺通韻，去聲寘、霽通韻，平
　　質霽質質
　　聲支、微通韻，入聲質、物通韻）

　　由上列觀之，此賦用韻不規則，第一段韻腳較疏，第六段韻腳最密，二十四句中，一句一韻十次，二句一韻七次，語意迫促，且平上去入四聲參互，造成聲調的美感。

　　全篇共計二百零五字，句式參差，復運用「夫」、「逮乎」、「安得」、「然後」等提頭接頭語詞，使文理氣勢連貫，實乃一文賦。修辭方面，如：「昔也熙熙……今也冥冥……」以今昔的映襯手法，使得今日世道衰微之景象，在與往昔美好的強烈對比中，更加讓人悲憤。另借「天下爲爐甖，兆庶爲梁米，君臣爲麴蘗，道德爲酒醴」、「率土澆弊，材不授矣，君臣乖異，法不施矣，道德遂薄，酒弗飴矣」、「滌其具，更其術，時其物，清其室」之排比、類疊法，層層鋪敘，加強議論氣勢。

　　酒是物質類的食品，又融於人們的精神生活中，「酒文化」作爲一種特殊的文化形式，在中國由來已久。《尚書・酒誥》所言「飲惟祀」、「無彝酒」、「執群飲」、「禁沉湎」〔註108〕，集中體現了儒家的飲酒觀。《漢書・食貨志下》云：「酒者，天之美祿，帝王所以頤養天下，享祀祈福，扶衰養疾。百禮之會，非酒不行。」〔註109〕點出酒的積極功能，可以祭祀敬神、養老奉賓。《禮記・樂記》曰：「夫豢豕爲酒，非以爲禍也，而獄訟益繁，則酒之流生禍也。是故先王因爲酒

〔註108〕屈萬里註譯：《尚書今註今譯》（臺北：臺灣商務印書館，2009 年11 月），頁133。
〔註109〕見《漢書》卷27 下〈食貨志第4 下〉。

禮，壹獻之禮，賓主百拜，終日飲酒而不得醉焉；此先王之所以備酒禍也。」〔註110〕則指出酒可能引起的禍害與防止方法。文士與酒向來就有不解之緣，仕途失意時，需藉杜康來澆胸中塊壘，人生的各種苦惱、惆悵需藉白墮來排遣消解，生活的許多歡樂、喜悅需藉瓊漿來開懷助興，甚而有酒則文思泉湧，無酒則搜索枯腸。北宋以前，以酒為題材的賦作，漢代有鄒陽〈酒賦〉、揚雄〈酒賦〉，魏晉方面是曹植〈酒賦〉、王燦〈酒賦〉、張載〈酃酒賦〉，唐朝為敦煌本〈酒賦〉、陸龜蒙〈中酒〉等，這些文章除敦煌本極言飲酒之樂外，其餘多宣揚儒家的酒德觀。儒家並不反對飲酒，但講求節之以禮的酒德，堯臣為一儒者，亦善飲，為詩酒中人，在〈述釀賦〉中獨創新意，巧妙地將治理天下比作釀酒，發抒對治道變革的感觸，看似平淡道出，實則內蘊深厚。

總而言之，隨著古文運動文以載道主張的實踐、律賦策論化的傾向及慶曆新政的展開，加上宋代政治文化政策，在一定程度上允許文人議論朝政，使得辭賦參與政治的功能加強，皆有感而發，有為而作。時代風氣使然，堯臣此類賦作或直陳時弊、針砭時局，如〈靈烏賦〉、〈南有嘉茗賦〉、〈問牛喘賦〉、〈靈烏後賦〉；或慨嘆世俗的機心巧詐，如〈針口魚賦〉；或闡說政治改革意見、討論治亂興亡之理，如〈述釀賦〉，均能出論精警，條達疏暢，語言簡潔凝煉，發人深省，充分反映堯臣的悲憫情懷和現實關懷。

第四節　抒發內心之感慨情思

一、哀鷦鴣賦

此賦之寫作動機，由序言可知：

〔註110〕王夢鷗註譯：《禮記今註今譯（下）》（臺北：臺灣商務印書館，2009年11月），頁673。

余得二鷓鴣，飼之甚勤，既久，開籠肆其意。其一翩然而去，其存者特愛焉。鷓鴣於禽最有名，頃未識也，思持歸中州，與朋友共玩之。凡養二年，呼鳴日善，罷官至蕪湖，一夕爲鼠傷死，遂作賦以哀云。

序稱「罷官至蕪湖」，應指寶元元年（1038）解建德縣令任，入京師途中，過蕪湖所作。又堯臣有〈失鷓鴣〉詩曰：

愛翫日已久，開籠爲馴故，點臆雪花圓，連袪浪紋素。鉤輈格磔鳴，毲毲翻翁去，誰知煙渚深，綠水脩篁處。〔註111〕

此詩當作於一鷓鴣遠去時，朱東潤將之繫於景祐四年（1037）。

文分三段，首段詠鷓鴣的形聲姿態，「其音格磔，其羽爛斑，其生遐僻，其趣幽閑，飲啄乎水裔，棲翔乎竹間」，爲獨特出眾的鳥類。二段寫作者從獵人處獲得兩隻雛鳥，「形聲都雅」，而甚得主人喜愛，鳥兒也逐漸被馴養。一天早晨，把牠們放出籠外，結果一隻鷓鴣翻飛而逝，不知所終；一隻鷓鴣則戀而不去，二年後卻爲鼠所傷致死。末段堯臣慨嘆自己當初責怪一鷓鴣「逸而不復」乃「背德」行爲，是不對的，因脫籠飛去與羈留籠中，得失之間，殊難論定。由此而心生感悟，世俗之人若汲汲名利，終將爲名所累、爲利所誘，而難以自保自足。

〈哀鷓鴣賦〉表面上寫鷓鴣，爲鷓鴣之死而「哀」，其實是堯臣從「哀」到「解脫」的自我寫照。翻案必以理爲準則，堯臣此篇分三層推翻自己前說，賦前云「亦有大而無聞」，賦末云「前所謂大而無聞，其自保而自足」，爲翻案第一層；前之「有小而名著」，後之「焉知不爲名之累兮」，爲翻案第二層；前所謂「謂之背德，非我族兮」，後所謂「翻飛遠逝不爲失兮」，爲翻案第三層。堯臣從生活歷練中體悟「翻飛遠逝不爲失，安然飽食不爲福」的道理，而「何文彩之佳，何名譽之淑」的疑惑，至此釋然。

〈哀鷓鴣賦〉換韻三次，三十一處用韻，各段或同屬一韻，或爲

〔註111〕《梅堯臣集編年校注》卷 7〈失鷓鴣〉。

通韻。茲將該賦韻部排列如下：

（一）○○○意○愛○識○○○○○死○

            眞 隊 眞   紙

    （上聲紙、去聲眞、隊通韻）

（二）○聞○臺礫斑僻閑○間

      文 文陌刪陌刪 刪

    （平聲文、刪通韻〔註112〕，入聲陌韻）

（三）者野○雅（上聲馬韻）

    馬馬 馬

（四）畜服○熟旭復○族○縠宿獨○目○伏○酷○○福

    屋屋 屋沃屋 屋 屋屋屋 屋 屋 沃   屋

    ○速○○○腹○淑○足（入聲屋、沃通韻）

    屋   屋屋沃

由上列觀之，此賦隨詞意而用韻，沒有規則，虛字「焉、也、之、兮、歟」皆不入韻，除第二段的「聞、臺、斑、閑、間」五字為平聲韻，餘均押仄聲。第二段有使用交互押韻，如：「其音格『礫』，其羽爛『斑』，其生遐『僻』，其趣幽『閑』。」礫、僻皆屬陌部，斑、閑皆屬刪部，平仄互換，描寫鷓鴣的外形音聲，饒富趣味。

全文共計二百九十九字，騷、散兼體，序使用散體，本文則騷句、散句交互採用，騷體句式以「四，三兮」〔註113〕為主，如：「不意孽鼠，事潛伏兮，破筊囓嗉，何其酷兮。」並靈活雜用各種句式，如棄整用散的特殊散句：「誠不如禿鶖鴉鵰兮，凡毛大軀，妖鳴飫腹。」句子長短變化有二字句、四字句、五字句、六字句、七字句、八字句、十二字句等句式，參差錯落，未嘗拘束。賦末以散體句式議論作結，自由流暢。

〔註112〕上平十二文：古轉眞；上平十五刪：古通覃咸轉先；上平十一眞：古通庚青蒸轉文元，韻略通文元寒刪先。

〔註113〕同註12，《賦學》，頁44。

修辭技巧的運用，表現在映襯、對偶、類疊、排比、感嘆等方面。賦一開始將萬物以「小而名著」與「大而無聞」相互映襯，凸顯福禍無常與淡泊名利的主題。其他如：「晨啼暮宿」，爲對偶法之句中對。還多用類疊、排比句，如：「愛之畜之，籠之服之」、「翻飛遠逝不爲失兮，安然飽食不爲福兮，焉知不爲名之累兮，焉知不爲鬼所瞰而禍所速兮」等。賦文末段共用了三次感嘆詞，「嗚呼，翻飛遠逝不爲失兮……」以表慨嘆；「哀哉，誠不如禿鶖鴉鵬兮……」以表哀嘆；「……其自保而自足者歟」以表感嘆。

二、思歸賦

朱東潤《梅堯臣集編年校注》將本篇繫於寶元二年（1039）〔註114〕，爲寄居汴京時所作〔註115〕。至於此賦作者，《永樂大典》〔註116〕署王逢原作，賦文亦非全篇，僅自「吾父八十」至「恥折腰於五斗」。經翻檢《王令集》〔註117〕，未見〈思歸賦〉，而於卷一有《言歸賦三章》，《永樂大典》所言未詳。

賦之起首曰：「祿有可慕，祿有可去。何則，移孝爲忠，曾無內顧，則祿可慕而可據。上有慈顏，以喜以懼，故祿可去而不可寓。」指出功名利祿「可慕」亦「可去」。接著說「吾父八十，母髮亦素」，

〔註114〕 《梅堯臣集編年校注》卷 9〈思歸賦〉。補注云：「堯臣父梅讓死於皇祐元年（1049），年 91 歲，見《歐集》卷 31〈太子中舍梅君墓誌銘〉。據此當生於周顯德六年己未（959），《梅氏宗譜》即用此說。賦言「吾父八十」，當作於寶元元年或二年（1038 或 1039）。」

〔註115〕 朱東潤《梅堯臣傳》云：「十一月改元寶元元年，改元以後，在圜丘合祀天地，古代稱爲祫禮，是封建時代一種隆重的典禮。堯臣進詩三首……祫禮頌聖的詩獻上去了，可是堯臣的政治道路還沒有打開。寄居在汴京的斗室之中，他不由地懷念到高年八十的老父，他有〈思歸賦〉一首。」見《朱東潤傳記作品全集》第 2 卷（上海：東方出版中心，1999 年 1 月），頁 49。

〔註116〕 〔明〕姚廣孝等奉敕監修：《永樂大典》卷 11618（北京：中華書局，1998 年 4 月），冊 5，頁 4939。

〔註117〕 〔宋〕王令撰、沈文倬校點：《王令集》（上海：上海古籍出版社，1980 年 4 月），頁 5。

原應居鄉侍親承歡的人子，卻遠適他方爲吏，連反哺的烏鴉都不如，不禁內心戚然。淒瑟之秋勾起堯臣對家園的思念，紫菱、紅芡、柿、栗、青芋、烏椑……都是家鄉當季美食，藉著記憶裡的味覺，以及生活中與自然爲鄰、與圖書爲友、與親友爲伴的悠然遐想，引發對故鄉的孺慕。末段述其欲辭官歸里之心，並非如陶淵明之「不爲五斗米折腰」，實因「上有慈顏」、「未嘗一日侍傍而稱壽」，深恐「子欲養而親不待」之遺憾與悔恨，體現了儒家的孝道精神。

〈思歸賦〉換韻四次，三十三處用韻，各段或同屬一韻，或爲通韻。茲將該賦韻部排列如下：

（一）○去○○顧據○懼寓○○素○路烏哺如訴
　　　禦　　遇禦　遇遇　遇　遇虞遇魚遇
　　　（去聲禦、遇、平聲虞、魚通韻）

（二）○人○濱○辰○珍（平聲眞韻）
　　　眞　眞　眞　眞

（三）○實○栗○出○質○橘○蜜（入聲質韻）
　　　質　質　質　質　質　質

（四）○鶉○鱗（平聲眞韻）
　　　眞　眞

（五）○首○韭○柳○右○友○久○綬○鬥○壽○後
　　　有　有　有　有　有　有　有　有　有　有
　　　（上聲有韻）

由上列觀之，此賦五段的聲調是「去、平、入、平、上」，第二段平聲眞韻，第四段又用平聲眞韻，讀起來變化舒緩，全賦有四聲兼備的和諧之美。第二至五段皆每兩句一韻，第一段有兩處三句一韻，乃提頭接頭語「何則」及嘆詞「噫」造成；另有三句而兩韻者，如：「移孝爲忠，曾無內『顧』，則祿可慕而可『據』。上有慈顏，以喜以『懼』，故祿可去而不可『寓』。」以迫促語調訴說官位財富的不可強求；亦有連續押韻，如：「嗷嗷晨『烏』，其子反『哺』，我豈不『如』，

鬱其誰『訴』。」一句屬虞部，二、四句屬遇部，四句屬魚部，魚、虞、遇皆屬遇攝而加以合用，此處使用連續押韻，氣勢流暢，也點出本文主旨。第七段押有韻，依劉師培《正名隅論》所立條例，屬於侯類字，多有「曲折有稜」、「隱密斂收」之意，這裡使用侯類上聲字，更顯得沉痛之感，心中濃郁的鄉愁，以悒鬱悲痛的語氣道出。

全文共計三百零四字，六十二句。以四言為主，計三十七句，其餘六言句十句，七言句六句，八言句四句，五言句二句，九言句、二言句及一言句各一句，長短雜言，駢散兼用，於文中注入散文氣勢，以散御駢，讓人讀來頗覺流轉自然，而無句式板滯之感。結尾處寫「未嘗一日侍傍而稱壽」，用九個字的長句來表示未曾一日侍親的感傷至極。修辭方面，運用了兩組疊字：「嗷嗷」、「切切」，均能妥切地表達事物的情狀。另外還用了許多顏色對的對句，如：「紫菱長腰，紅芡圓實」、「牛心綠蔕之柿，獨苞黃膚之栗」、「青芋連區，烏椑五出」、「素乳之梨，頳壺之橘」等，各種顏色的兒時美食，形象生動，令人垂涎三尺，更勾起了鄉關之思。本賦也引用陶淵明「吾不能為五斗米折腰，拳拳事鄉里小人」之事，言己之歸實緣於孺慕之情，與陶氏有別，用典精當。

中國古代文學以思鄉為主題的作品，數量夥多，內涵豐富，從《詩經》中抒發懷鄉之情的篇章，如〈魏風・陟岵〉、〈豳風・東山〉、〈小雅・采薇〉等開始，至今中國文學史仍充滿著鄉思的情愁，「中國詩人似乎永遠悲嘆流浪和希望還鄉」[註118]，對於飽受思鄉之苦的文人，寫客恨鄉思的詩文或許有些撫慰心靈的作用。造成思鄉的外部原因甚複雜，大致有征戍徭役、求仕求學、戰亂（災荒）流離、遷徙移民、經商遠行、現實坎坷致失意無著等[註119]。由於中國人根

〔註118〕〔美〕劉若愚撰、杜國清譯：《中國詩學》（臺北：幼獅文化事業公司，1979年1月），頁89。

〔註119〕王立：《中國古代文學十大主題——原型與流變》（臺北：文史哲出版社，1994年7月），頁232。

深柢固安土重遷的觀念，一旦離鄉遠適，心中總是瀰漫著濃郁的鄉情，對家鄉充滿了懷想，對客況寄予無限慨嘆，構成與別的民族區別的一大鮮明特點〔註120〕。傳達思鄉戀土之情的詩文，有由樂音音響引人頓生鄉思者，常用樂器、滴雨、蟲鳴、鵑啼、雁叫、猿嘯等聽覺意象表達，如李益〈夜上受降城聞笛〉：「不知何處吹蘆管，一夜征人盡望鄉。」李商隱〈滯雨〉：「滯雨長安夜，殘燈獨客愁。故鄉雲水地，歸夢不宜秋。」趙嘏〈長安晚秋〉：「殘星幾點雁橫塞，長笛一聲人倚樓。」范晞文〈意難忘・清淚如鉛〉：「望故鄉，都將往事、付與啼鵑。」等。

有藉著登高望遠以興發懷歸愁緒者，如王粲〈登樓賦〉：「華實蔽野，黍稷盈疇，雖信美而非吾土兮，曾何足以少留。」謝朓〈臨高臺〉：「千里常思歸，登臺臨綺翼。」孟浩然〈登萬歲樓〉：「萬歲樓頭望故鄉，獨令鄉思更茫茫。」柳永〈八聲甘州・不忍登高臨遠〉：「不忍登高臨遠，望故鄉渺邈，歸思難收。」等。

有感於季候推移、歲時節令而觸動鄉情者，常以日暮、明月、秋景（秋夜）、除夕（新年）等爲表徵，如潘岳〈在懷縣作詩二首〉其二：「我來冰未泮，時暑忽隆熾。感此還期淹，嘆彼年往駛。」王贊〈雜詩〉：「朔風動秋草，邊馬有歸心……人情懷舊鄉，客鳥思故林。」蕭衍〈邊戍〉：「秋月出中天，遠近無偏異。共照一光輝，各懷離別思。」高適〈除夜作〉：「故鄉今夜思千里，霜鬢明朝又一年。」蔣捷〈賀新郎・兵後寓吳〉：「望斷鄉關知何處？羨寒鴉、到著黃昏後，一點點，歸楊柳。」等。

〔註120〕 邵毅平《詩歌：智慧的水珠》第9章〈鄉土觀的智慧〉引錢林森編《牧女與蠶娘：法國漢學家論中國古詩》語：「中國人眷戀自己的家園，甚至不認爲別處可以發現更好的東西。」又同頁引埃爾韋・聖・德尼《中國的詩歌藝術》云：「我將盡力向讀者揭示中國大家庭的所有成員身上都具有的一種特別明顯的傾向，這種傾向在別的任何民族中都沒有這麼根深蒂固，這就是對家鄉的眷戀和思鄉的痛苦。」（上海：復旦大學出版社，2008年4月），頁185。

　　有通過道路險惡、景象蕭疏表現對家鄉的思念者，如曹操〈苦寒行〉：「北上太行山，艱哉何巍巍。羊腸坂詰屈，車輪爲之摧。」湛方生〈懷歸謠〉：「氛慘慘兮凝晨。風淒淒兮薄暮。雨雪兮交紛，重雲兮四布。」王安石〈思歸賦〉亦在景物描寫中寄託了強烈的思歸之情：

> 蹇吾南兮安之？莽吾北兮親之思。朝吾舟兮水波，暮吾馬兮山阿。亡濟兮維夷，夫孰驅兮亡轍。風翛翛兮來去，日翳翳兮溟濛之雨。萬物紛披蕭索兮，歲逶迤其兮暮。吾感不知夫塗兮，徘徊徬徨以反顧。盍歸兮，盍去兮，獨何爲乎此旅？〔註121〕

此賦寫於王安石仕途不順時，運用比興手法，勾勒出一幅世路艱險的圖畫，以風雨飄忽、萬物蕭索的淒涼景況象徵政治環境，而「徘徊」、「反顧」的形象則是作者心靈的寫照，「歸」、「去」不定，使思歸的情感更爲纏綿悠長。

　　有陳述歸家生活的想像，並蘊含思鄉之情於其間者，如張衡〈歸田賦〉〔註122〕歌詠了田園的自然美景和盤遊之樂後，表示要接授老子的遺教，回老家隱居，「彈五弦之妙指，詠周孔之圖書。揮翰墨以奮藻，陳三皇之軌模。」以達到所謂眞正的至樂，「苟縱心於物外，安知榮辱之所如。」復如陶淵明〈歸去來兮辭〉〔註123〕則細致地表現了家居生活的憧憬：

> 乃瞻衡宇，載欣載奔。僮僕歡迎，稚子候門。三逕就荒，

〔註121〕見《宋代辭賦全編》冊6，卷97，頁3035。

〔註122〕〔南朝梁〕蕭統編：《昭明文選》卷15，〔唐〕李善注曰：「〈歸田賦〉者，張衡仕不得志，欲歸於田，因作此賦。」意此賦作於辭官之前。張衡〈歸田賦〉可說是現存最早的，以歌詠歸鄉隱居之樂爲主題的作品。

〔註123〕錢鍾書以爲〈歸去來兮辭〉作於「歸去」之前，故「去」後著「來」，當爲將歸而未歸時所寫，辭中所述啓程之初至抵家後的喜悅和各種情事，實乃「心先歷歷想而如身正一一經」的想像之辭。見《管錐編》（四）（北京：生活・讀書・新知三聯書店，2001年1月），頁20。

松菊猶存。攜幼入室，有酒盈罇。引壺觴以自酌，眄庭柯
以怡顏。倚南窗以寄傲，審容膝之易安。園日涉以成趣，
門雖設而常關。策扶老以流憩，時矯首而遐觀。雲無心以
出岫，鳥倦飛而知還。景翳翳以將入，撫孤松而盤桓。
〔註124〕

詩人一望見家門，即高興得奔跑呼叫，家人主僕共同歡迎其歸來，已
隱然可見回歸自然，寄情山水是明智的抉擇。又如梅堯臣在〈思歸賦〉
中，極力鋪陳童年生活的圖景，不厭求詳地將兒時享用的果蔬食物及
日常生活景象一一列舉，約占了全文一半的篇幅，可見他對故鄉的依
戀程度很深〔註125〕。由於久困下僚，懷想鬢髮皤然的父母，回憶幸
福歡樂的童年，不禁興起掛冠歸里孝養雙親的念頭。

三、凌霄花賦

據朱東潤考訂，本篇應是撰於慶曆七年（1047）。朱氏曰：「慶曆
七年，堯臣有〈凌霄花〉詩，此賦疑為同年所作。」〔註126〕慶曆七
年春、夏，堯臣在許州簽判任內，並於初秋解任，再赴京師。

賦文前八句寫凌霄花的形象特徵，用托根樹身、寄花樹梢暗諷那
些攀龍附鳳以趨利的小人。接著寓諷歷經歲月的高樹與旦夕長成的凌
霄合抱，而使藜藋、蒿艾徒然仰望和羨慕其高雅美麗。再從反面寫蘋
藻、蘭蕙、芙蓉、芝菌的懷芳抱潔，才德兼備，無須依托高枝，亦能
身顯名揚，來襯托凌霄花品格的低下。最後興發「木老多枯，風高必
折」的感慨，詠物寓意，暗喻小人得勢終歸不會長久。唐代元稹曾作

〔註124〕〔晉〕陶潛撰、龔斌校箋：《陶淵明集校箋》（臺北：里仁書局，2007
年8月），頁453。

〔註125〕沈芳如：《魏晉詩歌中的懷歸意識》（臺北：國立臺灣大學中國文學
研究所碩士論文，2005年），頁48。沈芳如認為：「倘若檢視魏晉
表達思鄉戀土之情的作品內容，觀察內容中對於故鄉具體描述的多
寡，可以發現詩人對於故鄉真正的依戀程度，確有深淺之別。」此
雖是就魏晉詩歌而言，但同樣也適用於其他文類。

〔註126〕《梅堯臣集編年校注》卷17〈凌霄花賦〉補注文。

〈有鳥二十章：紙鳶〉〔註127〕，以紙鳶憑藉風勢和童子牽引繩線，而能在天空翱翔，一旦「繩斷童子走」，落在泥中又有誰憐惜？與堯臣此賦立意一致。

〈凌霄花賦〉換韻二次，十七處用韻，各段皆同屬一韻。茲將該賦韻部排列如下：

（一）　天　喬○條○苗○昭○○霄　翹（平聲蕭韻）
　　　　蕭　蕭　蕭　蕭　蕭　　蕭　蕭

（二）　○芳○長○筐○章○祥○揚　昌（平聲陽韻）
　　　　陽　陽　陽　陽　陽　陽　陽

（三）　○折○蘖　列（入聲屑韻）
　　　　屑　屑　屑

由上列觀之，此賦押韻不拘束，沒有規律，多為平聲韻，陰聲韻與陽聲韻各半，音韻相諧。第二段押陽韻，依劉師培《正名隅論》所立條例，屬於陽類字，多有「高明美大」的意思，陽韻所展現的高明美大意義，帶出了高亢的語調，述說蘋藻、蘭蕙、芙蓉、芝菌的各懷芳華，接著第三段轉為短促的入聲韻，對於凌霄花「花萎枝枯誰共賞」的下場議論一番。

全賦共計一百八十字，騷、散、駢相間，騷句如：「緣根兮附質，布葉兮敷苗，朱華粲兮下覆，本榦蔽兮不昭」，「兮」字五言句及六言句，是騷體的語句特色。在感嘆詞「嗟乎」後，緊接著十一言、十三言、十四言的長句型，「此木幾歲幾年而至於合抱，夫何此草一旦一夕而遂日凌霄。是使藜藿蒿艾慕高豔而仰翹翹也。」表達了近乎浩嘆的情感。對偶句有四字單對，如：「草有柔蔓，木有繁條」、「蘋藻自潔，蘭蕙自芳」等；六字單對，如：「芙蓉出汙而自麗，芝菌不根而

自長」。賦中以凌霄花與蘋藻、蘭蕙、芙蓉、芝菌作一反襯，凌霄借助高樹而豔麗，蘋藻、蘭蕙、芙蓉、芝菌無須依憑而自美，兩者各有風采姿容，以譬況人生，應如何在鑽營攀附、馨香自潔之間抉擇，哲理自寓其中。其他尚有排比、類疊法，如：「或紉珮帶，或采頃筐，或製裳於騷客，或登歌於樂章」、「爲馨爲薦，爲嘉爲祥」；另外還運用了類字，如：「厥草惟夭，厥木惟喬」，修辭技巧繁複。

凌霄花，或稱爲紫葳、凌苕、陵苕〔註128〕。《詩經》中已見詠凌霄花的篇章，如〈小雅・苕之華〉云：「苕之華，芸其黃矣。心之憂矣，維其傷矣。苕之華，其葉青青。知我如此，不如無生。」以陵苕起興，感於花木的榮盛而悲嘆百姓的憔悴。〈陳風・防有鵲巢〉亦有「邛有旨苕」之句，指山丘上開出美麗的凌霄花。凌霄花屬落葉攀緣灌木，藉氣根攀緣而上，可達十餘公尺。夏季開花，花冠漏斗形，五裂，橘紅色。除觀賞價值外，還是一種傳統中藥材，花、莖、葉、根均可入藥。凌霄花的花形美、花色豔，卻因與高大樹木纏繞直入空中的生長特性，與善於鑽營的小人有著很強的關聯性，以致古今騷人墨客對它的評價褒貶不一。

凌霄花總是在高空中綻放，花形又像號角，在英國它的花語是聲譽、名聲。中國文士有人從正面落筆，譽之者如賈昌朝歌頌它具凌雲之志〔註129〕；楊繪〔註130〕、李漁〔註131〕讚賞它的花朵簇生在枝條頂

〔註128〕《爾雅注疏》卷 8〈釋草〉：「苕，陵苕。黃華，蔈；白華，茇。」〔晉〕郭璞注：「一名陵時……苕華色異名亦不同。」〔宋〕邢昺疏：「苕，一名陵苕……黃華名蔈，白華名茇，別花色之名也。」見文淵閣《四庫全書》本，冊 221，頁 163。

〔註129〕〔宋〕賈昌朝〈詠凌霄花〉：「披雲似有凌霄志，向日寧無捧日心。珍重青松好依托，直從平地起千尋。」見《全宋詩》冊 4，卷 226，頁 2623。

〔註130〕〔宋〕楊繪〈凌霄花〉：「直饒枝幹凌霄去，猶有根原與地平。不道花依他樹發，強攀紅日鬪鮮明。」見《全宋詩》冊 11，卷 620，頁 7387。

〔註131〕〔清〕李漁《閒情偶寄》：「藤花之可敬者，莫若凌霄。然望之如天際真人，辛急不能招致，是可敬亦可恨也。欲得此花，必先蓄奇石

端，鮮豔奪目，甚是好看；陸游借花抒懷，抒發自己懷才不遇、報國無門的憤懣之情〔註132〕；趙汝回則不加褒貶，另有一番禪意：「將謂青松自有花」〔註133〕。

　　也有文人從反面下筆，毀之者如曾肇寫凌霄花依附青松卻喧賓奪主，將青松遮掩，需經過凜冽的霜雪考驗後，才能判別出各自的品格。〔註134〕元人程棨認為凌霄花不能自立，須依物攀高，有如攀龍趨鳳、阿諛奉迎之小人，因此稱「凌霄花為勢客」。〔註135〕白居易〈有木〉八首其七〈凌霄〉詩云：

> 有木名凌霄，擢秀非孤標。偶依一株樹，遂抽百尺條。託根附樹身，開花寄樹梢。自謂得其勢，無因有動搖。一朝樹摧倒，獨立暫飄颻。疾風從東起，吹折不終朝。朝為拂雲花，暮為委地樵。寄言立身者，勿學柔弱苗。〔註136〕

〔宋〕古木以待，不則無所依附而不生，生亦不大。予年有幾，能為奇石古木之先輩而蓄之乎？欲有此花，非入深山不可。行當即之，以舒此恨。」見〈種植部・藤本第二〉（臺北：明文書局，2002年8月），頁248。

〔註132〕　〔宋〕陸游〈凌霄花〉：「庭中青松四無鄰，凌霄百尺依松身。高花風墜赤玉盞，老蔓烟濕蒼龍鱗。古來豪傑人少知，昂霄聳壑寧自期。抱才委地固多矣，今我撫事心傷悲。」見《全宋詩》冊40，卷2187，頁24933。

〔註133〕　〔宋〕趙汝回〈凌霄花為復上人作〉：「娟娟枯藤淡絳葩，夤緣直上照殘霞。老僧不作依棲想，將謂青松自有花。」見《全宋詩》冊57，卷3012，頁35876。

〔註134〕　〔宋〕曾肇〈凌霄花〉：「凌波條體纖，柔枝葉上綴。青青亂松樹，直幹遭蒙蔽。不有嚴霜威，焉能辨堅脆。」見《全宋詩》冊18，卷1039，頁11887。

〔註135〕　〔元〕程棨：《三柳軒雜識》（上海：上海商務印書館排印本，1927年），頁13左。收入〔明〕陶宗儀纂《說郛》卷21。

〔註136〕　〔唐〕白居易撰、丁如明、聶世美校點：《白居易全集》（上海：上海古籍出版社，1999年5月），頁32。〈有木〉八首是白居易借樹言理的組詩，序云：「餘讀《漢書》列傳……又見附離權勢，隨之覆亡者。其初皆有動人之才，足以惑眾媚主，莫不合於始而敗於終也。因引風人、騷人之興，賦〈有木〉八章，不獨諷前人，欲儆後代爾。」

首二句點明所詠的是凌霄，它雖然花朵豔麗卻不是獨立生長。接下來四句敘說其攀附特性，只要有樹木可以依靠，就順勢而上，抽生長長的枝條。根附在樹幹上，花開在樹梢上，緊緊依附著。再來二句言凌霄意氣揚揚，自以爲沒有任何力量可以動搖它。接著四句寫一旦樹倒了，無所依附的凌霄，頓時隨風飄動，終究連一個早晨都沒過完，就被猛烈的風吹折斷。最後四句自言意旨，感嘆早晨還高聳入雲的花朵，到了晚上就落地爲柴草，是以諷諭「立身者」要自立自強，勿夤緣攀附，呼應了詩序所云：「附離權勢，隨之覆亡。」

清代揚州八怪之一的金農，爲自己所畫的凌霄花題記云：

> 凌霄花，掛青松。上天梯，路可通。仿佛十五女兒扶阿翁，長袖善舞生回風。花嫩容，松龍鍾，擅權雨露私相從，人卻看花不看松。轉眼大雪大如掌，花萎枝枯誰共賞？松之青青青不休，三百歲壽春復秋。〔註137〕

畫家借助凌霄花的外形及攀附特質，寓理於物，筆墨淋漓地寫出一個「勢客」的醜態和淒慘結局。

堯臣亦有一首〈凌霄花〉詩：

> 草木不解行，隨生自有理，觀此引蔓柔，必憑高樹起。氣類固未和，縈纏豈由己，仰見蒼虯姿，上發彤霞蕋。層霄不易凌，樵斧誰家子，一日摧作薪，此物當共委。〔註138〕

此詩同樣借凌霄花比喻那些趨炎附勢、曲意逢迎之人，有所依靠則猖狂妄行、飛揚跋扈，一旦失勢，下場則可悲，表達了與其〈凌霄花賦〉相似，志依人者「風高必折」之理。

其實樹齡較高的凌霄，枝幹粗壯，也可以無須依傍，朱弁《曲洧舊聞》〔註139〕、陸游《老學庵筆記》〔註140〕、吳彥匡《花史》

〔註137〕〔清〕金農撰、閻安校注：《冬心題畫記》（杭州：西泠印社出版社，2008年1月），頁194。

〔註138〕《梅堯臣集編年校注》卷17〈凌霄花〉。

〔註139〕〔宋〕朱弁撰、王根林校點：《曲洧舊聞》卷2。同註58，《宋元筆記小說大觀》冊3，頁2971。文云：「富韓公居洛，其家園中凌霄花無所因附而特起，歲久遂成大樹，高數尋，亭亭然可愛。韓秉則

〔註141〕都記載了富弼家花園的凌霄不依木而生之事。明代高啓的五言古詩〈瞻木軒並序〉亦云：

> 道士李玄脩所居庭，有凌霄花依樹而生，近樹伐而凌霄獨存，因以名室，求予賦詩：

> 凌霄託高樹，引蔓日已長，纏綿共春榮，幽花藹數芳。高樹忽見伐，無依向風霜，亭亭還自持，柔姿喜能強。君子貴獨立，倚附非端良，覽物成感嘆，爲君賦新章。〔註142〕

意指凌霄花依託高樹引蔓攀援，與樹纏繞共度春天。高樹被伐後，凌霄花依然獨立成株，花繁葉茂。君子亦應常懷壯志，獨立自主，不依憑外力。

凌霄花渲染著詩人很不一樣的心情，或純粹詠物，或託物言志，或借物諷諭。然而在現代社會，講究團隊合作，互相幫助，凌霄花與高樹環繞，也許可解釋爲凌霄花借助高樹而能向上生長、綻開花朵，高樹亦藉由凌霄花的依附和美麗，帶給人們視覺美感，足以豐富心靈，兩者是相互依存，相得益彰。

綜上所述，堯臣賦作中有一部分是抒發個人情志意緒的，如〈哀鷗鴲賦〉展示與世無爭、無欲無求的生活理想；〈思歸賦〉發抒心中濃烈的鄉梓之情；〈凌霄花賦〉託物寓意表達挾貴倚勢者終必覆敗之

云：『凌霄花必依他木，罕見如此者，蓋亦似其主人耳。』予曰：『是花豈非草木中豪傑乎？所謂不待文王猶興者也。』」

〔註140〕〔宋〕陸游撰、高克勤校點：《老學庵筆記》卷9。同註58，《宋元筆記小說大觀》冊4，頁3538。文云：「凌霄花未有不依木而能生者，惟西京富鄭公園中一株，挺然獨立，高四丈，圍三尺餘，花大如杯，旁無所附。宣和初，景華苑成，移植於芳林殿前，畫圖進御。」

〔註141〕〔明〕吳彥匡《花史》：「富鄭公居洛，其家園中凌霄花無所因附而特起，歲久遂成大樹，高數尋，亭亭可愛，朱弁曰：『是花豈非草木中豪傑乎，所謂不待文王而猶興者也。』」見〔清〕汪灝等：《廣群芳譜》卷43，收入李學勤主編：《中華漢語工具書書庫》（合肥：安徽教育出版社，2002年1月），冊91，頁421。

〔註142〕〔明〕高啓：《高太史大全集》卷6（臺北：臺灣商務印書館，1965年，《四部叢刊》初編影印明景泰間徐庸刊本），頁62。

理。這些賦主要「借事件或物象來表達某種人生況味與深悟的哲思，個人的感慨往往被深邃的理念所化解、昇華，情理相得，理趣盎然，體現出筋骨瘦勁的特點，具有鮮明的時代特徵。」〔註143〕

第五節　反對迷信之理性精神

一、風異賦

　　此賦附敘，敘中將寫作時間及動機交代得很清楚。敘曰：

　　　　庚辰歲三月丙子，天大風，壬午、詔出郡縣繫獄死罪已下。〔註144〕夫風者天地之氣也，猶人之呼噓喘吸，豈常哉。若應人事之變，則余不知，故賦其大略云。

宋仁宗康定元年（1040），歲次庚辰，三月丙子（二十二日），天刮大風，白日天色昏暗，晚上，東南方有長數丈的黑氣。三月壬午（二十八日），天子詔告為郡縣獄中犯人減刑，堯臣因作賦記其事，並論之。

　　賦文可分為三段，首段自「吾因迒勞適於郊」至「所可視者五六步之內」，寫三月二十二日正午過後，暴風吹刮之狀，頓時白晝如晦，揚砂走塊，人心驚惶，瞑暗中大家只能手拉手以辨識對方。二段自「越翌日」至「商車顛躓」，第三天，風暴已過，災情則令人觸目驚心，慘不忍睹。三段自「既而眾曰」以下，述說災區的範圍「起浚都，播許鄭，歷洛汭，以及唐鄧漢隨之地。」〔註145〕以及不久傳來天子大

〔註143〕同註96，《北宋初、中期辭賦研究》，頁251。

〔註144〕〔宋〕李燾：《續資治通鑑長編》卷126，仁宗康定元年三月條：「丙子大風，晝暝。經刻乃復，是夜有黑氣長數丈，見東南……辛巳德音，降天下囚罪一等，徒以下釋之。」見文淵閣《四庫全書》本，冊316，頁82、85。按，丙子大風，為三月二十二日。辛巳德音為二十七日，〈風異賦〉作壬午，為二十八日，相差一日。

〔註145〕《梅堯臣集編年校注》卷10〈風異賦〉。補注云：「浚都當即浚儀，今開封市，宋時為京都，故稱浚都。許州故治在今許昌市，鄭州故治在今鄭州市，洛汭指洛陽附近，唐州故治在今唐河縣，鄧州故治在今南陽市，以上皆在今河南省。漢指漢水，隨州故治在今隨縣，以上皆在今湖北省。」

赦的消息，最後以創作意旨作結。

〈風異賦〉二十九處用韻。茲將該賦韻部排列如下：

　　由上列觀之，此賦押韻無一定規律，乃隨語詞的意義變換而押韻，以隊、眞、霽、支、紙、灰、微通韻通押到底，用韻甚寬。

　　本篇共計三百二十九字，句式以四字句爲主，三字句居次，其餘又有二字句、七字句……參差錯落，極爲自由。間雜以騷句，如：「人未寧兮」、「睇山川兮安陳，趨城郭兮安在」，亦有十一字句的長句，如：「伺彼往來兮問遠邇之所自」，加入語助詞「兮」字，使語言音節變化更豐富。對偶句有八字單對，如：「順前者措足之不暇，逆進者舉武而愈退」；六字單對，如：「睇山川兮安陳，趨城郭兮安在」；四字單對，如：「民廬毀壞，商車顛躓」，爲文章添加了具體生動的形象。

　　修辭方面，使用譬喻格中的明喻，如：「白晝如晦」，喻詞是「如」，言白天天色昏暗，猶如黑夜。另外還運用類疊中的疊句，如：「火來，火來」，以及疊字，如：「混混赫赫」。感嘆修辭，如：「喔呼噫嚱」，生動地描述了人們看到風暴刮起時的驚怪感嘆聲。排比修辭，如：「牛復馬還絕銜鼻，草靡木折莢實墜，禽鳥墮死泥滿喙，几案傾欹塵覆器。」用四個排比句呈現災異後的悲慘景象；又：「起浚都，播許鄭，歷洛汭。」以排比敘說風暴的行徑路線。

　　「天人感應」思想肇端於先秦哲學，至西漢董仲舒將其發展成一套完整的理論，他認爲天意和人事交感相應，天能干預人事，人亦能

感應上天，自然界出現災異是天對人的譴責與警告，降下祥瑞是天對
人的鼓勵，此說對漢朝乃至中國幾千年的封建王朝產生了深遠的影
響。梅堯臣則繼承了荀況、王充、柳宗元等人「天人相分」的思想，
認爲天象變化與人事災咎無關，所以在〈風異賦〉中，他特意極力鋪
陳描繪風暴發生當時的奇異景象及全部過程，「互天接地，混混赫
赫，不見端涯……所可視者五六步之內。」藉以說明此乃形形色色、
多采多姿的自然界變化，並不是上天譴告，對於朝廷因此「詔出郡縣
繫獄死罪已下」，持相當保留的態度：「夫風者天地之氣也，猶人之呼
噓喘吸，豈常哉。若應人事之變，則余不知。」表現出格物窮理的唯
物精神。

二、鬼火賦

　　本篇朱東潤《梅堯臣集編年校注》繫於慶曆八年（1048）。雖無
賦序，但在開頭八句，仍簡單交代了寫作背景與動機：

> 放舟於潁水〔註146〕之上，夜憩於項城之野，陰氣四垂而雨
> 微下，左右望之，若無覩者。有光熒然明於水邊，人皆謂
> 之鬼火，吾獨未爲然焉。

作者夜宿潁河之濱的項城郊外，陰陰微雨中，四顧無人，只見水邊有
微弱的光點閃動，人們稱之爲鬼火，他卻不敢苟同。

　　堯臣以爲鬼魅之說是虛妄的，並無實證，且承韓愈「鬼無形，鬼
無聲」之意，言鬼火根本不存在。同時提出對於鬼火之說的看法：「嘗
聞巨浸之涯，百物皆能發光而吐輝，又草木之腐，亦能生耀而化飛……
昔人有論電者，陰陽之氣相薄而成，何須形勢。將就此妄名，謂爲物
光可也，謂爲鬼火，則吾不敢聽。」將鬼火以百物、草木現象詮釋，
有如電由陰陽二氣互相接近、互相感應而產生，是一種自然狀態，故
正名爲「物光」，以符其實。

〔註146〕《梅堯臣集編年校注》卷 18〈鬼火賦〉。校云：「〔潁水〕諸本皆作
　　　　　『潁』。疑當作『潁』。」

〈鬼火賦〉換韻六次，二十五處用韻，各段或同屬一韻，或爲通韻。茲將該賦韻部排列如下：

（一）○野下○者○火○（上聲馬、哿通韻）〔註147〕

　　　馬　馬　馬　哿

（二）○無無（平聲虞韻）

　　　虞虞

（三）有有舊（上聲有、去聲宥通韻）

　　　有　有　宥

（四）○形聲形明（平聲青、庚通韻）

　　　青　庚　青　庚

（五）涯輝○飛非（平聲佳、微通韻）〔註148〕

　　　佳　微　微　微

（六）○乎乎○○呼（平聲虞韻）

　　　虞　虞　　　虞

（七）者成○名可火聽

　　　馬　庚　庚　哿　哿　青

　　　　（上聲馬、哿通韻；平聲青、庚通韻）

由上列觀之，此賦韻隨意遣，渾然天成，其中平聲韻較多，陰聲韻與陽聲韻相當，語多舒緩。第七段的用韻形式，「昔人有論電『者』，陰陽之氣相薄而『成』，何須形勢。將就此妄『名』，謂爲物光『可』也，謂爲鬼『火』，則吾不敢『聽』。」雖不是純粹的交互押韻，但是基本上可以歸入交互押韻一類，即一、五、六句押馬、哿韻（馬、哿通韻）與二、四、七句押青、庚韻（青、庚通韻），形成互相交錯的型態，平仄相遞，音韻和諧。

此篇共計一百九十三字，句式上除「放舟於潁水之上，夜憩於項

─────────────

〔註147〕上聲二十一馬：古通哿；上聲二十哿：古通馬韻，略通馬。
〔註148〕平聲九佳：古通支；平聲五微：古通支；平聲四支：古通微齊灰轉佳，韻略通微齊佳灰。

城之野」、「謂鬼爲無，吾不敢謂之無，謂鬼爲有，吾不敢謂之有」，可稱爲駢句外，其餘都是散句，自一字句至九字句都有，長短不一，參差有致。典故的運用，如：「鬼無形，鬼無聲」乃取自韓愈〈原鬼〉：「鬼無聲也，無形也，無氣也。」之成辭，此法是化引韓愈的話，以增強說服力。賦中用了兩次感嘆修辭，如：「噫，謂鬼爲無……」語氣表達對鬼的有無不置可否；又如：「嗚呼，昔人有論電者……」這裡「嗚呼」不是一般的表示悲哀，而是對陰陽之氣相薄而成電的說法表以欣然的接受，爲讚嘆詞。另外運用設問格中的提問，如：「曰若電者，因形乎，因勢乎？苟因形因勢，則此何疑而弗及。」自問自答，強化文章的語感。

三、鬼火後賦

此賦與〈鬼火賦〉同作於慶曆八年（1048），主旨亦在探討鬼火問題。採用問答體結構，開篇以「客」對「鬼火曰燐」的問難作爲論點，然後由「余遽辨曰」引出議論。對於前人舊說的鬼火，他認爲「且聞兵死之血，久而化之，既云血化，安有鬼爲？比夫草木之腐，固合其宜，宜曰物光，又豈爲過？」對鬼火的存在持否定態度，是以正「鬼火」之名爲「物光」，誰曰不宜？再進一步論之，鬼火既不能「烹煎」、「燠暄」，也不能「炎上」、「燎原」，只是「蔓說徒繁」的傳說而已，於理無據，於事無徵。堯臣本著窮理致知的科學態度，批駁「客」及前人「久血爲燐」〔註149〕、「兵死及牛馬之血爲粦。粦，鬼火也。」〔註150〕的說法，都是無稽之言。

〈鬼火後賦〉換韻三次，十六處用韻，各段或同屬一韻，或爲通韻。茲將該賦韻部排列如下：

〔註149〕〔西漢〕劉安等撰、許匡一譯注：〈氾論〉，《淮南子（下）》（臺北：臺灣古籍出版有限公司，2000年6月），卷13，頁932。文云：「老槐生火，久血爲燐，人弗怪也。」

〔註150〕〔清〕段玉裁：《說文解字注》（臺北：黎明文化事業公司，1976年12月），頁492。

（一）　○○○燐○信（平聲眞、去聲震通韻）〔註151〕
　　　　　　　眞　震

（二）　○○旨知○之○爲○宜（上聲紙、平聲支通韻）〔註152〕
　　　　　紙支　支　支　支

（三）　○過○破（去聲箇韻）
　　　　　箇　箇

（四）　然言煎暄○原○繁○門（平聲元、先通韻）〔註153〕
　　　先元先元　元　元　元

　　由上列觀之，此賦用韻寬泛，自由隨性，韻類在句與句之間，也多變化不定，音韻鏗鏘。第四段有連續押韻情形，如：「尙恐未『然』，更聽吾『言』。彼燁燁者胡可以烹『煎』，彼熒熒者胡可以燠『暄』。」然、煎屬先部，言、暄屬元部（元、先同用），爲平聲連押。賦文從此處轉入字音洪亮的陽聲韻，加上九字長句的排比句，利於鋪陳敘述，表達作者反對迷信的觀點。

　　本篇共計一百五十六字，以四言散句爲主，兼雜三、五、六、七、九言句，靈活多變，除「彼燁燁者」四句外，皆爲散句，具有散文汪洋閎肆的氣勢。修辭方式採用排比、類疊法，如：「彼燁燁者胡可以烹煎，彼熒熒者胡可以燠暄，彼焰焰者胡可以炎上，彼熠熠者胡可以燎原？」以加強說理氣勢，論述鬼火實非「火」，不宜以「火」名之。賦中多處使用設問格中的激問，除「彼燁燁者」四句外，另如：「爾不熟究吾旨耶？」「既云血化，安有鬼爲？」「宜曰物光，又豈爲過？」此賦篇幅雖然短小，卻用了四處設問，每一問都扣住「鬼火」這一主題，使整篇賦議論翻案的意識更加明顯。

〔註151〕上平十一眞：古通庚青蒸韻轉文元，韻略通文元寒刪先韻；去聲十二震：古通敬徑沁，略通問願。

〔註152〕上平四支：古通微齊灰轉佳，韻略通微齊佳灰；上聲四紙：古通尾薺賄轉蟹，韻略通尾薺賄蟹。

〔註153〕上平十三元：古轉眞韻；上平十一眞：古通庚青蒸韻轉文元，韻略通文元寒刪先韻；下平一先：古通鹽轉寒刪。

　　總歸而言，堯臣講究思辨，力求翻新，不唯前人之說，大膽提出自己獨特的看法，在〈風異賦〉中，他否定天象變化與人事災咎的聯繫，又用兩篇文字〈鬼火賦〉、〈鬼火後賦〉，批駁鬼火的傳說，表現學殖深厚及求眞求實的態度，在祥瑞賦興盛的當時知識分子中，實屬難能可貴。當然，在堯臣的詩賦作品中，亦不乏相信天人感應或民間傳說的描寫〔註 154〕，如見襄城水災後房屋毀損無數則作詩自責，憂慚是因爲自己「爲政惡」〔註 155〕；也曾在宮中失火時，寫詩要求日後祭祀典儀仁宗要更尊重、百官須更誠心，以免「天意警聖不警凶」〔註 156〕，神明遷怒國君；他並肯定祈雨行爲〔註 157〕，認爲是「爲民憂」〔註 158〕的表現。此外，他重視民間的龍母傳說，有詩言連年水患，是因爲「去年龍母沐，今年龍婦浴」，因此朝廷應「祠官駿奔走，請禱必竭誠。」〔註 159〕這些都反映了堯臣思想的另一面向，他雖曾

〔註 154〕 林宜陵：《北宋詩歌論政研究》（臺北：文津出版社，2003 年 3 月），頁 275。本書原爲林宜陵在輔仁大學研究所的博士論文。

〔註 155〕 《梅堯臣集編年校注》卷 10〈大水後城中壞廬舍千餘作詩自咎〉。詩云：「不如無道國，而水冒城郭，豈敢問天災，但慙爲政惡。湍迴萬瓦裂，槎向千林閣，獨此懷百憂，思歸臥雲壑。」

〔註 156〕 《梅堯臣集編年校注》卷 23〈十六日會靈火〉。詩云：「……先時二日車駕幸，爲民祈福輸清衷，大臣驕蹇不從祀，岳靈不歆爲不恭。若此示變猶影響，宜鑒陛下無惰容。神非怒乙遂及甲，天意警聖不警凶，不獨洪水累堯德，堯仁未忍流驩共。」

〔註 157〕 《梅堯臣集編年校注》卷 9〈和謝舍人洊震〉。詩云：「盛夏萬物當長養，驕陽不雨誰爲憂，天無纖雲野頳色，草木焦卷如經秋。南陽太守自引咎，不以天時爲怨尤，齋精潔慮祠望內，僚屬奔從無停朝，謾取詩言占離畢，徒依風俗驗鳴鳩。忽聞郡北直百里，岑岑岌崒藏靈湫，持牲遣吏詣其下，俎豆未徹升陰虯。電光劃劃遶巖壁，雷聲隱隱生山陬，擁雲馳雨自東上，西風斗猛雲還收……」

〔註 158〕 《梅堯臣集編年校注》卷 9〈南陽謝公祈雨〉。詩云：「雲龍本職雨，不雨其失職，萬草欲焚如，千疇幾赭色。刺史爲民憂，侵晨車競飭，竭來欵靈祠，豈不念黍稷。霮䨴隨輪軒，霶霈徧畛域，孰謂雲龍愚，能成仁惠德。濯濯羣物新，葱葱眾苗殖，莫比邵父渠，初慙用人力。」

〔註 159〕 《梅堯臣集編年校注》卷 27〈嘉祐二年七月九日大雨寄永叔內翰〉。詩云：「去年龍母沐，今年龍婦浴，民何競相傳，訛言初願戮。

批判過政惡造成災異說（如〈風異賦〉）與迷信傳說（如〈鬼火賦〉、〈鬼火後賦〉），卻沒有完全否定，相反地，他也承認天人感應的合理性，並將其效應運用在賦作中，如〈雨賦〉即以霪雨霏霏襯托自己偃蹇坎坷的仕途。

沐水不濕纓，浴波吞目睛，連歲果為患，準度非人情，島夷尚弗爾，況乃此京城。天公亦鑒詳，天子大聖明，堯時不昏墊，安見堯憂縈。今但微禹力，上心常屏營，祠官駿奔走，請禱必竭誠。廟堂列土偶，椒酒空湛盈，靈氣自莫主，非以堯言輕……」

第四章　梅堯臣辭賦特色分析

第一節　梅堯臣辭賦之內容特色

一、題材廣泛

　　堯臣賦篇使用的題材，有天象、歲時、動物、植物、器用、仙釋、曠達等，今將這些篇章依《宋代辭賦全編》之分類方式，臚列如次：

　　（一）天象類二篇：〈雨賦〉、〈風異賦〉

　　（二）歲時類一篇：〈乞巧賦〉

　　（三）動物類八篇，又可區分為三：

　　　　1.詠鳥五篇：〈紅鸚鵡賦〉、〈鳲鳩賦〉、〈靈烏賦〉、〈靈烏後賦〉、〈哀鵜鴣賦〉

　　　　2.詠獸一篇：〈問牛喘賦〉〔註1〕

　　　　3.詠魚一篇：〈針口魚賦〉

　　（四）植物類三篇，又可區分為二：

　　　　1.詠花一篇：〈凌霄花賦〉

〔註1〕〈問牛喘賦〉不在狀物而在說理，《歷代賦彙》、《宋代辭賦全編》將其置於鳥獸類，乃僅就題名予以歸類，便於檢閱者從標題檢索，而不觀其內容。

2. 詠果一篇：〈矮石榴樹子賦〉

（五）器用類五篇，又可區分爲三：

　　1. 詠日常器物一篇：〈塵尾賦〉

　　2. 詠樂器二篇：〈擊甌賦〉、〈魚琴賦〉

　　3. 飲食二篇：〈南有嘉茗賦〉、〈述釀賦〉

（六）仙釋類二篇：〈鬼火賦〉、〈鬼火後賦〉

（七）曠達類一篇：〈思歸賦〉〔註2〕

由以上諸類得知，堯臣擇取的題材，以動物類居冠，器用類次之，植物類第三，亦可見其題材有異於漢賦的宮殿苑囿、畋獵車騎、祭祀巡遊等，或是魏晉以後出現的登臨憑弔、悼亡傷別、遊仙招隱等。

　　遍觀堯臣所歌詠的對象，多爲日常生活事物，充滿著濃密的生活氣息，對於尋常所見的鳥獸、器用、植物等詳盡刻劃，並賦予新的審美情趣，立意新穎，託物寓意，如〈南有嘉茗賦〉、〈述釀賦〉是從日常飲食的茶、酒中，闡說社會風俗的衰敗或國家的治變之理，以尋常題材表現深刻的用意，隱含時代的沉痛。尤爲難得的是堯臣具有不妄從人說的態度，如〈風異賦〉、〈鬼火賦〉、〈鬼火後賦〉等破除迷信的題材，表現出他探索求知、追求眞理的精神。

　　從題材的好尚，可見當代生活方式和文士關注的焦點，也提供讀者進一步瞭解作者的思想面貌。堯臣辭賦題材廣泛，側重將日常的瑣細見聞和人情交往引入賦中，加以摹寫描繪、發表議論或抒發感懷，展現他對日常生活的細膩觀照，並形成他辭賦創作的特色之一。

二、以醜爲美的審美趣味

　　「以醜爲美」〔註3〕是韓愈詩歌藝術創作特有的審美傾向，以醜

〔註2〕《歷代賦彙》歸於懷思，《宋代辭賦全編》則收入曠達之列。

〔註3〕〔清〕劉熙載：《藝概》（臺北縣樹林鎮：漢京文化事業有限公司，2004年3月），卷2，頁63。劉熙載言：「昌黎詩往往以醜爲美。」

陌怪誕的事物入詩，造成一種奇崛之美，不僅爲中唐詩壇開創新的美
學領域，也讓宋人開闊了觀物理、識物象的另一種美學想像〔註4〕。
梅堯臣承繼韓愈怪異的詩歌意境，喜歡選擇人以爲不佳或先天不足的
物類爲題材，表現「醜枝生妍之意」〔註5〕，讓讀者從醜中去感受美，
如其五律〈依韵和接花〉：

> 唯是圃人巧，非關元化偏，折條違物理，遷豔得花權。美
> 女嫁寒壻，醜株生極妍，世間多妄合，吾不謂之然。〔註6〕

堯臣在詩中使用「美女、寒壻」、「醜株、極妍」的對襯手法，把兩個
世人眼中美醜截然不同的物象鮮明對比，並借助動詞「嫁」、「生」將
美好與醜惡聯繫起來，進而揭示事物表象和實質的關係，「美女嫁寒
壻」、「醜株生極妍」並非妄合，它代表著美醜對立的意象組合，爲更
高層次的對立統一，醜中蘊涵著美，體現堯臣詩特有的審美情趣。再
看〈東溪〉一詩：

> 行到東溪看水時，坐臨孤嶼發船遲，野鳧眠岸有閑意，老
> 樹著花無醜枝。短短蒲茸齊似翦，平平沙石淨於篩，情雖
> 不厭住不得，薄暮歸來車馬疲。〔註7〕

此詩通過描寫景物來抒發感情，頷聯「野鳧眠岸有閑意，老樹著花
無醜枝」向爲人所稱頌，方回評點此聯爲「當世名句，眾所膾炙」
〔註8〕，尤其「老樹著花無醜枝」句，甚至可作爲宋詩美學特徵的經
典概括〔註9〕。陳師道《後山詩話》云：「閩中有好詩者，不用陳語常
談。寫投梅聖俞，荅書曰：『子詩誠工，但求能以故爲新，以俗爲雅

〔註4〕 林秀珍：《梅、歐、蘇三家對韓愈詩風的承繼與開拓》，收入國立高雄
師範大學國文學系編印：《張子堂堂——紀念張子良教授學術研討會會
後論文集》（高雄：國立高雄師範大學，2007 年 12 月），頁 379。

〔註5〕 錢鍾書：《談藝錄》（北京：生活・讀書・新知三聯書店，2001 年 1
月），頁 510。錢鍾書言：「醜枝生妍之意，都官似極喜之。」

〔註6〕 《梅堯臣集編年校注》卷 22。

〔註7〕 《梅堯臣集編年校注》卷 25。

〔註8〕 〔元〕方回選評、李慶甲集評校點：《瀛奎律髓彙評》下冊（上海：
上海古籍出版社，2005 年 4 月），卷 34 川泉類，頁 1410。

〔註9〕 赫廣霖：《宋初詩派研究》（濟南：齊魯書社，2008 年 1 月），頁 234。

爾。』」〔註 10〕說明堯臣不避雅俗、不拘美醜、著重內在精神價值的寫作態度，也是宋人於觀物究理中，喜以醜異怪奇、瑣事俗物作爲吟詠對象，並能雅俗貫通融會，而成爲雋永有味的妙理哲思。試看堯臣〈蜘蛛〉一詩：

> 日結一尺網，知吐幾尺絲，百蟲爲爾食，九腹常苦饑。〔註 11〕

此詩言蜘蛛每日吐絲量極少，結網僅能一尺，力量微薄，雖然獵物很多（百蟲），胃口也很大（九腹），還是常挨餓，就算吐絲結網，也只是徒然，藉以諷刺不自量力之人。

堯臣描寫細微的小生物，也是體察入微，如〈師厚云蝨古未有詩邀予賦之〉云：

> 貧衣弊易垢，易垢少蝨難，羣處裳帶中，旅升裘領端。藏
> 跡詎可索，食血以自安，人世猶俯仰，爾生何足觀。〔註 12〕

蝨寄生在人體上，以吸食血液爲生，會傳染疾病，爲人類所不喜，但在古代衛生條件較差的情況下，與蝨共存似乎在所難免。堯臣此詩寫蝨的生存狀態，並引發哲理，象徵地描寫社會現實。他還用蝨來記錄眞實的日常生活瑣事，如〈秀叔頭蝨〉：

> 吾兒久失恃，髮括仍少櫛，曾誰具湯沐，正爾多蟣蝨。變
> 黑居其元，懷絮宅非吉，蒸如蟻亂緣，聚若蠶初出。鬢搔
> 劇蓬葆，何暇嗜梨栗，翦除誠未難，所惡累形質。〔註 13〕

秀叔年少失母，乏人照料，詩人藉鋪陳描寫兒子的邋遢和蟣蝨的噁心，以表現自己對於亡妻的懷念。詩中純用白描，語言平易淺近，化

〔註 10〕〔宋〕陳師道：《後山先生集》卷 23 詩話（北京：綫裝書局，2004
年，《宋集珍本叢刊》影印清光緒十一年刻本、趙熙批點），冊 29，
頁 190。
〔註 11〕《梅堯臣集編年校注》卷 10。
〔註 12〕《梅堯臣集編年校注》卷 15。吉川幸次郎據詩題認爲梅堯臣是第一
位將蝨寫入詩者，張哲俊以爲唐代就有寫蝨的詩，不過只是作爲題
材的一部分，而不是描寫的主體對象，如李白〈古風五十九首〉其
六、釋貫休〈律師〉。見張哲俊：《吉川幸次郎研究》（北京：中華書
局，2004 年 8 月），頁 207。
〔註 13〕《梅堯臣集編年校注》卷 16。

俗爲雅，正是他的詩歌特色之一。

堯臣詩在題材上喜引醜入詩的審美趣味，亦在賦中呈現，如〈矮石榴樹子賦〉中「傴傴盤盤，若屈若鬱，紉紉結結，非曲非直，幹不足攀，陰不足息」的矮石榴，在堯臣看來，實有堅守道德不失節操的警惕激勵意義；〈鳲鳩賦〉中「癡亦誠多，拙亦不少」的鳲鳩，在賦中主要是陪襯作用，以突出堯臣恬淡自足不與人爭的安適；〈擊甌賦〉中「未若豔女之歌喉」的甌樂，堯臣認爲只要演奏樂曲，能讓宴會賓主盡歡即爲良質，無須與其他樂器比較；〈魚琴賦〉中用古寺破木魚所斲的琴器，仍能「於道無所失」，因而期勉自己「窮不失義，達不離道」。從上觀之，堯臣不僅將一些他人眼中或醜或俗的物類寫入賦中，並以哲理性的思考貫穿其中，「暫時揚棄實用功利的牽絆，站在現實距離之外，化自然醜爲藝術美，去超脫去欣賞。」〔註14〕經由精心的藝術處理後，展現新的視野和美感，也提供賦章更爲豐富的內涵。

三、說理議論

宋代文學好說人生、談哲理、論事物的趣尚，影響辭賦的創作表現，也啓發催化文賦的形成，使「以理趣爲美，以議論爲高」成爲文賦的一個重要特徵。〔註15〕梅堯臣辭賦寓含說理議論，可分從理趣與意境的追求、說理與抒情相結合、翻案的創作意識等幾個層面來看。

（一）理趣與意境的追求

宋人爲賦，致力於理趣與意境的追求，使宋賦「淡化個人感情色彩，而特具觀身達理、意境淡遠的風格。」〔註16〕以議論入賦，以理

〔註14〕張高評：〈化俗爲雅與宋詩特色〉，見氏著《宋詩之新變與代雄》（臺北：洪葉文化事業公司，1995 年 9 月），頁 319。

〔註15〕劉培：《北宋初、中期辭賦研究》（臺北：萬卷樓圖書公司，2004 年 9 月），頁 246。

〔註16〕簡宗梧：《賦與駢文》（臺北：臺灣書店，1998 年 10 月），頁 206。

入賦，所蘊含的「理」，多是寄寓在客觀事物中的「常理」，經作者匠心獨運、自出機杼的構思而成「新意」和「妙理」。堯臣賦借助日常生活事物昭示人生之理，形象生動，理趣昭然，如〈紅鸚鵡賦〉藉紅鸚鵡因能言聰慧，形貌殊特，而爲人所抓捕豢養，申言「異不如常，慧不如愚」之理；〈凌霄花賦〉藉凌霄花依附高木的生長特性，闡發依人者「木老多枯，風高必折」之理；〈麈尾賦〉藉壯麈被獵殺後，肉、骨用盡，獨留尾巴，製成美麗的「麈尾」爲人所持，引論「君子疾沒世而名不稱焉」之理。

賦中尚理的機趣，使賦家的審美觀「由『閱世』轉向『觀身』」〔註17〕，把自己看作是流轉世界中的一物，而從旁加以審視〔註18〕，在流轉的人生中，他們極力擺脫悲哀，以恬淡自適的態度品評人間的名利得失、悲歡聚散，回歸現實尋求曠達、平和、閑適的精神意緒。堯臣人生際遇坎坷，在重視科舉功名的宋代，未能登進士第，以致沉淪下僚，他在〈雨賦〉中抒發自己仕途潦倒的苦悶，並以「窮居知命」作結，自作寬解語，化悲苦於淡遠。又如〈魚琴賦〉藉桐木昔爲木魚，今爲琴器的不同際遇，抒發自己的不遇情懷，最後以「於道無所失」自勉，表現了固窮守志的處世態度。再如〈哀鸒鳩賦〉藉所養之兩隻鸒鳩，其一翩然而去，其存者爲鼠所傷致死，因此體察到人生的禍福相倚、累於名利，賦中並無一般失去寵物的感傷，而是蘊含著豐厚的哲思理趣。

（二）說理與抒情相結合

說理與抒情相較，說理重在理智，抒情主於情感，但這兩者並不矛盾和對立，如能情理交融統一，以情表理、以理涵情，將使賦文既有情趣又不乏理趣，而更具深度和藝術感染力。堯臣議論賦所表現的

〔註17〕同註16，《賦與駢文》，頁 211。
〔註18〕〔日〕吉川幸次郎撰、〔日〕高橋和巳編、章培恒等譯：《中國詩史》（上海：復旦大學出版社，2001 年 12 月），頁 262。吉川幸次郎在〈宋詩的情況〉一文中，認爲相對於唐詩的激情，宋詩表現了一種冷靜的美，冷靜導致宋人養成從一旁審視自己的態度。

理性思考，並沒有減弱賦的情感表達，反而在理性的底蘊下透露無窮的情致，如〈鳲鳩賦〉以燕雁、鶅鶹鷹鸇、鸚鵡鸜鴿、女匠、鸛鶴的才智和鳲鳩的癡拙對照，表現出隨緣自適、安時處順的心境，飽蘸著形象和情感的議論，多能情理相彰，說理深刻，情趣盎然；〈矮石榴樹子賦〉藉形貌醜惡的矮石榴，寄託不以貌取人、致力涵養內在品德的人生反思，寓理於物，藉物抒情，意味深長；〈思歸賦〉由外在家鄉景物的描寫，轉而對個人內在情感的抒發，賦末以儒家孝道的角度來闡述思歸之志，融寫景、抒懷、說理於一爐，把宦途的挫折寄託於懷鄉戀歸之中。

（三）翻案的創作意識

宋人學殖宏富及重理性思辨，加上疑古惑經思潮的推波助瀾，使翻案手法普遍存在於各類文學創作中，如陸游所言：「唐及國初，學者不敢議孔安國、鄭康成，況聖人乎！自慶曆後，諸儒發明經旨，非前人所及；然排《繫辭》，毀《周禮》，疑《孟子》，譏《書》之〈胤征〉、〈顧命〉，黜《詩》之序，不難於議經，況傳注乎！」〔註 19〕即使像歐陽修、蘇軾、蘇轍、李覯、司馬光、晁說之、劉敞、王安石這樣的文學大家，都以疑經譏書為時尚，可見喜愛推翻前人陳說是整個時代的風氣使然，而宋文學之議論也以翻案最具特色。翻案原是法律名詞，本指推翻既已定讞之罪案而言，引申而有解黏去縛、推陳出新、變通濟窮、反常合道之意。〔註 20〕

〔註 19〕　〔宋〕王應麟撰、〔清〕翁元圻注：《困學紀聞注》卷 8，收入徐德明、吳平主編：《清代學術筆記叢刊》36（北京：學苑出版社影印清道光五年餘姚翁氏守福堂刊本，2005 年 10 月），頁 267。清代學者皮錫瑞對陸游所說之案語，曰：「宋儒撥棄傳注，遂不難於議經。排《繫辭》謂歐陽修，毀《周禮》謂修與蘇軾、蘇轍，疑《孟子》謂李覯、司馬光，譏《書》謂蘇軾，黜《詩序》謂晁說之。此皆慶曆及慶曆稍後人，可見其時風氣實然，亦不獨咎劉敞、王安石矣。」見〔清〕皮錫瑞撰、周予同注釋：《經學歷史》（北京：中華書局，2004 年 7 月），頁 156。

〔註 20〕　張高評：〈翻案詩與宋詩特色〉，見氏著《宋詩特色研究》（長春：長

　　宋人翻案爲不落前人窠臼，都努力朝著深、廣、新、變的方向開拓，堯臣才學高，又具創新意識及辨實求眞的觀物精神，故其翻案能不蹈故常，命意新奇，如〈鳲鳩賦〉在於推翻物性的價值取向，申言物各有性理，鳲鳩雖癡且拙，乃「天之所生」，無須與他物重輕較量，翻以自性亦有可貴之處；〈靈烏後賦〉係因時代政治因素立說，意在推翻范仲淹〈靈烏賦〉的看法，另抒己見，爲推翻當代人之說的寫照；〈哀鷫鴣賦〉作者原本認爲遠飛的鷫鴣爲「背德」，而後理解背德者與「戀而不去」者，無所謂好壞對錯，且禍福憂喜、名利得失實爲一體之兩面，於是推翻自己先前的說法，從對日常事物的觀照，體會了超然物外的哲思；〈乞巧賦〉從破虛妄立意，有兩層意義，一翻民間乞巧傳說爲無稽之事，二翻巧而鮮仁遺行，乃小人之徒，亦於事無濟；〈鬼火賦〉、〈鬼火後賦〉並皆推翻民間鬼火之說，對於自然界存在的不可解現象，不隨意妄說，而將鬼火稱爲「物光」，見解獨到。〔註21〕凡此都顯示堯臣的議論賦，多在立意上翻新，從中翻出新意義和新境界，深切體現翻案的藝術妙用。

第二節　梅堯臣辭賦之形式特色

一、形制短小

　　在賦體形成初期的荀子〈賦篇〉，除了體現鋪采摛文、體物寫志的特徵外，其五賦皆採用隱語、問答形式，以詠物爲主，且爲百字的短篇創作，堪稱小賦之肇端。小賦是相對於楚騷長篇、漢賦巨製而言，具有語言簡潔、結構短小、意象單一的特徵〔註22〕。綜觀堯臣賦

　　春出版社，2002 年 8 月），頁 457。

〔註21〕翻案的分類及觀點多參考林天祥《北宋詠物賦研究》第 6 章〈北宋詠物賦之議論翻案〉（臺北：萬卷樓圖書公司，2004 年 11 月），頁205。
〔註22〕許結選注：《抒情小賦卷・前言》，收入傅璇琮主編：《中國古典散文基礎文庫》（桂林：廣西師範大學出版社，1999 年 7 月）。

的題材與表現內涵，不像一些描寫宮殿、遊獵、山川、京城的賦作，須使用巨大篇幅極力鋪陳誇讚文物之盛，他喜從日常生活及身邊細微的事物取材，多以一物一詠，表達情感，或借物諷諭，或詠物抒情，或言志明理，而宜乎短篇，誠謂「著墨不多，而刻畫已盡，寫生神手也。」〔註23〕

堯臣賦作字數統計如下表：

賦名	紅鸚鵡賦	靈烏賦	哀鵁鴶賦	問牛喘賦	矮石榴樹子賦
字數	220 字	247 字	299 字	243 字	272 字
賦名	思歸賦	風異賦	魚琴賦	靈烏後賦	凌霄花賦
字數	304 字	329 字	211 字	153 字	180 字
賦名	雨　　賦	鬼火賦	鬼火後賦	述釀賦	南有嘉茗賦
字數	107 字	193 字	156 字	205 字	210 字
賦名	鳲鳩賦	麈尾賦	擊甌賦	乞巧賦	針口魚賦
字數	253 字	141 字	173 字	394 字	106 字

由表列得知，堯臣辭賦中篇幅較長的只有〈乞巧賦〉、〈風異賦〉、〈思歸賦〉三篇，字數在三百餘字，其他二百多字的有九篇，一百多字的有八篇，而篇幅最短的〈針口魚賦〉僅一百零六字，從篇幅較長的幾篇，也遠不及漢代之鋪陳大賦，可見堯臣辭賦大抵皆屬短篇佳章。

二、設辭問答

設辭問答是賦體常用的體式，有關這種形式的來源，學者看法不一。〔註24〕此體在漢代已發展至極盛，枚乘〈七發〉、揚雄〈長楊賦〉、

〔註23〕〔清〕浦銑撰：《復小齋賦話》下卷評唐李德裕〈振鷺賦〉曰：「六十言耳，著墨不多，而刻畫已盡，寫生神手也。」見何新文、路成文校證：《歷代賦話校證：附復小齋賦話》（上海：上海古籍出版社，2007 年 3 月），頁 405。

〔註24〕參見何沛雄：〈漢賦問答體初探〉，《新亞學術集刊》第 13 期（1994

司馬相如〈子虛賦〉等都是藉著虛構人物的問對鋪展而成。到了六朝，假設問答雖不再是賦的必要條件，但仍是賦中常見的形式，作者喜歡假託歷史人物，使其穿越時空隧道粉墨登場，立意巧妙，又呈現出豐富的歷史文化內涵，如謝惠連〈雪賦〉、謝莊〈月賦〉、庾信〈枯樹賦〉等都是其中的名篇。〔註25〕唐代問對體基本上是依仿前人的路線，其特色為：假設問對、自嘲自解；借客伸主、誇張對比；正話反說、寓莊於諧。〔註26〕發展到宋賦，由於宋代重議論的風尚，在主、客的命名上，不再費盡心思去虛擬角色名稱，像漢賦的「子虛使者、烏有先生、亡是公」、「子墨客卿、翰林主人」、「憑虛公子、安處先生」等，也不借助歷史人物，而是直接以「客」或現實人物（如梅堯臣〈乞巧賦〉的「兒女」、歐陽修〈秋聲賦〉的「童子」）為對話對象，以能暢所欲言，著重在見解主張的論辯。

在梅堯臣二十篇賦中，用問對體成文者有〈乞巧賦〉、〈擊甌賦〉、〈鬼火後賦〉三篇。這些作品皆採作者與其他人物對話的模式，事件的過程和內容則以作者親身經歷的形式出現，如〈乞巧賦〉是作者藉七夕乞巧習俗與客（兒女）的答話，賦文先交待時間背景，再進入問答主題，假客之提問：「故事所傳，餘千百齡，何獨守拙，迷猶未醒。」以發揮作者的堂皇大論，對「巧拙」之義詳加闡述，也表達了自己抱樸守拙的決心。又如〈擊甌賦〉是作者與客（非之者）論辯甌樂的樂音之美，客駁詰以為甌樂未若豔女之歌喉，作者展開答辯，認為「發和於器，導和於人」，豈可不視為絲竹歌唱吟詠之類。再如〈鬼火後賦〉是作者寫成〈鬼火賦〉後，對於客的質疑：「嘗覩舊說，鬼火曰燐，前人有述，子何不信？」盡情地抒發己情，澄清

年），頁 43。簡宗梧：〈試論賦體設辭問對之進程〉，《第六屆國際辭賦學學術研討會論文》（成都：四川師範大學，2004 年 10 月）。

〔註25〕簡宗梧：〈賦與設辭問對關係之考察〉，《逢甲人文社會學報》第 11 期（2005 年 12 月），頁 28。

〔註26〕陳成文：《唐代古賦研究》（臺北：國立政治大學中國文學研究所博士論文，1998 年），頁 202。

己意。

堯臣賦的主客問答手法，客只扮演提問的角色，不與主（作者）對辯，用意在引出「主」想說的話，並推動情節發展，所以「主」之言即作者內心的表述，爲全篇的重心。〈乞巧賦〉、〈擊甌賦〉採取「主客合一，主的多面向呈現」模式〔註27〕，其中主客對話正是作者自問自答，主客二人乃是作者的分化。〈鬼火賦〉運用「虛設其客，抑客揚主」類型，「客」僅只於提問及「憨怩無辭而起」，以襯托「主」的滔滔見解。這種設問自答的方式，較之漢賦問答體的板重、一成不變更加靈活，並蘊含了更多作者的主觀情愫，故能給人以眞切的感受及深刻的印象，從而達到特殊的藝術效果。

三、散文筆法

宋代文賦所以自成新的時代文學特色，句式不拘駢偶和用韻寬泛自由，乃極重要的因素。賦中出現大量長短參差，甚至自成一段的散句，多用虛詞（之乎者也矣焉哉）和提頭接頭語（若夫、於是、爾乃、所以……），突破駢偶、對仗的限制，擺落駢賦、律賦的束縛，「以文爲賦」的表現手法，開拓了辭賦的形式，也確立了宋人文賦的成就。依此，本節將分從句式靈活多變、用韻自由寬鬆、虛詞運用巧妙等散文化特點，來檢驗堯臣在文賦實際創作上的實踐。

（一）句式靈活多變

堯臣賦中句式的安排，有騷散兼體，而以散句爲主者，如〈哀鷦鵠賦〉、〈凌霄花賦〉等；有駢散結合，在散體中穿插駢句行文者，如〈鬼火賦〉、〈鬼火後賦〉、〈魚琴賦〉等；有騷駢散並行，各體句式集中各自成段，依序成文者，如〈靈鳥賦〉、〈乞巧賦〉、〈思歸賦〉等；

〔註27〕黃麗月：《北宋亭臺樓閣諸記「以賦爲文」研究》（臺南：國立成功大學中國文學研究所博士論文，2005 年），頁 221。黃麗月以爲北宋亭臺樓閣諸記，受到賦體設辭問答結構的影響，發展出「虛設其客，抑客揚主」、「互爲主客，平分秋色」、「主客合一，主的多面向呈現」、「揚客抑主，主居下風」的特色。

有仿荀子〈賦篇〉、賈誼〈鵩鳥賦〉而作，四言中夾用排比的反詰句者，如〈雨賦〉、〈靈烏後賦〉〔註28〕等，由此可見，堯臣賦章大致含括了宋代文賦的各類體式〔註29〕，相當具有代表性。茲舉梅、歐之同題賦作〈紅鸚鵡賦〉，並列以比較說明之。

梅堯臣〈紅鸚鵡賦〉：

> 蹄而毛，翼而羽，以形以色，別類而聚，或嘯或呼，遠人而處。在鳥能言，有曰鸚鵡。產乎西隴之層巒，巢于喬木之危端，其性惠，其貌安，與禽獸異，爲籠檻觀。吾謂此鳥曾不若尺鷃之翻翻，復有異於是者，故得以粗論。吾昔窺爾族，喙丹而綠，今覽爾軀，體具而朱。何天生爾之乖耶。俾爾爲爾類，尚或弗取，況爾殊爾眾，不其甚與！何者，徒欲謹其守，固其樞，加以堅鏁，置以深廬，雖使飲瓊乳啄彫胡以充饑渴，鑄南金飾明珠以爲關閉，又奚得於烏鳶之與雞雛。吾是知異不如常，慧不如愚，已乎已乎。

歐陽修〈紅鸚鵡賦〉：

> 后皇之載兮，殊方異類。肖翹蠢息兮，厥生成遂……來海裔兮貴中州。逖丹山於荒極，越鳳皇之所宅，稟南方之正氣，孕赤精於火德……噫！不知物有貴賤，殊乎所得。天初造我，甚難而嗇，千毛億羽，曾無其一。忽然成形，可異而珍，慧言美質，俾貴於人。籠軒寶甃，翔集安馴。彼眾禽之擾擾兮，蓋迹殊而趣乖。既心昏而質陋兮，乃自穢而安卑……天不汝文而自文之，天不汝勞而自勞之。役聰與明，反爲物使，用精既多，速老招累。侵生戕性，豈毛

〔註28〕曾棗莊認爲〈螟蛉賦〉、〈雨賦〉、〈靈烏後賦〉之類模仿荀賦的賦篇，只能算是仿古文賦，不能算是宋代新興的文賦，宋代新興文賦係指與歐陽修〈秋聲賦〉、蘇軾前後〈赤壁賦〉相類似的文賦。見〈論宋代文賦〉，《四川大學學報（哲學社會科學版）》第1期（2004年），頁110。

〔註29〕李瓊英將宋代散文賦句式的兼體現象分爲騷散兼體、駢散兼體、騷駢散兼體三類，而以騷駢散兼體的散文賦最爲普遍。見《宋代散文賦研究》（臺北：國立臺灣師範大學國文研究所碩士論文，1991年），頁17。

之罪？又聞古初，人禽雜處。機萌乃心，物則遁去。深分
則網，高分則弋。爲之職誰，而反予是責！〔註30〕

這兩篇賦寫於明道元年（1032），語言形式各自展現不同的藝術風
情。梅堯臣〈紅鸚鵡賦〉打破四六定則，以散御駢，用散爲偶，散
文句式貫穿全篇，句法少則二言一句，多至十二言一句，參差錯落，
揮灑自如，既狀物又議論、說理，乃散文化語言特色的具體呈現。
歐陽修〈紅鸚鵡賦〉起首用五、四言式鋪敘紅鸚鵡的出生、形質等，
繼之爲七言式的折腰句、騷式六言句，然後以四言整句爲主，兼雜
五至八字句的散文體，展開紅鸚鵡之申辯說理，句式上仍沿襲傳統
賦作的寫法，是以「在宋代禽鳥賦創作上首先表現散文化特質的作家
是梅堯臣」〔註31〕。茲再錄〈塵尾賦〉全文，以一窺堯臣賦句法的排
遣：

　　　野有壯塵兮罹虞人於廣原，-------------------------------- 騷句
　　　其身已殺，其肉已燔，其骨已棄，獨其尾之猶存。--- 散句
　　　飾雕玉以爲柄，入君握而承言，聊指麾之可任，雖脫落而
　　　蒙恩。-- 騷式六言句
　　　噫　譬諸犬豕，其死則均，其肉與骨，亦莫逡巡，自古及
　　　今，若此泯沒者日有億計，曾不一毫以利人。-------- 散句
　　　是以　生若蚍蜉，死若埃塵，---------------------- 四句單對
　　　　　　　生無以異於其類，死不爲時之所珍。------ 七句單對
　　　故　仲尼疾沒世而名滅，子長亦著論而有因，--- 八句單對
　　　乃　感茲歟而用告乎朋親。-------------------------- 散句

在這篇以四言爲多的賦中，起首用騷句表現對壯塵被獵殺的哀嘆，
繼而長句與短句交錯，最短是一字一句的嘆詞「噫」，最長是十一

〔註30〕〔宋〕歐陽修撰、李逸安點校：〈紅鸚鵡賦〉，《歐陽修全集》（北京：
　　　　中華書局，2001年3月），卷58，頁834。

〔註31〕吳儀鳳：《詠物與敘事——漢唐禽鳥賦研究》，收入龔鵬程主編：《古
　　　　典詩歌研究彙刊》第1輯（永和：花木蘭文化出版社，2007年3月），
　　　　冊3，頁267。

字一句，長短懸殊頗大。整篇用散文辭氣貫串，又有形式工整的對句，「文賦中的駢偶句式也是作家言情狀物時所必須倚重的一種藝術表現手段」〔註32〕這些對句使賦的表現散中有整，富於變化，加上「是以、故、乃」等連接詞的巧妙運用，讀之只覺流轉自然，清新活潑。

（二）用韻自由寬鬆

文賦的用韻，通常是文到韻隨，隨在而施，用否皆可，並無一定的規律。堯臣賦的押韻雖然隨性自由，但是押韻的句子仍然不少，且協韻形式頗夥，除傳統的兩句一韻、偶句入韻外，還有連續押韻、交互押韻、隨意押韻、虛字入韻、虛字不入韻等。聲律與文情關係密切，從堯臣的選韻用韻，亦可見其詞藻意境與音韻鏗鏘之美。在他的二十篇賦中，〈塵尾賦〉和〈風異賦〉皆一韻到底，氣勢一貫而流動；〈針口魚賦〉全篇用上聲韻，表現作者憤慨的心情；〈雨賦〉全篇用仄聲韻，表達作者低沉感傷的情緒，此皆聲情盎然之作，乃堯臣賦極獨特的一面。又如於〈南有嘉茗賦〉賦末選用眞韻，王易云：「眞軫凝重」〔註33〕，意即眞軫韻適合表現凝重沉痛的心情，由賦文觀之，「抑非近世之『人』，體惰不『勤』，飽食梁肉，坐以生疾，藉以靈荈而消腑胃之宿『陳』。若『然』，則斯茗也不得不謂之無益於爾『身』，無功於爾『民』也哉。」音調與情調是完全配合的，此例亦可見堯臣賦用韻隨性，不拘一格的特色。另外，堯臣在寫作時，往往會不自覺的將某些詩歌格律融入賦體之中，如〈鳲鳩賦〉、〈針口魚賦〉都有四句換韻一、二、四句押韻的形式，雖然韻腳緊湊而多變化，仍能在紛繁複雜中顯出整齊和諧，並具音節的美感。茲舉〈靈烏後賦〉為代表，以見堯臣賦押韻之一斑：

> 靈烏，我昔閔爾之忠，告人之凶，遭人唾罵，於時不容，

〔註32〕曹明綱：《賦學概論》（上海：上海古籍出版社，1998 年 11 月），頁233。

〔註33〕王易：《中國詞曲史》（北京：團結出版社，2006 年 3 月），頁228。

覆巢彈類，驅逐西東。余是時作賦以弔汝，非乘爾困而責爾聰。今者主人悟，彈者去，豐爾食於太倉，置爾巢於高樹，晨雞不鳴，百鳥爭慕，傍睨鳳皇，下窺鷦鷯。爾於此時，徒能縱蒼鷹，逐狡兔，不能啄叛臣之目，伺賊壘之去，而復憎鴻鵠之不親，愛燕雀之來附。既不我德，又反我怒，是猶秦漢之豪俠，遠己不稱，昵己則譽。夫然，吾分足而已矣，又焉能顧。

此賦可分為兩段，「靈烏」至「非乘爾困而責爾聰」為第一段，從「今者主人悟」以下轉韻為第二段，共三十二句，十九處用韻。至於叶韻對仗與否，但順文氣，並隨語意轉折而換韻，用韻寬泛，自然率意，渾然天成，完全掙脫了駢賦、律賦的韻律限制，使賦章讀來呈現流暢而跌宕生姿的節奏感。

　　歸結上文，或許是詩人本色使然，堯臣的大多數賦作還是講求入韻，掌握韻腳的音響特色，協韻形式變化多端，但整體上來說，其賦打破駢偶對仗，不為韻縛，用韻情況實已具文賦的雛形。

（三）虛詞運用巧妙

　　在賦中恰當地運用虛詞，有助於疏通文氣，形成散文化氣勢，也能提高文章的修辭效果，如劉大櫆所言：「文必虛字備而後神態出，何可節損？」〔註34〕堯臣賦所用虛詞多樣而豐富，如句首的「夫、惟、然、其」；句中的「而、以、於、乎」；句尾的「也、矣、哉、焉」等，因他能靈活借助虛詞以起承轉合，所以作品的文氣動宕，富於流動之美，無板滯之病。堯臣對於嘆詞的應用也很值得注意，其嘆詞或用作發語詞，或用於句尾，以表達感慨、悲傷及驚訝等情緒，有「噫、嗚呼、嗟乎、喔呼噫嚱、哀哉、也哉」等字詞，其中「噫」出現的頻率最高，見於七篇賦中，茲臚列如下：

〔註34〕〔清〕劉大櫆：《論文偶記》，收入王水照編：《歷代文話》（上海：復旦大學出版社據清道光刊《遜敏堂叢書》本錄入，2007 年 11 月），冊 4，頁 4113。

窮居知命，是何病也。噫。(〈雨賦〉)

噫，唯癡與拙，天之所生，若此而已矣，又烏足爲之重輕。(〈鳲鳩賦〉)

噫，始其遇匠氏也，有幸不幸焉，故未得盡厥宜。(〈魚琴賦〉)

噫，譬諸犬豕，其死則均，其肉與骨，亦莫逡巡，自古及今，若此泯沒者日有億計，曾不一毫以利人。(〈麈尾賦〉)

烏之謂靈者何？噫，豈獨是烏也。(〈靈烏賦〉)

噫，吾父八十，母髮亦素，尚爾爲吏，夐焉遐路。(〈思歸賦〉)

噫，謂鬼爲無，吾不敢謂之無，謂鬼爲有，吾不敢謂之有。(〈鬼火賦〉)

以上賦例，如〈雨賦〉寫作者仕途不順的煩懣，全篇用「噫」字結尾，彷彿盡情噴泄胸中憋著的一股抑鬱之氣，言有盡而意無窮；〈鳲鳩賦〉用嘆詞「噫」、「矣」，顯示作者感慨情緒之深，也有人生哲理的深刻體會；〈靈烏賦〉在提問句後使用「噫」，有畫龍點睛的過度作用，說出答案並引起下文；〈思歸賦〉中「噫」的一聲長嘆，寫出了作者宦遊在外，未能侍親的悲傷之聲。

其他還有〈紅鸚鵡賦〉：「吾是知異不如常，慧不如愚，已乎已乎。」全文用嘆詞「乎」類字作結，點出「異不如常，慧不如愚」的主題，又寄寓了「招累見囚」的無限感慨；〈哀鷓鴣賦〉：「何文彩之佳，何名譽之淑，前所謂大而無聞，其自保而自足者歟。」句尾的「歟」表示推測兼感嘆，相當於「吧」，意即前文所謂大而無聞，恐怕是自保自足吧，有通達的人生領悟；〈凌霄花賦〉：「嗟乎，此木幾歲幾年而至於合抱，夫何此草一旦一夕而遂曰凌霄。是使藜藿蒿艾慕高豔而仰翹翹也。」此處「嗟乎」有厭惡、諷刺之意，對於凌霄緣木而上的屬性極以爲不然；〈風異賦〉：「喔呼噫嚱，出屋遠望，西北之陲。亙天接地，混混赫赫，不見端涯。」喔、呼、噫、嚱都是表示驚嘆的語

氣，堯臣在此連用，聲情並茂，加強看見風暴刮起時的驚異之情。由此可見堯臣善於活用嘆詞，因聲擬字，借聲傳情，能妥貼地傳遞情感信息，展現其駕馭文字的藝術功力。

　　要之，堯臣賦題材深廣，不再受前人所囿，多取材於日常事物，而據之以闡發心靈、說理議論；同時有意識地轉化題材，以醜陋怪誕的事物入賦，表現明確的審醜傾向；亦喜於賦中議論，寄寓人生哲理或自己對社會現實的關注，且善用翻案手法，推陳出新，與傳統賦作歌功頌德、勸百諷一之旨，大異其趣。在形式方面，多短巧構文，除採取傳統的鋪張排比手法、設辭問答模式外，亦採用散文的氣勢筆調，句式自由、押韻隨性、多用虛字，突破了原有的固定格式和韻律。有關文賦的界定，曹明綱《賦學概論》指出：

> 文賦是賦體在長期發展過程中，於唐宋時期才形成的一種新類型。它在吸取以往辭賦、駢賦和律賦創作經驗和形體特點的基礎上，更融入了當時古文創作講求實效、靈活多變的特色，從而在形體方面形成了韻散配合、駢散兼施、用韻寬泛和結構靈活的新格局。它的篇幅長短皆宜，句式駢散多變，創作不拘一格，題材無往不適，用途寬廣無礙，是以前任何一種形式的賦體所不能同時具備的。〔註35〕

王永《北宋文賦研究》以為：

> 文賦的概念應具備以下幾方面的含義：一、以言理為旨歸，不重篇中議論成分的多寡；二、以散句為特徵，但重在散意與散勢。包括那些以散御駢騷，以四言單句進行敘議的作品；三、體制短小、構思精巧；四、多用問答或對話結構；五、音韻協和，大體押韻即可，允許自由換韻。
> 〔註36〕

顧柔利《北宋文賦新探》則認為：

〔註35〕同註32，《賦學概論》，頁216。
〔註36〕王永：《北宋文賦研究》（長春：東北師範大學碩士論文，2003年5月），頁2。

> 文賦體在唐宋時因受古文運動影響所形成的一種新類型，
> 在形體方面以散句為主，駢散兼用，用韻自由，句式駢散
> 多變，不拘一格，使賦作便於狀物抒情，敘事言理。在內
> 容上和漢賦諷諭不同，以闡述人生哲理為主，並呈現理趣、
> 議論等獨特風貌。〔註37〕

依此，堯臣辭賦在內容及形式上，實已具有文賦的色彩。

〔註37〕顧柔利：《北宋文賦新探》（高雄：國立中山大學中國文學碩士在職
專班碩士論文，2004 年 6 月），頁 38。

第五章　梅堯臣辭賦之評論與價值

　　文學作品必須把它放在整個文學傳統裡加以評論，才能看出它在文學史上的價值。美國詩人兼批評家 T. S.艾略特在他寫於 1919 年的一篇論文〈傳統和個人的才能〉中說：

> 任何詩人，任何藝術的藝術家都不能獨自具備完整的意
> 義。他的意義，他的鑑賞也就是他和過去的詩人和藝術家
> 之關係的鑑賞。你無從將他孤立起來加以評價；你不得不
> 將他放在過去的詩人或藝術家中以便比較和對照。這裏我
> 所說的是審美的，不單單是歷史的，一個批評原則。〔註1〕

　　詩人不能孤立起來加以評價，其作品也不能單獨予以論斷。梅堯臣是北宋中期極具影響力的詩壇盟主，其詩歌在當代已享有盛名，辭賦作品則爲詩名所掩蓋，仍待吾人開發。本論文在對其辭賦內容和形式作全面整理分析後，本章將分別就其歷代評價及辭賦價值加以考察，進而肯定梅堯臣在賦史上之特殊貢獻。

第一節　梅堯臣辭賦之評論

　　歷來對梅堯臣的評價，可分爲兩大類：一是對其個人的評論，

〔註 1〕〔美〕Thomas Stearns Eliot 撰、杜國清譯：〈傳統和個人的才能〉，《艾略特文學評論選集》（臺北：田園出版社，1969 年 3 月），頁 5。本篇原文爲"Tradition and the Individual Talent."

另一是對其作品的批評，作品批評又可分成詩歌批評與辭賦批評。以下試將後人有關梅堯臣個人、詩歌及辭賦的評析，概括地歸類及探究。

一、後人對梅堯臣個人及詩歌之批評

梅堯臣是一位落拓失意的詩人，憑叔父門蔭踏上仕途，但大半輩子宦遊於下層府衙，因爲不第進士，州縣小官，偶而窮愁感憤之餘，不免寫出罵譏笑謔的文字。他的學問淹博，有以取重於時人，「所以與遊，或以其能『進士及第』，或以其擅於詩文，是皆堯臣所希冀者……於此，足證堯臣與彼等之交往，均非泛泛，應無疑問。」〔註2〕《四庫全書總目提要》稱其爲人「孤僻寡和」〔註3〕，堯臣亦自言「性僻交游寡，所從天下才」〔註4〕，但從他的應和酬唱詩占《宛陵集》大半部，以及唱和贈答的內容看來，他應該是待人誠懇，熱愛朋友，人緣不錯者，所以「賢士大夫多從之游，時載酒過門。」而與歐陽修的金石之交，尤爲難能可貴。堯臣對家人的愛護，對前後兩位妻子的深情，也是眞實自然流露，從其悼亡詩可見其對亡妻謝氏的思念之情，想切感人，對次子十十、么女稱稱的深摯情感，令人動容，「筆法細膩，情感深刻」〔註5〕，更不似孤僻之人。故堯臣生前，雖家甚貧，仍友朋不斷，在經濟上亦時獲幫助；病時，賢士大夫往問疾者高車駟馬絡繹於途；卒後，賢士大夫又弔祭哀哭，歐陽修則奔走於士大夫間，得錢若干，置義田，以撫恤遺族〔註6〕。今引諸家對堯臣個人的評論

〔註2〕 劉守宜：《梅堯臣詩之研究及其年譜》（臺北：文史哲出版社，1980年4月），頁249。

〔註3〕 〔清〕永瑢、紀昀等：《四庫全書總目提要》。見文淵閣《四庫全書》本，冊4，頁124。

〔註4〕 《梅堯臣集編年校注》卷15〈乙酉六月二十一日予應辟許昌京師內外之親則有刁氏昆弟蔡氏子予之二季友人則胥平叔宋中道裴如晦各攜肴酒送我于王氏之園盡懽而去明日予作詩以寄焉〉。

〔註5〕 〔日〕吉川幸次郎撰、鄭清茂譯：《宋詩概說》（臺北：聯經出版事業公司，1983年5月），頁100。

〔註6〕 〔宋〕歐陽發等述〈先公事蹟〉：「先公篤於交友，恤人之孤。梅聖

於後：

> 聖俞爲人仁厚樂易，未嘗忤於物，至其窮愁感憤，有所罵
> 譏笑謔，一發於詩，然用以爲驩而不怨懟，可謂君子者也。
> （歐陽修〈梅聖俞墓誌銘〉）

> 堯臣家貧，喜飲酒，賢士大夫多從之游，時載酒過門。善
> 談笑，與物無忤，誺嘲刺譏託於詩，晚益工。（《宋史》卷
> 四四三，列傳二〇二，文苑五）

> 陳善《捫蝨新話》記蘇舜欽稱「平生作詩，不幸被人比梅
> 堯臣」。又記晏殊賞其「寒魚猶著底，白鷺已飛前」二句，
> 堯臣以爲非我之極致者。則其孤僻寡和可知，惟歐陽修深
> 賞之。（紀昀《四庫全書總目提要》卷一五三，集部六，別
> 集類六）

堯臣在當時多起重大政治紛爭中，表達了耿介而不趨附的立場，他縱然有時輕儇戲謔〔註7〕、誺嘲刺譏，但仍是謙謙君子，仁厚樂易，不與物忤；與范仲淹交惡，也從未像呂夷簡派蓄意攻訐范。葉夢得《石林燕語》言堯臣作〈靈烏後賦〉，「世頗以聖俞爲隘」〔註8〕，其後有魏泰託堯臣之名作《碧雲騢》來攻擊范，且該書「凡慶曆以來名公鉅卿，無不譏詆。」〔註9〕《碧雲騢》的作者問題，讓堯臣蒙受不白之冤，也影響人們對他的觀感評價，後代已有許多人極力爲他辯白，相信公論自在千古人心。

歷來對於文學作品的批評，並不具備普遍性，正如西方的一句名

俞家素貧，既卒，公醵於諸公，得錢數百千，置義田以恤其家，且
乞錄其子增……梅增，皆蒙錄用以官。」見《歐陽修全集》附錄（北
京：中華書局，2001 年 3 月），卷 2，頁 2629。

〔註7〕 〔宋〕黎靖德編：《朱子語類》（長沙：岳麓書社，1997 年 11 月），
卷 129，頁 2786。

〔註8〕 〔宋〕葉夢得撰、〔宋〕宇文紹奕考異、穆公校點：《石林燕語》卷 9，
《宋元筆記小說大觀》（上海：上海古籍出版社，2007 年 3 月），冊
3，頁 2558。

〔註9〕 〔元〕馬端臨：《文獻通考》經籍考 44（臺北：新興書局影清武英殿
本，1963 年），卷 217，頁 1767。

言：「有一千個讀者，就有一千個哈姆雷特。」魯迅在談到讀《紅樓夢》時曾經說過：

> 《紅樓夢》是中國許多人所知道，至少，是知道這明目的書。誰是作者和續者姑且勿論，單是命意，就因讀者的眼光而有種種：經學家看見《易》，道學家看見淫，才子看見纏綿，革命家看見排滿，流言家看見宮闈秘事……。

> 在我的眼下的寶玉，卻看見他看見許多死亡；證成多所愛者，當大苦惱，因爲世上，不幸人多。〔註10〕

廖蔚卿在《六朝文論》中亦云：

> 其實對於作家作品的批評欣賞，不僅古今無決定性的準則，即同一時代亦無一定的標準。古今之差異，在於各時代各有它的文學思潮及文風；個人間的差異，則由於個人的文學見解或趣味之不盡相同。〔註11〕

自北宋以來，歷代批評家對堯臣詩歌的評語甚夥，然「篇章雜沓，質文交加，知多偏好，人莫圓該」〔註12〕，並沒有一定的批評標準，以致褒貶毀譽呈現明顯的差異。論者對堯臣詩持較負面意見者，如賀裳〔註13〕言堯臣詩用典使事失敗，理論上欲轉西崑排砌雕飾之弊，又因過於刻意經營，而顯得造作不自然；沈德潛〔註14〕說堯臣

〔註10〕周樹人：《絳洞花主·小引》，收入《魯迅全集》（北京：人民文學出版社，1996 年），卷 8，頁 145。

〔註11〕廖蔚卿：《六朝文論》（臺北：聯經出版事業公司，1978 年 4 月），頁 363。

〔註12〕《文心雕龍·知音》，見（南朝梁）劉勰撰、周振甫注：《文心雕龍注釋》（臺北：里仁書局，1994 年 7 月），頁 744。

〔註13〕〔清〕賀裳：《載酒園詩話》卷 1，收入郭紹虞編選、富壽蓀校點：《清詩話續編》上冊（上海：上海古籍出版社，1999 年 6 月），頁 212。文云：「歐、梅惡西崑之使事，力欲矯之。然如梅聖俞〈詠蠅〉曰：『怒劍休追逐，凝屏漫指彈』，亦事也，豈言出其口而忘之乎？余意俗題不得雅事襯貼，何以成文？但不宜句句排砌如類書耳。」

〔註14〕〔清〕沈德潛撰、霍松林校注：《說詩晬語》（北京：人民文學出版社，1998 年 5 月），卷下，頁 233。文云：「宋初臺閣倡和，多宗義山，名『西崑體』。以義山爲崑體者非是。梅聖俞、蘇子美起而矯之，盡翻窠臼，蹈屬發揚，才力體製，非不高於前人，而淵涵渟滀之趣，

詩缺少唐人一唱三嘆之致，詩之蘊藉含蓄不再；翁方綱〔註15〕以堯臣詩警策少，無甚妙之處；今人錢鍾書〔註16〕批評堯臣以瑣碎醜惡的事物入詩，題材泛化、俗濫，以至缺少真正的平淡美。這些意見認為堯臣詩用事仍有斧鑿痕、含義不夠深遠、追求平淡而流於鄙拙等，其實都是在開創詩歌新途徑、藝術手法尚未成熟時不能避免的，也是嘗試過程中所必須付出的代價。

　　雖然有以上幾家指出堯臣詩的一些缺失，但更多的是高度評價他在宋代詩歌史上的不朽地位。宋人趙與時在《賓退錄》中引張芸叟評本朝名公詩云：「梅聖俞如深山道人，草衣木食，王公大人見之，不覺屈膝。」〔註17〕比喻甚為切近的當。堯臣在世時，摯友歐陽修對他十分讚賞，後輩如司馬光、王安石、蘇軾也是非常尊敬與佩服他。南宋劉克莊、龔嘯、陸游對他更是推崇備至，針對堯臣詩的文學地位，劉克莊〔註18〕尊他為「開山祖師」，並言堯臣詩出，則詩風復歸雅正之路；龔嘯〔註19〕在〈跋前二詩〉中清楚揭示，堯臣詩革除西

　　　　無復存矣。」

〔註15〕〔清〕翁方綱：《石洲詩話》卷4，《古今詩話叢編》（臺北：廣文書局，1971年9月），頁164。文云：「王明清記李邯鄲孫亨仲言：『家有梅聖俞詩善本。世所傳，多為歐陽公去其尤者，忌能名之壓己也。』明清辨其非實。梅之能名，本不足以壓歐陽；而邯鄲此說，以小人誣君子，其謬妄固不必言。然亦實因都官全集警策處差少，所以致來誣者之口。若蘇詩，則人雖欲為此誣言，其可得乎？」

〔註16〕錢鍾書：《宋詩選註》（北京：生活・讀書・新知三聯書店，2001年1月），頁22。文云：「梅堯臣反對這種意義空洞語言晦澀的詩體（西崑體），主張『平淡』……不過他『平』得常常沒有勁，『淡』得往往沒有味。他要矯正華而不實、大而無當的習氣，就每每一本正經地用些笨重乾燥不很像詩的詞句來寫瑣碎醜惡不大入詩的事物。」

〔註17〕〔宋〕趙與時撰、傅成校點：《賓退錄》卷2。同註8，《宋元筆記小說大觀》冊4，頁4150。

〔註18〕〔宋〕劉克莊：《後村先生大全集》卷174（北京：綫裝書局，2004年，《宋集珍本叢刊》影印清鈔本），冊82，頁751。文云：「歐公詩如昌黎，不當以詩論。本朝詩，惟宛陵為開山祖師。宛陵出，然後桑濮之哇淫稍息，風雅之氣脈復續，其功不在歐、尹下。」

〔註19〕〔宋〕龔嘯：〈跋前二詩〉，《四部叢刊》本《宛陵先生集》後附。文

崑浮靡之習，以平淡爲創作精神，開宋代諸家風氣之先；陸游〔註20〕
稱譽堯臣是繼李白、杜甫之後的第一位作家，《劍南詩稿》中題爲效
宛陵體者共八題十一首詩，堯臣之深受陸游賞愛可見一斑。

另有就其藝術成就加以評述者，如汪伯彥〔註21〕在〈紹興本宛
陵先生詩集後序〉以簡約有力的語言評論堯臣詩的風格；張鎡〔註22〕
用詩例具體說明堯臣詩論和創作的結合，點出他詩歌成就所在；全祖
望〔註23〕言盛唐以後詩家，獨推柳宗元、梅堯臣、姜夔三人，因其詩
皆具「淡」、「清」之美，有魏、晉以來神韻。

至於從堯臣詩不同體裁的優點加以論述者，如胡應麟〔註24〕認

云：「去浮靡之習，超然於崑體極弊之際；存古淡之道，卓然於諸大
家未起之先，此所以爲梅都官詩也。」

〔註20〕 〔宋〕陸游：〈書宛陵集後〉：「突過元和作，巍然獨主盟。諸家義皆
墮，此老話方行。趙璧連城價，隋珠照乘明。粗能窺梗概，亦足慰
平生。」見《全宋詩》冊40，卷2207，頁25261。又〈讀宛陵先生
詩〉：「李杜不復作，梅公眞壯哉。豈惟凡骨換，要是頂門開。鍛鍊
無遺力，淵源有自來。平生解牛手，餘刃獨恢恢。」見《全宋詩》
冊40，卷2213，頁25350。

〔註21〕 《梅堯臣集編年校注》逸錄8，頁1167。文云：「聖俞公之詩簡古純
粹，華而不綺，清而不癯，涵泳於仁義之流，出入於詩書之府。」

〔註22〕 〔宋〕張鎡：《詩學規範》，收入郭紹虞校輯《宋詩話輯佚》（臺北：
文泉閣出版社影印1937年8月北京哈佛燕京學社排印本《燕京學報
專號之十四》，1972年4月），卷下，頁123。文云：「梅聖俞云：『作
詩須要狀難寫之景於目前，含不盡之意於言外。』眞名言也。觀
其〈送蘇祠部通判洪州〉詩云：『沙島看來沒，雲山愛後移。』〈送
張子野赴鄆州〉詩云：『秋雨生陂水，高風落廟梧。』之類，狀難
寫之景也。〈送馬殿丞赴密州〉云：『危帆淮上去，古木海邊秋。』
〈送陳秘校〉云：『江水經九載，鑑中無壯顏。』之類，含不盡之意
也。」

〔註23〕 〔清〕全祖望撰、詹海雲校注：〈春鳧集序〉，《鮚埼亭集》外編卷26，
收入國立編譯館主編：《全祖望《鮚埼亭集》校注》（臺北：國立編
譯館，2003年12月），冊3，頁583。文云：「故予言詩，自盛唐而
後推三家：柳子厚不可尚矣，次之則宛陵，次之則南渡姜白石，皆
以其深情孤詣，拔出於風塵之表，而不失魏、晉以來神韻，淡而彌
永，清而能腴，眞風人之遺也。」

〔註24〕 〔明〕胡應麟：《詩藪》外編卷5，收入周維德集校：《全明詩話》（濟

為堯臣詩最佳處在五律，具有「淡而濃，平而遠」的獨特風致；而魯九皋〔註25〕以為堯臣詩最勝處在五言古體，並許為宋人之冠。

上列各家，對於堯臣詩歌創作在北宋詩壇的地位、藝術風格的特色及五言律體、古體的高妙，都有褒揚。有宋一代，不但士大夫對堯臣詩咸相推許，他的詩名更遠播至宮闈〔註26〕、西南夷〔註27〕，足見流傳之廣。然而元明以後，卻很少文學批評家這樣地肯定堯臣，此因堯臣詩是與時代緊密結合且深刻反映身世的，若與其時代相去甚遠，則由於對他的時代和身世認識不足，而難以進一步理解欣賞其作品。〔註28〕至於堯臣的辭賦作品則一向為人所忽略，也不見於各類詩話或賦話論著中，實讓人有遺珠之憾。

二、後人對梅堯臣辭賦之評述

中國古代賦學批評的發展，與散文、詩歌、詞曲等文體有一顯

南：齊魯書社，2005年6月），冊3，頁2638。文云：「宋之為律者，吾得二人。梅堯臣之五言，淡而濃，平而遠；陳去非之七言，渾而麗，壯而和。梅多得右丞意，陳多得工部句。」

〔註25〕〔清〕魯九皋：《詩學源流考》。同註13，《清詩話續編》下冊，頁1356。文云：「及歐陽公出，始知學古，與梅聖俞互相講切。歐詩長篇多效昌黎，間取則於太白；梅則於唐人諸家，不名一體，惟造平淡……南渡以還，氣格卑約，獨陸放翁超然特出。顧此數君子，皆以長句見長，至如五言，則必以梅宛陵為冠。」

〔註26〕〔宋〕歐陽修《歸田錄》卷2：「王副樞疇之夫人，梅鼎臣之女也。景彝初除樞密副使，梅夫人入謝慈壽宮，太后問：『夫人誰家子？』對曰：『梅鼎臣女也。』太后笑曰：『是梅聖俞家乎？』由是始知聖俞名聞于宮禁也。聖俞在時，家甚貧，余或至其家，飲酒甚醇，非常人家所有。問其所得，云：『皇親有好學者宛轉致之。』余又聞皇親有以錢數千購梅詩一篇者。其名重於時如此。」同註8，《宋元筆記小說大觀》冊1，頁619。

〔註27〕〔元〕脫脫等：〈梅堯臣傳〉，《宋史》（北京：中華書局，1977年11月），卷443，頁13092。文云：「有人得西南夷布弓衣，其織文乃堯臣詩也，名重於時如此。」

〔註28〕〔宋〕梅堯臣撰、朱東潤選注：《梅堯臣詩選·序》（北京：人民文學出版社，1997年10月），頁2。

著不同，即發生早而成熟晚〔註 29〕，李調元《雨村賦話·序》亦指出：「古有詩話、詞話、四六話，而無賦話。」〔註 30〕從南朝梁劉勰《文心雕龍·詮賦》到元祝堯《古賦辯體》，再到清代賦話的大量出現，這期間賦學評論只散見於一些文人序跋、隨筆、詩文評、賦選評點……不如其他文體批評來得完整而有系統，加上辭賦「《詩》源說」對於賦學「以詩代賦」批評的影響，造成宋、明詩話夾雜大量賦論的現象，也就是「在清代以前，賦話或黏附於詩話（如王世貞《藝苑卮言》），或黏附於文話（如陳繹曾《文筌》），直到李調元、浦銑的『賦話』論著的出現，『賦話』始『別立一宗』而蔚然大國。」〔註 31〕對於堯臣辭賦的評論，見於詩話者僅葉夢得《石林燕語》卷九論〈靈烏賦〉、〈靈烏後賦〉〔註 32〕、葛立方《韻語陽秋》卷十六載〈針口魚賦〉〔註 33〕資料各一則；見於近代賦學專論者，有馬積高《賦史》、李瓊英《宋代散文賦研究》、郭維森、許結《中國辭賦發展史》、吳儀鳳《詠物與敘事——漢唐禽鳥賦研究》、王永《北宋文賦研究》、曾棗莊〈論宋代文賦〉、劉培《北宋初、中期辭賦研究》等。本論文即據此臚列堯臣賦作相關評價，以綜觀各家說法。

　　馬積高提出堯臣賦在藝術形式及思想內容方面的承襲，其言曰：

　　　　梅堯臣和歐陽修分別是北宋詩文改革運動的主將。他們的

〔註 29〕許結：〈論清代的賦學批評〉，《文學評論》第 4 期（1996 年），頁 28。

〔註 30〕〔清〕李調元撰、何沛雄編訂：《雨村賦話》（香港：萬有圖書公司影民國 25 年上海商務印書館《叢書集成》初編本，1976 年 3 月），頁 9。

〔註 31〕許結：《賦話廣聚·序》，見王冠輯：《賦話廣聚》（北京：北京圖書館出版社，2006 年 12 月），頁 3。

〔註 32〕同註 8，《石林燕語》，頁 2558。

〔註 33〕〔宋〕葛立方：《韻語陽秋》（上海：上海古籍出版社影印上海圖書館藏宋刻本，1979 年 12 月），卷 16，頁 7 右。

> 賦都是承唐代古文家的餘緒而有所變化，但其所繼承的傳統有所不同。從藝術風格說，歐陽修主要是向韓愈、李翱學習而務爲紆徐委曲；梅則主要向柳宗元學習而矯之以平淡。從內容說，歐陽修像韓愈一樣，主要抒發個人對生活的感受而益以理趣，梅則像柳一樣，不局限於寫個人而多借寫客觀事物以寄意。〔註34〕

文中指出堯臣和歐陽修的辭賦，都是承唐代古文家的餘緒並加以變化，但因學習對象的差異，致二人賦作在藝術風格、內容上都有不同的呈現。

梅堯臣賦的基本精神是對現實社會政治的關注，多批判時弊、悲憫民瘼，寄託其憂國憂民的情懷，馬積高《賦史》言：「其賦大都是託物寄意的諷世之作」，許結也說：

> 梅氏《宛陵集》十九篇賦，大部分係託物寄意、抒情諷世之作……在思想內容方面，梅賦抨擊時弊、關心農事，廣泛而深刻地反映社會問題，這與他反對虛浮文風相通。
> 〔註35〕

此外，諸家對堯臣賦的藝術價值有褒有貶，或精當，或偏頗，或有兩相矛盾之說，如：

馬積高：

> 梅賦的缺點是命意雖頗高，但每篇賦的內容一般都比較單薄，缺乏深廣的藝術概括；且論說的成份過多，形象的描寫較少，語言又常過於瘦硬，因而情韻較差……但梅聖俞的賦在藝術上也有其突出的優點，這就是剪去枝蔓，自出機杼，不爲空言。〈凌霄花〉、〈靈烏〉等賦筆力還比較挺拔，頗有硬語盤空之趣。〔註36〕

〔註34〕馬積高：《賦史》（上海：上海古籍出版社，1987年7月），頁407。

〔註35〕郭維森、許結：《中國辭賦發展史》（南京：江蘇教育出版社，1996年8月），頁554。書後記言本書分工情況：郭維森承擔先秦至唐代部分；許結承擔宋代至晚清部分；〈總論〉在討論後由許結寫定。

〔註36〕同註34，《賦史》，頁408。

李瓊英：

> 梅賦的命意雖高，題材也廣，遍及天象、歲時、花果、器
> 用、鳥獸、鱗蟲等等，但其描寫手法尚白描，重寫實，而
> 往往出以說理的態度，長處是流暢淺白，不爲空言，避免
> 了傳統賦作堆砌名物，板重晦澀之病；短處則是說理過於
> 顯露，修辭失之瘦硬；風格較爲枯淡而少情韻，藝術境界
> 不高。〔註37〕

郭維森、許結：

> 梅詩「以深遠閑淡爲意」（歐陽修《六一詩話》），爲賦亦多
> 自出機杼，不假雕飾……在藝術審美方面，由於梅賦多用
> 橫空盤硬之語，故雖筆力勁拔，卻鮮有情韻。〔註38〕

王永：

> 「以賦爲文」的逆向破體「以文爲賦」，實際上自晚唐杜牧
> 〈阿房宮賦〉起至宋初一直在逐漸發展著，但宋初的賦家
> 多採用的是「以論爲賦」的嘗試，可以梅堯臣的散體賦爲
> 代表，這些作品多是命意雖高，但內容單薄，缺乏深廣的
> 藝術概括，而且論說成分過多，形象描寫較少，所以創新
> 不足，成就不高。〔註39〕

馬積高《賦史》是近代賦學專書中，首先對堯臣賦有較多探討，並作較全面分析者，由以上幾家評論，可見馬積高的見解，對於後來研究學者的影響。諸家論堯臣賦立意獨特，簡潔精練，不務空言，樸拙沖淡，勁筆健語，確爲其擅長之處；至於言其風格瘦硬，情韻不足，恐怕未必符合實際。梅堯臣爲力矯崑體柔弱浮豔之弊，他的詩歌創作是藉著師法前輩詩人，博採眾長，創新變化而自具面目。他對於韓愈奇崛險怪技巧的學習，表現出古硬勁拔並時出精警怪巧的藝術風

〔註37〕 李瓊英：《宋代散文賦研究》（臺北：國立臺灣師範大學國文研究所碩士論文，1991 年），頁 73。
〔註38〕 同註 35，《中國辭賦發展史》，頁 554。
〔註39〕 王永：《北宋文賦研究》（長春：東北師範大學碩士論文，2003 年 5 月），頁 4。

格，歐陽修評其詩風在平淡中間出怪巧排奡：「其初喜爲清麗閒肆平淡，久則涵演深遠，間亦琢刻以出怪巧，然氣完力餘，益老以堅。」〔註40〕又〈水谷夜行寄子美聖俞〉詩云：「近詩尤古硬，咀嚼苦難嘬。初如食橄欖，眞味久愈在。」〔註41〕言讀其詩如嚼橄欖後起苦回甘的風味。堯臣在賦中的表現也和詩一樣，古樸瘦硬，寓奇峭於平淡，然未使賦境流於險怪枯槁，而是在平淡之中情韻盡見，這正是其辭賦特色之所在。

　　曾棗莊在〈論宋代文賦〉一文中對堯臣文賦的藝術特點，也有肯切的分析：

> 梅堯臣這些文賦的共同特點是篇幅短、抒情色彩濃，句式靈活。〔註42〕

劉培則從開創的角度，考察堯臣在賦藝方面進行的許多嘗試：

> 在賦藝方面，梅堯臣在眾多方面進行了有益的探索：（一）梅賦詞約而意豐，重視傳神寫照的藝術效果。（二）梅賦風格平易，內蘊豐富，富於哲思。（三）散體文風對梅賦的影響。〔註43〕

可知堯臣賦在藝術表現上，有尚簡約、重傳神的特色，寥寥幾筆便境界全出。他的風格平淡而內涵雋永，追求「狀難寫之景如在目前，含不盡之意見於言外」的意境，而具韻味無窮的審美特徵。尤爲重要的是他將散文筆法融入賦中，體現「以文爲賦」的藝術風貌，創作上有散文化、議論化、平易化的傾向，對後來文賦的發展影響深遠。

〔註40〕〔宋〕歐陽修：〈梅聖俞墓誌銘〉。同註6，《歐陽修全集》卷33，頁497。

〔註41〕〔宋〕歐陽修：〈水谷夜行寄子美聖俞〉。同註6，《歐陽修全集》卷2，頁29。

〔註42〕曾棗莊：〈論宋代文賦〉，《四川大學學報（哲學社會科學版）》第1期（2004年），頁112。

〔註43〕劉培：《北宋初、中期辭賦研究》（臺北：萬卷樓圖書公司，2004年9月），頁272。

第二節　梅堯臣辭賦之價值

梅堯臣是中國傳統文人，欲將經世濟民的襟懷、博施濟眾的理想付諸實現，無奈蹭蹬場屋，長期沉於下僚，而始終未能施展抱負，但也因此有較多的機會接觸社會現實，瞭解百姓疾苦。堯臣賦對社會、國家表現深刻而強烈的關懷，質量俱優，其他賦家的文賦作品實難望其項背。由於長久處在厄窮不遇之中，詠物賦篇就成爲堯臣鬱積情感的發洩媒介，也是他政治懷抱的投射。堯臣賦好用禽鳥題材，其〈紅鸚鵡賦〉爲宋代禽鳥賦創作，首先表現散文化特質的作品〔註44〕，更是別具意義。綜合本論文各方面的尋繹分析，堯臣賦所顯現的獨特價值，可從三方面來認定：開創宋代文賦的社會寫實精神、藉詠物以抒寄政治懷抱、豐富禽鳥賦的表現手法，以下就此三端，分別予以說明。

一、開創宋代文賦的社會寫實精神

北宋仁宗時期，由於內政危機、外患威脅，激起了士大夫「以天下爲己任」的精神自覺，加以儒學復興及經世致用思潮，文人在創作時，自然而然表現出強烈的現實關懷，闡論天下利弊治亂之道，譏諷時政，關心民瘼。梅堯臣在〈答裴送序意〉中敘述自己作詩的抱負：

> 我於詩言豈徒爾，因事激風成小篇，辭雖淺陋頗剴苦，未
> 到二雅未忍捐。安取唐季二三子，區區物象磨窮年。〔註45〕

此處堯臣強調《詩經》以來文學干預社會、針砭現實的政教功能，表

〔註44〕吳儀鳳：《詠物與敘事──漢唐禽鳥賦研究》，收入龔鵬程主編：《古典詩歌研究彙刊》第1輯（永和：花木蘭文化出版社，2007年3月），冊3，頁267。

〔註45〕《梅堯臣集編年校注》卷15。詩云：「……我於詩言豈徒爾，因事激風成小篇，辭雖淺陋頗剴苦，未到二雅未忍捐。安取唐季二三子，區區物象磨窮年。苦苦著書豈無意，貧希祿廩應俗牽，書辭辯說多碌碌，吾敢虛語同後先。唯當稍稍緝銘志，願以直法書諸賢，恐子未諭我此意，把筆慨歎臨長川。」

明自己欲上追詩三百，作詩必「因事」而發的創作意圖，不願像唐末詩人之流，只寫一些細小物象而銷磨歲月。接著在〈答韓三子華韓五持國韓六玉汝見贈述詩〉中感嘆：

> 邇來道頗喪，有作皆言空，煙雲寫形象，葩卉詠青紅，人事極諛諂，引古稱辨雄，經營唯切偶，榮利因被蒙。遂使世上人，只曰一藝充，以巧比戲弈，以聲喻鳴桐。嗟嗟一何陋，甘用無言終。〔註46〕

詩裡提出要繼承和發揚詩騷的風雅美刺傳統，並直率地抨擊宋初詩風，所作皆爲空言，寫煙雲，詠葩卉，只追求形式偶對之美，而把作詩當成玩弄辭藻、弈棋遊戲的小技能。他在〈寄滁州歐陽永叔〉也說：

> 尋常行舟艫，傍岸撐牽疲，有才苟如此，但恨不勇爲。仲尼著春秋，貶骨常苦笞，後世各有史，善惡亦不遺。君能切體類，鏡照嫫與施，直辭鬼膽懼，微文姦魄悲。不書兒女書，不作風月詩，唯存先王法，好醜無使疑。安求一時譽，當期千載知。〔註47〕

堯臣讚許歐陽修能秉承《春秋》精神，寓褒貶，別善惡，使奸邪者懼怯；且不寫兒女情長、風花雪月之作，但以先王爲法，冀求千秋之名，可見堯臣對詩歌教化功能的重視。以上所述雖是堯臣作詩的理想，在

〔註46〕《梅堯臣集編年校注》卷16。詩云：「聖人於詩言，曾不專其中，因事有所激，因物興以通。自下而磨上，是之謂國風，雅章及頌篇，刺美亦道同，不獨識鳥獸，而爲文字工。屈原作離騷，自哀其志窮，憤世嫉邪意，寄在草木蟲。邇來道頗喪，有作皆言空，煙雲寫形象，葩卉詠青紅，人事極諛諂，引古稱辨雄，經營唯切偶，榮利因被蒙。遂使世上人，只曰一藝充，以巧比戲弈，以聲喻鳴桐。嗟嗟一何陋，甘用無言終……」

〔註47〕《梅堯臣集編年校注》卷16。詩云：「昔讀韋公集，固多滁州詞，爛熳寫風土，下上窮幽奇。君今得此郡，名與前人馳。君才比江海，浩浩觀無涯，下筆猶高帆，十幅美滿吹，一舉一千里，只在頃刻時。尋常行舟艫，傍岸撐牽疲，有才苟如此，但恨不勇爲。仲尼著春秋，貶骨常苦笞，後世各有史，善惡亦不遺。君能切體類，鏡照嫫與施，直辭鬼膽懼，微文姦魄悲。不書兒女書，不作風月詩，唯存先王法，好醜無使疑。安求一時譽，當期千載知……」

賦中他也展現對政治鬥爭、邊境戰事及民生疾苦的關注，而以寫實的態度，批判揭露統治者的腐敗和社會的黑暗不公，指陳時弊，憂心國事，富深刻的現實精神，是以馬積高稱讚：「在北宋的賦作者中，寫了這樣反映社會問題的作品的，除他之外，再沒有第二個了。」〔註48〕堯臣實堪稱宋代文賦的「社會寫實賦」第一人。

堯臣賦中有藉歷史典實，闡發興衰之理者，如〈問牛喘賦〉以「丙吉問牛」之事例，使執政者鑑往知來，知所警惕。另外像〈靈烏賦〉字面上是勸范仲淹潔身自好，也暗喻堯臣對朝廷舉賢不明、小人當道的不滿；〈南有嘉茗賦〉對於朝廷貢茶制度的弊害，以及惡質的茶風習俗進行規諷；〈靈烏後賦〉針對范仲淹執政後用人不當，終致慶曆新政失敗，加以嚴厲抨擊；〈述釀賦〉藉由古今釀酒技術的優劣比較，提出國家長治久安的改革創新主張；〈針口魚賦〉藉針口魚寓諷口才銳利能辯，且能取悅於人之徒，以警惕當政者「利口覆邦家」之害。

二、藉詠物以抒寄政治懷抱

梅堯臣辭賦語言平易自然，擅長議論，所寫的詠物賦篇，不僅獨出巧思，且大多是託物寄諷之作，往往藉詠物抒發自己仕途的滄桑、有志難申的苦悶和對社會現實的高度關注。

「詠物」一詞首見於《國語・楚語上》：「若是而不從，動而不悛，則文詠物以行之，求賢良以翼之。」〔註49〕楚莊王時，申叔時向太傅士亹傳授教育太子的方法，如果太傅教導《春秋》、《世》、《詩》……之後，太子仍然不遵守正道、行為不改的話，那就「文詠物以行之，求賢良以翼之。」韋昭注：「文，文辭也。詠，風也。謂以文辭風託事物以動行也。」也就是用文詞託寓事物來勸說對方改變。至鍾嶸《詩品》，開始注意到詠物這一題材，在其評集下品「許

〔註48〕同註34，《賦史》，頁408。
〔註49〕〔春秋〕左丘明撰、上海師範大學古籍整理研究所校點：《國語》下冊（上海：上海古籍出版社，1988年3月），卷17，頁529。

瑤之」條下云：「許長於短句詠物。」〔註50〕其後詠物之稱或詠物集作遂逐漸增多。

　　賦體因為擅長鋪陳排比和模狀物色，自荀子〈賦篇〉和屈原〈橘頌〉後，繼承了大量的專詠一物之作。詠物賦的發達遠早於詠物詩，然不但名稱遲至元代祝堯《古賦辯體》始見諸文字，且歷代未見專門收錄的總集，廖國棟推測：「此蓋賦體本著重於『體物』、『寫物圖貌』，先天即帶有詠物之傾向，古人既視賦之詠物為當然，遂不刻意收集詠物之賦以成專集，此殆詠物賦之總集付之闕如之故耶？」〔註51〕綜觀先秦到唐代詠物賦的流變和發展，各有其時代文化氛圍與特性，而呈現不同的內容及表現技巧，至於北宋詠物賦在內涵和藝術形式上，則見「植基於學殖，其意在變古求新」〔註52〕的特點，既有傳承又有新變，而另成一代賦體特色。

　　本論文選判詠物賦之原則，乃參考廖國棟《魏晉詠物賦研究》〔註53〕、吳儀鳳《詠物與敘事——漢唐禽鳥賦研究》〔註54〕、李嘉玲《齊梁詠物賦研究》〔註55〕、顧柔利《北宋文賦新探》〔註56〕、林天

〔註50〕〔南朝梁〕鍾嶸撰、陳延傑注：《詩品注》（北京：人民文學出版社，1998 年 2 月），卷下，頁 69。

〔註51〕廖國棟：《魏晉詠物賦研究》（臺北：文史哲出版社，1990 年 3 月），頁 2。

〔註52〕林天祥：《北宋詠物賦研究》（臺北：萬卷樓圖書公司，2004 年 11 月），頁 344。

〔註53〕同註 51，《魏晉詠物賦研究》，頁 4。廖國棟認為詠物賦的義界是：「凡以吟詠物之個體為主旨之賦，謂之詠物賦。此類賦篇乃作者有感於物，而力求『體物』、『狀物』、以『窮物之情』、『盡物之態』而作也。」

〔註54〕同註 44，《詠物與敘事——漢唐禽鳥賦研究》，頁 35。吳儀鳳認為：「詠物賦是以描寫某一物性為主的賦作形態，其寫作手法主要是描寫（describe），而這種寫作形態可以被應用在寫作任何對象上，是以嵇康〈琴賦〉固然是詠物賦，成公綏的〈嘯賦〉也可以算是詠物賦，而描寫人的作品，如曹植〈洛神賦〉、潘岳〈寡婦賦〉基本上也都屬於詠物賦的寫作形態。大多數的賦作，其實都是詠物賦的寫法。」

〔註55〕李嘉玲：《齊梁詠物賦研究》（臺北：國立政治大學中國文學研究所

祥《北宋詠物賦研究》〔註57〕等前輩所下之義界,在梅堯臣二十篇賦中,計取詠物賦十七篇,其他三篇不合義界者:〈問牛喘賦〉雖以「牛」爲題,實爲說理之賦,其內容既非以牛爲吟詠對象,故不予計入;〈思歸賦〉屬曠達、懷思,非吟詠「物之個體」,亦不列入;〈乞巧賦〉屬歲時,依俞琰《歷代咏物詩選·凡例》云:「歲時,非物也。」〔註58〕因歲時是一種觀念,乃不予列入。

　　堯臣詠物賦諷諭深刻,語雖淺白,意卻警策,機趣盎然,如〈紅鸚鵡賦〉、〈矮石榴樹子賦〉、〈雨賦〉、〈鳲鳩賦〉、〈擊甌賦〉雖著重於表述自己對人生哲理、世態人情的看法,而亦有以警世;〈魚琴賦〉、〈麈尾賦〉藉以表白自己宗奉儒家仁義道德傳統,效法聖賢的決心,雖爲自勵,然亦以寄託諷意;〈靈烏賦〉、〈靈烏後賦〉針對當時政治環境實見之人與事,有感而發,在詠物之中寓寄託意;〈南有嘉茗賦〉揭露社會弊端,抒發慷慨激憤之情,以諷時刺世爲主;〈針口魚賦〉、

硯士論文,1988 年 6 月),頁 9。李嘉玲認爲詠物賦的義界,詳細的說,有四:「一、取物的狹義含義,即除人類及個別器官外,凡是人爲或自然界中,可見、可感而非抽象的物體。二、歌詠主題是獨立的個體,和眾物組合的山水或風景有異。三、通篇的描寫,側重點的刻劃,力求巧言切狀,以凸顯物的情態。四、賦的內容,或寓寄作者主觀的情志,但主題不離所詠之物。」

〔註56〕顧柔利:《北宋文賦新探》(高雄:國立中山大學中國文學碩士在職專班碩士論文,2004 年 6 月),頁 110。顧柔利認爲詠物賦的義界是:「一、吟詠的對象爲獨立的『個體之物』,即俞琰之『一物命題』,非眾物組合的山水或景致。二、除描繪物的形象外,輔以寄寓之思想或感情,表達議論見解(主體不可離所詠之物)。三、內容架構上合乎賦體,能體物、狀物、感物。簡單的說,詠物賦者:以物爲吟詠的主旨,包括自然和人道,通篇以『物』爲意象,隨物宛轉描繪,且含有作者之情意、寄託或議論,並出之以賦體者謂之。」

〔註57〕同註 52,《北宋詠物賦研究》,頁 10。林天祥認爲:「詠物賦是『指物而詠』的賦,即以客觀物象之個體作爲描寫對象的賦……詠物賦是『賦而有比』的賦,即所賦物象具有比喻和象徵意義的賦……詠物賦是『借物以見我之情』的賦,即以託物言志作爲主要表現手段之賦……」

〔註58〕〔清〕俞琰輯:《歷代咏物詩選》(臺北:清流出版社,1976 年 11 月),頁 1。

〈述釀賦〉慨嘆世風頹喪，以儆惕居上位者，實則也爲後世警戒；其他如〈哀鸂鵒賦〉、〈凌霄花賦〉在抒發個人內心的感慨情思外，意在告誡那些熱衷於追求名利富貴、權勢地位的人；還有〈風異賦〉、〈鬼火賦〉、〈鬼火後賦〉反對鬼神之說，也是有爲而作。

三、豐富禽鳥賦的表現手法

　　梅堯臣辭賦題材多樣，且傾向於日常生活的描繪，善於在日常瑣碎內容中，發掘哲理意蘊，把平凡的題材，表現得繪聲繪色，蘊涵新意，其中尤對禽鳥題材情有獨鍾，在二十篇賦中，禽鳥賦即占了五篇之多。

　　禽鳥是文學家常用來表現的題材，《詩經》、《楚辭》中已見對禽鳥的描寫，但大都只是作爲其篇章的一部分，處於陪襯地位。至漢魏六朝，隨著賦體的發展與成熟，通篇以描寫禽鳥爲主的賦作被文人大量創作，《漢書·藝文志》〔註59〕、《文選》〔註60〕、《文苑英華》、《歷代賦彙》都列有「鳥獸」一類。單就禽鳥賦而言，據廖國棟《魏晉詠物賦研究》統計：「魏晉一百零七篇吟詠動物之賦篇中，詠鳥之賦高達六十一篇，超過詠動物賦篇之半矣。」〔註61〕可見詠鳥賦在魏晉時期是高居詠動物（鳥獸蟲魚）賦之冠。再從《歷代賦彙》考察，其中鳥獸類的九卷中，鳥類占六卷，獸類占三卷，鳥類所占數量約爲獸類的一倍，加上許多禽鳥賦的佳作名篇，皆可以說明在賦體文學中，禽鳥賦的寫作是源遠流長、質量俱佳的。

　　據吳儀鳳初步估計歷代禽鳥賦的篇數，唐代有七十一篇居首，宋代二十九篇排位第五，吳氏認爲這種現象，並不表示宋人已失去對禽

〔註59〕《漢書·藝文志·詩賦略》列賦四種，第四種屬雜賦，有「雜禽獸六畜昆蟲賦十八篇」，今全部亡佚。

〔註60〕《文選》收錄鳥獸類賦篇有五，分別是賈誼〈鵩鳥賦〉、禰衡〈鸚鵡賦〉、張華〈鷦鷯賦〉、顏延之〈赭白馬賦〉、鮑照〈舞鶴賦〉。其中鳥類賦四篇，獸類賦只有一篇。

〔註61〕同註51，《魏晉詠物賦研究》，頁219。

鳥題材的關注，而是「因爲文體日益分化的結果，禽鳥賦的寫作已經由賦體轉入其他文體（如散文或詩）形式中去表現了。」〔註62〕宋代禽鳥作品的描寫對象多爲鸚鵡、雉、雞等常見的禽鳥，卻乏見凶暴的猛禽或珍貴的異鳥，如堯臣的五篇禽鳥賦作〈紅鸚鵡賦〉、〈鳲鳩賦〉、〈靈烏賦〉、〈靈烏後賦〉、〈哀鷓鴣賦〉，入篇的對象有鸚鵡、鳲鳩、烏及鷓鴣，皆爲一般的家禽。

　　鸚鵡因其聰慧能言、外表鮮麗，在歷代騷人墨客筆下，逐漸發展成文化意蘊包涵豐富的意象，體現閨怨宮怨、懷才不遇、文采風流、才高累身及客愁鄉思等多重內涵。〔註63〕禰衡〈鸚鵡賦〉以鳥自喻，移情於物，寄託懷才不遇之感，「寫出了亂世士人無處託身，處境危殆之苦況。」〔註64〕是現存最早、篇幅較長、最具典範意義的詠鳥賦，其結構、擬人化的寫作手法對後世影響深遠。堯臣〈紅鸚鵡賦〉的立意與禰衡不同，重在人生哲理的思考體會；他們觀察禽鳥的主題位置亦異，禰衡是採用主觀視角，從鸚鵡的眼中去看世界，堯臣卻是以一個旁觀者的角度來看待紅鸚鵡，顯現出兩種詠物寫法的差別〔註65〕。

　　堯臣另有以烏爲題的〈靈烏賦〉與〈靈烏後賦〉，用烏作比喻，分別表達他對范仲淹的關心和責難之意。在中國古代神話傳說中，烏被認爲是背負太陽晝夜不停運轉的神鳥，故稱太陽爲「金烏」、「三足烏」。烏作爲太陽神鳥而被人崇拜，普遍使用於先民的鳥占中，占卜財運、戰事有無等，但因中國地域遼闊，各地文化、風土人情不同，有些地方以烏出現爲吉兆，有些地方則視烏爲凶鳥，到了宋代，「南

〔註62〕同註44，《詠物與敘事──漢唐禽鳥賦研究》，頁262。
〔註63〕劉歡萍：〈古典詩詞中的鸚鵡意象及其文化內蘊探究〉，《安徽農業大學學報（社會科學版）》第18卷第1期（2009年1月），頁60。
〔註64〕同註35，《中國辭賦發展史》，頁187。
〔註65〕〔清〕李重華《貞一齋詩說》：「詠物詩有兩法，一是將自身放頓在裏面，一是將自身站立在旁邊。」見《叢書集成》續編，冊201，頁326。

人喜鵲而惡烏，北人喜烏而惡鵲」〔註66〕的複雜情況仍延續著。另外，漢代已有烏鴉是孝鳥的說法，由於中國傳統倫理教義「百善孝爲先」的要求，能反哺的烏鴉當然受到人們的敬重與喜愛。堯臣賦作中的烏意象有二，其一爲孝鳥，如〈思歸賦〉：「嗷嗷晨烏，其子反哺，我豈不如，鬱其誰訴。」其二爲凶鳥，如〈靈烏賦〉：「烏鴉鴉兮招唾罵於邑閭。烏兮，事將乖而獻忠，人反謂爾多凶。」〈靈烏後賦〉：「靈烏，我昔閔爾之忠，告人之凶，遭人唾罵，於時不容，覆巢彈類，驅逐西東。」二賦以「靈」烏稱之，顯示烏具神性的意涵，卻因預告未來可能的惡運、災難，而被視爲招災引禍的不祥之鳥，烏的形象呈現兩極化的評價。

　　總而言之，在北宋時期，堯臣在禽鳥賦的寫作上，表現手法多樣，不僅數量多，質也堪稱一流，與其禽言詩〔註67〕作品，相映成輝，同樣具有不可取代的意義。

〔註66〕〔宋〕薛季宣：〈信鳥賦〉。見《宋代辭賦全編》冊 5，卷 90，頁2799。

〔註67〕禽言詩一般認爲是梅堯臣首創，他寫的〈禽言四首〉，分別模仿子規、提壺、山鳥、竹雞四種鳥的叫聲，化入自己所要敘述的事和所要抒發的情，乃後世禽言詩的典範。此外，他還有〈啼鳥〉、〈聞禽〉、〈啼禽〉、〈提壺鳥〉等十餘首禽言詩。

第六章　結　論

　　中唐古文運動興起，散體文風向辭賦滲透，出現了李華〈弔古戰場文〉、楊敬之〈華山賦〉、杜牧〈阿房宮賦〉等以散文氣勢行文的賦作，到了北宋詩文革新運動，由於諸多因素共同作用結果，文賦遂成爲宋賦風格之代表。一般人論及文賦，皆以歐陽修〈秋聲賦〉爲文賦出現的標誌，如鈴木虎雄稱歐陽修爲「成文賦開山之功者」〔註1〕，張正體、張婷婷言：「宋代文賦的興起，應以歐陽修爲首屴。」〔註2〕許結也說：「文賦是非常值得重視的一個現象。爲什麼歐陽修才開始創作這種文體？這個問題我還沒有很好的思考，最近才想到這個問題。」〔註3〕曾棗莊則將梅堯臣文賦與歐陽修〈秋聲賦〉並舉，認爲堯臣不如歐氏：

> 梅堯臣現存賦二十篇，與歐陽修差不多，但有一半以上都是文賦……但沒有一篇可與歐陽修的〈秋聲賦〉媲美，因此論及宋代文賦，人們往往舉歐而很少有人舉梅。〔註4〕

〔註1〕〔日〕鈴木虎雄撰、殷石臞譯：《賦史大要》（臺北：正中書局，1966年11月），頁265。

〔註2〕張正體、張婷婷：《賦學》（臺北：臺灣學生書局，1982年8月），頁289。

〔註3〕許結講述、潘務正記錄：《賦學講演錄》（北京：北京大學出版社，2009年4月），頁106。

〔註4〕曾棗莊：〈論宋代文賦〉，《四川大學學報（哲學社會科學版）》第1期（2004年），頁112。

其實一個新文體的產生或作家個人風格的確定，通常不是孤立現象，也不是一蹴可幾。文賦的發展，從中晚唐楊敬之〈華山賦〉、杜牧〈阿房宮賦〉到北宋歐陽修〈秋聲賦〉、蘇軾前、後〈赤壁賦〉，必不會是一個突然的過程。它從萌芽至茁壯，既有對前代文學的學習繼承和革新發展，也有對當代文學的深層思考與指導創新，從這個意義看，梅堯臣的文賦創作以及他和歐陽修的密切關係，值得進一步探究。

　　梅堯臣與歐陽修二人友誼深篤，亦師亦友，詩文唱和三十年，傳爲文壇佳話。他們在交往酬唱中，互相切磋砥礪，歐氏曾自云：

> 余嘗問詩於聖俞，其聲律之高下，文語之疵病，可以指而告余也，至其心之得者，不可以言而告也。余亦將以心得意會，而未能至之者也。

> 聖俞久在洛中，其詩亦往往人皆有之，今將告歸，余因求其稿而寫之。然夫前所謂心之所得者，如伯牙鼓琴，子期聽之，不相語而意相知也。余今得聖俞之稿，猶伯牙之琴絃乎！〔註5〕

歐陽修自謂問詩於堯臣，並以伯牙喻堯臣，以子期喻己；又說堯臣「作詩三十年，視我猶後輩」〔註6〕，可見梅、歐之間，詩文知音，彼此欣賞。梅堯臣的詩歌創作和詩論主張對歐氏的影響毋庸置喙，而堯臣的文賦寫作手法，也必然爲歐氏所仿效學習。歐氏曾於見堯臣〈紅鸚鵡賦〉後，有感而同題爲和，加上歐氏的才華卓越、學養深厚和強烈的創新意識〔註7〕，文賦最後終於在歐氏的手中成熟。歐陽修之〈紅鸚鵡賦〉、〈螟蛉賦〉、〈鳴蟬賦〉及〈秋聲賦〉〔註8〕都是傳之久遠的

〔註5〕〔宋〕歐陽修撰、李逸安點校：〈書梅聖俞稿後〉，《歐陽修全集》（北京：中華書局，2001 年 3 月），卷 72，頁 1049。

〔註6〕〔宋〕歐陽修：〈水谷夜行寄子美聖俞〉。同前註，《歐陽修全集》卷 2，頁 29。

〔註7〕張宏生：〈文賦的形成及其時代內涵──兼論歐陽修的歷史作用〉，收入南京大學中文系主編：《辭賦文學論集──第四屆國際辭賦學學術研討會論文集》（南京：江蘇教育出版社，1999 年 12 月），頁 604。

〔註8〕李瓊英《宋代散文賦研究》、顧柔利《北宋文賦新探》將〈紅鸚鵡賦〉、

佳篇，〈秋聲賦〉尤爲後世所稱道，奉爲文賦的典範之作，其後蘇軾的前、後〈赤壁賦〉也多得自本篇的啓發。

　　梅堯臣在宋代文學史上，是開闢宋詩道路的先驅者，是從唐音到宋調的關鍵人物，他的辭賦創作也同樣具有開拓創新之功，誠如李瓊英《宋代散文賦研究》所言：

> 葉燮《原詩》外篇云：「開宋詩一代之面目者，始於梅堯臣、蘇舜欽二人。」這雖是就詩而言，對於「古詩之流」的賦體，梅堯臣同樣也有開新境、創新體的貢獻。〔註9〕

她在同書中亦云：

> 從體製上看，歐陽修的賦仍相當重視傳統騷、駢體賦之優點，所以可以看出其變化規矩之處，作風仍屬保守。試將梅堯臣、歐陽修的散文賦，依其著作年代排列，可以發現梅作雖枯淡少韻味，但數量多，創作年代持續較久（自 1039 ～1048 年），散文化程度較明顯，或許已爲有意之創作習慣。對於賦中可否「以散句爲主」，具有實驗創發的重大意義。〔註10〕

吳儀鳳則從宋代禽鳥賦的實際創作來考察，梅堯臣對於建立文賦的規模，開啓風氣之先，可謂厥功至偉：

> 在禽鳥賦中以實際的創作來進行革新的重要作家便是梅堯臣，一般常以歐陽修爲文賦的奠立者，實則由禽鳥賦看來，梅堯臣之作顯得更具有影響力。〔註11〕

〈螟蛉賦〉、〈鳴蟬賦〉、〈秋聲賦〉四篇都視作文賦；陳韻竹《歐陽修蘇軾辭賦之比較研究》以爲歐陽修只有〈鳴蟬賦〉、〈秋聲賦〉兩篇文賦；曾棗莊〈論宋代文賦〉認爲歐陽修現存賦十九篇，真正可算文賦的只有〈秋聲賦〉一篇。

〔註 9〕李瓊英：《宋代散文賦研究》（臺北：國立臺灣師範大學國文研究所碩士論文，1991 年），頁 73。

〔註10〕同前註，頁 84。

〔註11〕吳儀鳳：《詠物與敘事——漢唐禽鳥賦研究》，收入龔鵬程主編：《古典詩歌研究彙刊》第 1 輯（永和：花木蘭文化出版社，2007 年 3 月），冊 3，頁 271。

劉培在《北宋初、中期辭賦研究》中亦云：

> （梅堯臣的賦）兼取詩與散文之長處，指出了宋賦發展之
> 向上一路，對歐陽修等人文賦的創作具有直接的啓迪作
> 用。〔註12〕

梅堯臣之於文賦是「開新境、創新體的貢獻」、「具有實驗創發的重大
意義」、「更具有影響力」、「具有直接的啓迪作用」，其功不可沒。他
大力寫作文賦，並進行賦藝的探索，雖有未完備之處，但已具文賦
的基本內涵與特質，他的作品是扮演文體遞嬗的角色，居於承上啓
下的位置，自後始有歐陽修〈秋聲賦〉、蘇軾前、後〈赤壁賦〉的先
後輝映。然開創惟艱，必有瑕疵，但瑕不掩瑜，功大於過，梅堯臣的
文賦創作成就，是賦學發展史上的一個重要階段，其功績值得後人所
肯定。

〔註12〕劉培：《北宋初、中期辭賦研究》（臺北：萬卷樓圖書公司，2004 年
9 月），頁 277。

引用文獻

一、梅堯臣著作（依出版時間先後排序）

1. 《宛陵集》，臺北：臺灣中華書局《四部備要》覆清康熙四十一年徐惇復白華書屋刻本，1966 年 3 月。

2. 《宛陵集》，臺北：新文豐出版公司影清宣統二年上海石印本，1979 年 10 月。

3. 《宛陵先生集》，臺北：臺灣商務印書館《四部叢刊》正編影上海涵芬樓藏明萬曆間梅氏祠堂刻本，1979 年 11 月。

4. 《宛陵先生文集》，北京：線裝書局《宋集珍本叢刊》影明正統四年袁旭刻本，2004 年 6 月。

二、梅堯臣研究論著、資料彙編（依出版時間先後排序）

1. 《梅堯臣詩》，〔宋〕梅堯臣撰、夏敬觀選註，長沙：商務印書館，1940 年 3 月。

2. 《梅堯臣》，〔宋〕梅堯臣撰、〔日〕莧文生注，東京：岩波書店，1962 年 8 月。

3. 《梅堯臣年譜及其詩》，劉筱媛撰，臺北：國立臺灣大學中國文學研究所碩士論文，1970 年。

4. 《梅堯臣詩之研究及其年譜》，劉守宜撰，臺北：文史哲出版社，1980 年 4 月。

5. 《梅宛陵詩評注》，〔宋〕梅堯臣撰、夏敬觀、趙熙原著、曾克耑纂集，臺北：臺灣商務印書館，1983 年 5 月。

6. 《梅堯臣詩論之研究》，陳金現撰，臺北：國立臺灣師範大學國文研究所碩士論文，1985 年 5 月。

7. 《梅堯臣生平研究考述》，周玉蕙撰，臺北：東大圖書公司，1987年 11 月。

8. 《梅聖俞宛陵體發微》，尤敏慧撰，臺北：國立臺灣師範大學國文研究所碩士論文，1994 年 5 月。

9. 《梅堯臣詩選》，〔宋〕梅堯臣撰、朱東潤選注，北京：人民文學出版社，1997 年 10 月。

10. 《梅堯臣詩話》，蔡鎮楚編纂，南京：江蘇古籍出版社《宋詩話全編》第 1 冊，1998 年 12 月。

11. 《梅堯臣傳》，朱東潤撰，上海：東方出版中心，1999 年 1 月。

12. 《梅堯臣集編年校注》，〔宋〕梅堯臣撰、朱東潤編年校注，上海：上海古籍出版社，2006 年 11 月。

13. 《梅堯臣資料彙編》，周義敢、周雷編，北京：中華書局，2007 年 8 月。

三、古籍（分經、史、子、集四類，每類依作者時代先後排序）

（一）經　部

1. 《春秋左傳注》，〔春秋〕左丘明撰、楊伯峻編著，北京：中華書局，1981 年。

2. 《毛詩草木鳥獸蟲魚疏》，〔三國吳〕陸璣撰，海口：海南國際新聞出版中心《傳世藏書·子庫·科技》，1996 年。

3. 《陸氏詩疏廣要》，〔三國吳〕陸璣撰、〔明〕毛晉廣要，文淵閣《四庫全書》第 70 冊。

4. 《爾雅注疏》，〔晉〕郭璞注、〔宋〕邢昺疏，文淵閣《四庫全書》第 221 冊。

5. 《爾雅翼》，〔宋〕羅願撰，文淵閣《四庫全書》第 222 冊。

6. 《埤雅》，〔宋〕陸佃撰，文淵閣《四庫全書》第 222 冊。

7. 《緯略》，〔宋〕高似孫撰，文淵閣《四庫全書》第 852 冊。

8. 《經學歷史》，〔清〕皮錫瑞撰、周予同注釋，北京：中華書局，2004 年 7 月。

（二）史　部

1. 《國語》，〔春秋〕左丘明撰，上海：上海古籍出版社，1988 年 3 月。

2. 《荊楚歲時記》，〔南朝梁〕宗懍撰，《叢書集成》新編第 91 冊。

3. 《東京夢華錄》，〔宋〕孟元老撰，《叢書集成》新編第 96 冊。

4. 《續資治通鑑長編》，〔宋〕李燾撰，文淵閣《四庫全書》第 316 冊。

5. 《直齋書錄解題》，〔宋〕陳振孫撰、徐小蠻、顧美華點校，上海：上海古籍出版社，1987 年 12 月。

6. 《吳郡志》，〔宋〕范成大撰、陸振岳校點，南京：江蘇古籍出版社，1999 年。

7. 《文獻通考》，〔元〕馬端臨撰，臺北：新興書局，1963 年。

8. 《宋史》，〔元〕脫脫等撰，北京：中華書局，1977 年 11 月。

9. 《宛陵先生年譜》，〔元〕張師曾撰，北京：北京圖書館出版社《北京圖書館藏珍本年譜叢刊》第 13 冊，1999 年。

10. 《二梅公年譜》，〔明〕梅一科輯，《四庫全書存目叢書》史 82。

11. 《池州府志》，〔明〕李思恭等修、丁紹軾等纂，臺北：成文出版社《中國方志叢書》第 635 號，1985 年 3 月。

12. 《嘉靖襄城縣志》，〔明〕林鶯輯，臺北：新文豐出版公司《天一閣藏明代方志選刊》第 14 冊，1985 年。

13. 《桐城續修縣志》，〔清〕廖大聞等修、金鼎壽纂，臺北：中國地方文獻學會《中國方志叢書》第 242 號，1975 年。

14. 《建德縣志》，〔清〕許起鳳等纂修，臺北：成文出版社《中國方志叢書》第 656 號，1985 年 3 月。

15. 《建德縣志》，〔清〕周學銘、張贊巽等纂修，臺北：成文出版社《中國方志叢書》第 658 號，1985 年 3 月。

16. 《河南通志續通志》，〔清〕孫灝等纂修，臺北：華文書局《中國省志彙編之十四》，1969 年 1 月。

17. 《襄城縣志》，〔清〕汪運正纂修，臺北：成文出版社《中國方志叢書》第 494 號，1976 年。

18. 《安徽通志》，〔清〕何紹基等纂，臺北：華文書局《中國省志彙編之三》，1967 年 8 月。

19. 《海東札記》，〔清〕朱景英撰，南投：臺灣省文獻委員會影 1958 年《臺灣文獻叢刊》第 19 種，1996 年。

20. 《重修臺灣縣志》，〔清〕王必昌撰，南投：臺灣省文獻委員會影 1961 年《臺灣文獻叢刊》第 113 種，1993 年。

21. 《澎湖廳志》，〔清〕林豪撰，南投：臺灣省文獻委員會影 1963 年《臺灣文獻叢刊》第 164 種，1993 年。

22. 《四庫全書總目提要》，〔清〕永瑢、紀昀等撰，文淵閣《四庫全書》第 4 冊。

23. 《宋會要輯稿》，〔清〕徐松撰，北京：中華書局，1957 年 11 月。

24. 《文史通義新編新注》，〔清〕章學誠撰、倉修良編注，杭州：浙江古籍出版社 2005 年 10 月。

（三）子　部

1. 《呂氏春秋校釋》，〔戰國〕呂不韋撰、陳奇猷校釋，臺北：華正書局，2004 年。

2. 《禽經》，〔周〕師曠撰、〔晉〕張華注，文淵閣《四庫全書》第 847 冊。

3. 《淮南子》，〔西漢〕劉安等撰、許匡一譯注，臺北：臺灣古籍出版有限公司，2000 年 6 月。

4. 《世說新語校箋》（修訂本），〔南朝宋〕劉義慶撰、〔梁〕劉孝標注、楊勇校箋，北京：中華書局，2007 年 5 月。

5. 《朱子語類》，〔宋〕黎靖德編，長沙：岳麓書社，1997 年 11 月。

6. 《大觀茶論》，〔宋〕宋徽宗撰，臺北：東方文化《國立北京大學中國民俗學會民俗叢書》第 1～2 輯，1988 年。

7. 《困學紀聞注》，〔宋〕王應麟撰、〔清〕翁元圻注，北京：學苑出版社，2005 年。

8. 《夢溪筆談校證》，〔宋〕沈括撰、胡道靜校證，上海：上海古籍出版社，1987 年 9 月。

9. 《新編醉翁談錄》，〔宋〕金盈之撰，《叢書集成》續編第 213 冊。

10. 《歸田錄》，〔宋〕歐陽修撰、韓谷校點，上海：上海古籍出版社《宋元筆記小說大觀》第 1 冊，2007 年 3 月。

11. 《春明退朝錄》，〔宋〕宋敏求撰、尚成校點，《宋元筆記小說大觀》第 1 冊。

12. 《澠水燕談錄》，〔宋〕王闢之撰、韓谷校點，《宋元筆記小說大觀》第 2 冊。

13. 《邵氏聞見錄》，〔宋〕邵伯溫撰、王根林校點，《宋元筆記小說大觀》第 2 冊。

14. 《邵氏聞見後錄》，〔宋〕邵博撰、王根林校點，《宋元筆記小說大觀》第 2 冊。

15. 《石林燕語》，〔宋〕葉夢得撰、〔宋〕宇文紹奕考異、穆公校點，《宋元筆記小說大觀》第 3 冊。

16. 《避暑錄話》，〔宋〕葉夢得撰、徐時儀校點，《宋元筆記小說大觀》第 3 冊。

17. 《東軒筆錄》，〔宋〕魏泰撰、穆公校點，《宋元筆記小說大觀》第 3 冊。

18. 《曲洧舊聞》，〔宋〕朱弁撰、王根林校點，《宋元筆記小說大觀》第 3 冊。

19. 《獨醒雜志》，〔宋〕曾敏行撰、朱杰人校點，《宋元筆記小說大觀》第 3 冊。

20. 《北窗炙輠錄》，〔宋〕施德操撰、王根林校點，《宋元筆記小說大觀》第 3 冊。

21. 《老學庵筆記》，〔宋〕陸游撰、高克勤校點，《宋元筆記小說大觀》第 4 冊。

22. 《賓退錄》，〔宋〕趙與時撰、傅成校點，《宋元筆記小說大觀》第 4 冊。

23. 《貴耳集》，〔宋〕張端義撰、李保民校點，《宋元筆記小說大觀》第 4 冊。

24. 《儒林公議》，〔宋〕田況撰，鄭州：大象出版社《全宋筆記》第 1 編第 5 冊，2003 年 10 月。

25. 《孫公談圃》，〔宋〕孫升述、〔宋〕劉延世錄，《全宋筆記》第 2 編第 1 冊。

26. 《避暑漫鈔》，〔宋〕陸游撰，臺北：藝文印書館《百部叢書集成》4，1966 年。

27. 《困學紀聞注》，〔宋〕王應麟撰、〔清〕翁元圻注，北京：學苑出版社《清代學術筆記叢刊》第 36 冊，2005 年 10 月。

28. 《三柳軒雜識》，〔元〕程棨撰，上海：上海商務印書館《說郛》，1927 年。

29. 《永樂大典》，〔明〕姚廣孝等奉敕監修，北京：中華書局，1998 年 4 月。

30. 《田家五行》，〔明〕婁元禮撰，臺北：新興書局《續說郛》，1964 年 6 月。

31. 《山堂肆考》，〔明〕彭大翼撰、〔明〕張幼學編，文淵閣《四庫全書》第 976 冊。

32. 《清稗類鈔》，〔清〕徐珂撰，海口：海南國際新聞出版中心《傳世藏書‧子庫‧雜記》第 4 冊，1996 年。

33. 《廣群芳譜》，〔清〕汪灝等撰，合肥：安徽教育出版社《中華漢語

工具書書庫》第 91 冊，2002 年 1 月。

34. 《閒情偶寄》，〔清〕李漁撰，臺北：明文書局，2002 年 8 月。

35. 《藝概》，〔清〕劉熙載撰，臺北縣樹林鎮：漢京文化事業有限公司，2004 年。

（四）集　部
甲、別集、總集、選集

1. 《白居易全集》，〔唐〕白居易撰、丁如明、聶世美校點，上海：上海古籍出版社，1999 年 5 月。

2. 《元稹集編年箋注（詩歌卷）》，〔唐〕元稹撰、楊軍箋注，西安：三秦出版社，2005 年 11 月。

3. 《河東柳仲塗先生文集》，〔宋〕柳開撰，北京：綫裝書局《宋集珍本叢刊》第 1 冊，2004 年 6 月。

4. 《范文正公文集》，〔宋〕范仲淹撰，《宋集珍本叢刊》第 2 冊，同上。

5. 《樂全先生文集》，〔宋〕張方平撰，《宋集珍本叢刊》第 5 冊，同上。

6. 《公是集》，〔宋〕劉敞撰，《宋集珍本叢刊》第 9 冊，同上。

7. 《後山先生集》，〔宋〕陳師道撰，《宋集珍本叢刊》第 29 冊，同上。

8. 《後村先生大全集》，〔宋〕劉克莊撰，《宋集珍本叢刊》第 82 冊，同上。

9. 《歐陽修全集》，〔宋〕歐陽修撰、李逸安點校，北京：中華書局，2001 年 3 月。

10. 《王荊文公詩李壁注》，〔宋〕王安石撰、〔宋〕李壁注，上海：上海古籍出版社，1993 年 12 月。

11. 《王令集》，〔宋〕王令撰、沈文倬校點，上海：上海古籍出版社，1980 年 4 月。

12. 《忠肅集》，〔宋〕劉摯撰，北京：中華書局，2002 年 9 月。

13. 《蘇軾文集》，〔宋〕蘇軾撰、孔凡禮點校，北京：中華書局，1986 年 3 月。

14. 《雞肋集》，〔宋〕晁補之撰，文淵閣《四庫全書》第 1118 冊。

15. 《秋崖詩詞校注》，〔宋〕方岳撰、秦效成校注，合肥：黃山書社，1998 年 12 月。

16. 《瀛奎律髓彙評》，〔元〕方回選評、李慶甲集評校點，上海：上海古籍出版社 2005 年 4 月。

17. 《古賦辯體》，〔元〕祝堯撰，文淵閣《四庫全書》第 1366 冊。

18. 《高太史大全集》，〔明〕高啓撰，《四部叢刊》初編第 321 冊。

19. 《全祖望《鮚埼亭集》校注》，〔清〕全祖望撰、詹海雲校注，臺北：國立編譯館，2003 年 12 月。

20. 《冬心題畫記》，〔清〕金農撰、閻安校注，杭州：西泠印社出版社，2008 年。

21. 《歷代咏物詩選》，〔清〕俞琰輯，臺北：清流出版社，1976 年 11 月。

22. 《歷代賦彙》，〔清〕陳元龍編，南京：鳳凰出版社，2004 年 6 月。

23. 《元詩紀事》，陳衍輯撰、李夢生校點，上海：上海古籍出版社，1987 年 3 月。

24. 《宋詩精華錄》，陳衍評選、曹旭校點，南昌：百花洲文藝出版社，1993 年 8 月。

25. 《全宋文》，四川大學古籍整理研究所編，成都：巴蜀書社，1989 年。

26. 《全宋詩》，北京大學古文獻研究所編，北京：北京大學出版社，1991 年。

27. 《宋代辭賦全編》，曾棗莊、吳洪澤主編，成都：四川大學出版社，2008 年 10 月。

乙、詩文評

1. 《文心雕龍注釋》，〔南朝梁〕劉勰撰、周振甫注，臺北：里仁書局，1994 年。

2. 《詩品注》，〔南朝梁〕鍾嶸撰、陳延傑注，北京：人民文學出版社，1998 年。

3. 《西清詩話》，〔宋〕蔡絛撰，北京：北京圖書館出版社《中國詩話珍本叢書》第 1 冊，2004 年 12 月。

4. 《苕溪漁隱叢話》，〔宋〕胡仔纂集、廖德明校點，北京：人民文學出版社，1984 年 5 月。

5. 《韻語陽秋》，〔宋〕葛立方撰，上海：上海古籍出版社，1979 年 12 月。

6. 《後山詩話》，〔宋〕陳師道撰，北京：綫裝書局《後山先生集》，收入《宋集珍本叢刊》第 29 冊，2004 年 6 月。

7. 《古今詩話》，〔宋〕李頎撰，臺北：文泉閣出版社《宋詩話輯佚》上卷，1972 年 4 月。

8. 《詩學規範》，〔宋〕張鎡撰，《宋詩話輯佚》下卷，同上。

9. 《娛書堂詩話》，〔宋〕趙與虤撰，臺北：藝文印書館《百部叢書集成》39，1969 年。

10. 《詩藪》，〔明〕胡應麟撰、周維德集校，濟南：齊魯書社《全明詩話》第 3 冊，2005 年。

11. 《載酒園詩話》，〔清〕賀裳撰，上海：上海古籍出版社《清詩話續編》上冊，1999 年 6 月。

12. 《詩學源流考》，〔清〕魯九皋撰，《清詩話續編》下冊，同上。

13. 《說詩晬語》，〔清〕沈德潛撰、霍松林校注，北京：人民文學出版社，1998 年。

14. 《石洲詩話》，〔清〕翁方綱撰，臺北：廣文書局《古今詩話叢編》，1971 年。

15. 《貞一齋詩說》，〔清〕李重華撰，《叢書集成》續編第 201 冊。

16. 《論文偶記》，〔清〕劉大櫆撰，上海：復旦大學出版社《歷代文話》第 4 冊，2007 年 11 月。

17. 《四六叢話》，〔清〕孫梅撰，《歷代文話》第 5 冊，同上。

18. 《雨村賦話》，〔清〕李調元撰、何沛雄編訂，香港：萬有圖書公司，1976 年。

19. 《歷代賦話校證：附復小齋賦話》，〔清〕浦銑撰、何新文、路成文校證，上海：上海古籍出版社，2007 年 3 月。

四、近人專著（分賦學專著、其他專著二類，每類依出版時間先後排序）

（一）賦學專著

1. 《賦學》，張正體、張婷婷撰，臺北：臺灣學生書局，1982 年 8 月。

2. 《魏晉詠物賦研究》，廖國棟撰，臺北：文史哲出版社，1990 年 3 月。

3. 《中國辭賦發展史》，郭維森、許結撰，南京：江蘇教育出版社，1996 年 8 月。

4. 《賦史》，馬積高撰，上海：上海古籍出版社，1998 年 9 月。

5. 《賦與駢文》，簡宗梧撰，臺北：臺灣書店，1998 年 10 月。

6. 《賦學概論》，曹明綱撰，上海：上海古籍出版社，1998 年 11 月。

7. 《中國賦學歷史與批評》，許結撰，南京：江蘇教育出版社，2001 年 7 月。

8. 《北宋初、中期辭賦研究》，劉培撰，臺北：萬卷樓圖書公司，2004 年 9 月。

9. 《北宋詠物賦研究》，林天祥撰，臺北：萬卷樓圖書公司，2004 年 11 月。

10. 《歷代辭賦研究史料概述》，馬積高撰，北京：中華書局，2005 年 3 月。

11. 《賦話廣聚》，王冠輯，北京：北京圖書館出版社，2006 年 12 月。

12. 《詠物與敘事——漢唐禽鳥賦研究》，吳儀鳳撰，永和：花木蘭文化出版社，2007 年 3 月。

13. 《辭賦文體研究》，郭建勛撰，北京：中華書局，2007 年 4 月。

14. 《歷代辭賦通論》，黃水雲撰，臺北：文津出版社，2008 年 9 月。

15. 《賦學講演錄》，許結講述、潘務正記錄，北京：北京大學出版社，2009 年 4 月。

16. 《賦史大要》，〔日〕鈴木虎雄撰、殷石臞譯，臺北：正中書局，1966 年 11 月。

（二）其他專著

1. 《六朝文論》，廖蔚卿撰，臺北：聯經出版事業公司，1978 年 4 月。

2. 《傳統的與現代的》，楊牧撰，臺北：洪範書店，1979 年 9 月。

3. 《國史大綱》，錢穆撰，臺北：臺灣商務印書館，1985 年 12 月。

4. 《東至縣志》，東至縣地方志編纂委員會辦公室編，合肥：安徽人民出版社，1991 年。

5. 《鳥與史料》，周鎮撰，南投：省立鳳凰谷鳥園，1992 年。

6. 《北宋的古文運動》，何寄澎撰，臺北：幼獅文化事業公司，1992 年 8 月。

7. 《中國古代文學十大主題——原型與流變》，王立撰，臺北：文史哲出版社，1994 年 7 月。

8. 《宋詩之新變與代雄》，張高評撰，臺北：洪葉文化事業公司，1995 年 9 月。

9. 《魯迅全集》，周樹人撰，北京：人民文學出版社，1996 年。

10. 《宋代詠茶詩研究》，石韶華撰，臺北：文津出版社，1996 年 9 月。

11. 《宋代文學通論》，王水照主編，高雄：高雄復文圖書出版社，2000年6月。

12. 《管錐編》，錢鍾書撰，北京：生活・讀書・新知三聯書店，2001年1月。

13. 《宋詩選註》，錢鍾書撰，北京：生活・讀書・新知三聯書店，2001年1月。

14. 《談藝錄》，錢鍾書撰，北京：生活・讀書・新知三聯書店，2001年1月。

15. 《金明館叢稿二編》，陳寅恪撰，北京：生活・讀書・新知三聯書店，2001年。

16. 《鳥與文學》，賈祖璋撰，上海：上海古籍出版社，2001年。

17. 《宋詩特色研究》，張高評撰，長春：長春出版社，2002年8月。

18. 《北宋詩歌論政研究》，林宜陵撰，臺北：文津出版社，2003年3月。

19. 《情緣理趣展妙姿──兩宋文學探勝》，劉乃昌撰，濟南：山東教育出版社，2003年10月。

20. 《中國詞曲史》，王易撰，北京：團結出版社，2006年3月。

21. 《詩歌：智慧的水珠》，邵毅平撰，上海：復旦大學出版社，2008年4月。

22. 《艾略特文學評論選集》，〔美〕Thomas Stearns Eliot 撰、杜國清譯，臺北：田園出版社，1969年3月。

23. 《中國詩學》，〔美〕劉若愚撰、杜國清譯，臺北：幼獅文化事業公司，1979年1月。

24. 《宋詩概說》，〔日〕吉川幸次郎撰、鄭清茂譯，臺北：聯經出版事業公司，1983年5月。

25. 《中國詩史》，〔日〕吉川幸次郎撰、〔日〕高橋和巳編、章培恒等譯，上海：復旦大學出版社，2001年12月。

26. 《唐宋詩文的藝術世界》，〔日〕筧文生、〔日〕筧久美子撰、盧盛江、劉春林編譯，北京：中華書局，2007年10月。

五、單篇論文（含期刊論文、會議論文集論文等，依發表時間先後排序）

1. 〈談塵尾〉，莊伯和撰，《故宮文物月刊》第1卷第5期，1983年8月。

2. 〈「碧雲騢」新考〉，孫雲清撰，杭州：浙江古籍出版社《宋史研究集刊》，1986 年 4 月。

3. 〈梅堯臣「碧雲騢」與慶曆黨爭中的士風〉，劉子健撰，臺北：聯經出版事業公司《兩宋史研究彙編》，1987 年 11 月。

4. 〈漢賦問答體初探〉，何沛雄撰，《新亞學術集刊》第 13 期，1994年。

5. 〈辭與賦〉，費振剛撰，臺北：萬卷樓圖書公司《中國文學史百題（上）》，1994 年 4 月。

6. 〈論宋賦的歷史承變與文化品格〉，許結撰，《社會科學戰線》第 3 期，1995 年。

7. 〈論清代的賦學批評〉，許結撰，《文學評論》第 4 期，1996 年。

8. 〈從「和賦」看賦的文體屬性〉，李立信撰，臺北：國立政治大學文學院編《第三屆國際辭賦學學術研討會論文集》，1996 年 12 月。

9. 〈梅堯臣的悼亡詩〉，張健撰，《宋代文學研究叢刊》第 3 期，1997年 9 月。

10. 〈論宋賦諸體〉，曾棗莊撰，《陰山學刊》第 12 卷第 1 期，1999 年 3 月。

11. 〈文賦的形成及其時代內涵──兼論歐陽修的歷史作用〉，張宏生撰，南京：南京大學中文系主編《辭賦文學論集──第四屆國際辭賦學學術研討會論文集》，1999 年 12 月。

12. 〈狂者進取：宋代士人的淑世情懷〉，張海鷗撰，《社會科學論壇》第 11 期，2001 年。

13. 〈梅堯臣早期事跡考〉，李一飛撰，《文學遺產》第 2 期，2002 年。

14. 〈「新唐書」的編撰及參撰人紀考〉，李一飛撰，《湘潭師範學院學報（社會科學版）》第 3 期，2002 年 5 月。

15. 〈宋代辭賦辨體論〉，詹杭倫撰，《逢甲人文社會學報》第 7 期，2003 年 11 月。

16. 〈論宋代文賦〉，曾棗莊撰，《四川大學學報（哲學社會科學版）》第 1 期，2004 年。

17. 〈試論賦體設辭問對之進程〉，簡宗梧撰，成都：四川師範大學編《第六屆國際辭賦學學術研討會論文》，2004 年 10 月。

18. 〈梅堯臣年譜〉，吳孟復撰，《安徽文獻研究集刊》第 1 卷，合肥：黃山書社，2004 年 12 月。

19. 〈賦與設辭問對關係之考察〉，簡宗梧撰，《逢甲人文社會學報》第

11 期，2005 年 12 月。

20. 〈梅堯臣年譜（續完）〉，吳孟復撰，《安徽文獻研究集刊》第 2 卷，合肥：黃山書社，2006 年 5 月。

21. 〈論梅堯臣與范仲淹之「靈烏賦」〉，黃水雲撰，《中國文化大學中文學報》第 15 期，2007 年 10 月。

22. 〈「二梅公年譜」及其文獻價值〉，湯華泉撰，合肥：安徽大學出版社《唐宋文學文獻研究叢稿》，2008 年 6 月。

六、學位論文（依獲得學位時間先後排序）

1. 《歐陽修、蘇軾辭賦之比較研究》，陳韻竹撰，臺北：國立政治大學中國文學研究所碩士論文，1986 年。

2. 《齊梁詠物賦研究》，李嘉玲撰，臺北：國立政治大學中國文學研究所碩士論文，1988 年 6 月。

3. 《宋代散文賦研究》，李瓊英撰，臺北：國立臺灣師範大學國文研究所碩士論文，1991 年。

4. 《宋代散文賦用韻考》，金彰柱撰，臺北：私立輔仁大學中國文學研究所碩士論文，1998 年 6 月。

5. 《唐代古賦研究》，陳成文撰，臺北：國立政治大學中國文學研究所博士論文，1999 年。

6. 《北宋文賦研究》，王永撰，長春：東北師範大學碩士論文，2003 年 5 月。

7. 《蘇軾辭賦理論及其創作之研究》，廖志超撰，臺北：國立臺灣師範大學國文研究所博士論文，2004 年。

8. 《北宋文賦新探》，顧柔利撰，高雄：國立中山大學中國文學系碩士在職專班碩士論文，2004 年 6 月。

9. 《北宋亭臺樓閣諸記「以賦爲文」研究》，黃麗月撰，臺南：國立成功大學中國文學研究所博士論文，2005 年 6 月。

10. 《魏晉詩歌中的懷歸意識》，沈芳如撰，臺北：國立臺灣大學中國文學研究所碩士論文，2005 年。

11. 《北宋抒情賦研究》，鄭雅方撰，高雄：國立高雄師範大學國文學系回流教育中國文學碩士論文，2006 年。

附　錄

附錄一：梅堯臣辭賦作品出處表

項次	賦　名	宛陵集（宛陵先生集）	歷代賦彙	古今圖書集成	梅堯臣集編年校注	全宋文	宋代辭賦全編
1	紅鸚鵡賦	卷 60	卷 130 鳥獸	博物彙編禽蟲典／鸚鵡部／藝文一（卷 43）	卷 2	卷 592	卷 91 賦／鳥獸二
2	靈烏賦	卷 60	卷 129 鳥獸	博物彙編禽蟲典／烏部／藝文一（卷 22）	卷 6	卷 592	卷 90 賦／鳥獸一
3	哀鶻鵀賦	卷 60	卷 132 鳥獸	博物彙編禽蟲典／鶻鵀部／藝文一（卷 41）	卷 8	卷 592	卷 91 賦／鳥獸二
4	問牛喘賦	卷 60	卷 136 鳥獸	博物彙編禽蟲典／牛部／藝文一（卷 107）	卷 9	卷 592	卷 91 賦／鳥獸二
5	矮石榴樹子賦	卷 60	卷 127 花果	＊	卷 9	卷 592	卷 89 賦／花果三
6	思歸賦	卷 60	補遺卷 18 懷思	＊	卷 9	卷 592	卷 97 賦／曠達
7	風異賦	卷 60	卷 7 天象	曆象彙編庶徵典／風異部／藝文一（卷 64）	卷 10	卷 592	卷 32 賦／天象二
8	魚琴賦	卷 60	卷 94 音樂	經濟彙編樂律典／琴瑟部／藝文一（卷 107）	卷 14	卷 592	卷 74 賦／音樂

項次	賦　名	宛陵集（宛陵先生集）	歷代賦彙	古今圖書集成	梅堯臣集編年校注	全宋文	宋代辭賦全編
9	靈烏後賦	卷 60	卷 129 鳥獸	博物彙編禽蟲典／鳥部／藝文一（卷 22）	卷 15	卷 592	卷 90 賦／鳥獸一
10	凌霄花賦	卷 60	卷 125 花果	博物彙編草木典／苕部／藝文一（卷 106）	卷 17	卷 592	卷 89 賦／花果三
11	雨　賦	卷 31	＊〔註1〕	＊	卷 18	卷 592	卷 33 賦／天象三
12	鬼火賦	卷 60	＊	＊	卷 18	卷 592	卷 79 賦／仙釋一
13	鬼火後（賦）〔註2〕	卷 60	補遺卷 13 仙釋〔註3〕	＊	卷 18	卷 592	卷 79 賦／仙釋一
14	述釀賦	卷 60	＊	＊	拾遺	卷 592	卷 76 賦／飲食一
15	南有嘉茗賦	卷 60	補遺卷 13 飲食	經濟彙編食貨典／茶部／藝文一（卷 293）	拾遺	卷 592	卷 76 賦／飲食一
16	鳲鳩賦	卷 60	卷 131 鳥獸	博物彙編禽蟲典／鳩部／藝文一（卷 29）	拾遺	卷 592	卷 91 賦／鳥獸二
17	麈尾賦	卷 60	卷 87 器用	經濟彙編考工典／拂部／藝文一（卷 222）	拾遺	卷 592	卷 73 賦／器物二
18	擊甌賦	卷 60	卷 95 音樂	經濟彙編樂律典／甌部／藝文一（卷 128）	拾遺	卷 592	卷 74 賦／音樂
19	乞巧賦	卷 60	卷 12 歲時	曆象彙編歲功典／七夕部／藝文一（卷 65）	拾遺	卷 592	卷 35 賦／歲時二
20	針口魚賦	卷 60	卷 137 鱗蟲	＊	拾遺	卷 592	卷 92 賦／鱗蟲一

〔註 1〕 標示「＊」者，代表該書未收錄該篇作品。

〔註 2〕 《梅堯臣集編年校注》卷 18〈鬼火後〉。校云：「夏敬觀云：『題當脫賦字。』」

〔註 3〕 《歷代賦彙》作〈後鬼火賦〉。

附錄二：梅堯臣生平年表

一、 本表參考劉筱媛《梅堯臣年譜及其詩》、劉守宜《梅堯臣詩之研究及其年譜》、朱東潤《梅堯臣集編年校注》、周玉蕙《梅堯臣生平研究考述》及吳孟復〈梅堯臣年譜〉等，錄其要而成。

二、 本表內辭賦作品繫年，係以朱東潤《梅堯臣集編年校注》為主，〈述醸賦〉、〈鳲鳩賦〉、〈塵尾賦〉、〈擊甌賦〉及〈乞巧賦〉等五篇，因無明文可考其撰年，故不予列入。

皇帝紀元 干支	西元	年歲	行　　跡	國家大事 紀　要	辭賦 作品	同時名人、 文友生卒進退	備　註
(宋眞宗) 咸平五年 壬寅	1002	1	4月17日生於宣州宣城(今安徽宣城市)，時屬江南東路。	西夏李繼遷犯邊，而有保衛靈州之論辯。			
咸平六年 癸卯	1003	2					
景德元年 甲辰	1004	3		遼聖宗大舉入侵，宰相寇準力主眞宗親征，和議成，簽訂澶淵之盟。		1.李沆卒。 2.富弼生。 3.晏殊年13，以神童召試，賜進士出身。	
景德二年 乙巳	1005	4				尹源、石介、江休復生	
景德三年 丙午	1006	5				文彥博、祖無擇、李寬生	
景德四年 丁未	1007	6	嘗隨叔父詢往昭亭廟觀社賽。			歐陽修、范鎭、王素、王尙恭生	
大中祥符 元年 戊申	1008	7	叔父詢從眞宗登泰山封禪。	1.正月，改元。 2.王欽若僞製天書。		1.杜衍中進士。 2.蘇舜欽、韓綜、韓琦、夫人謝氏生。	
大中祥符 二年 己酉	1009	8				李覯、蘇洵生	

皇帝紀元 干支	西元	年歲	行　跡	國家大事 紀　要	辭賦 作品	同時名人、 文友生卒進退	備　註
大中祥符 三年 庚戌	1010	9	叔父詢坐議天書，出 知濠州。			吳奎生 邢昺卒	
大中祥符 四年 辛亥	1011	10	1.幼習於詩，自爲童 　子出語已驚其長 　老。 2.叔父詢遷刑部員外 　郎。			吳中復、馬遵 生	
大中祥符 五年 壬子	1012	11	叔父詢以刑部員外郎 爲荊湖北路轉運使。			韓絳、蔡襄生	
大中祥符 六年 癸丑	1013	12	叔父詢坐擅給驛馬與 人奔喪而馬死，降襄 州通判。				
大中祥符 七年 甲寅	1014	13	離宣城，從叔父詢往 襄州通判任所。				
大中祥符 八年 乙卯	1015	14	叔父詢徙知鄂州，堯 臣隨任。			1.謝絳、范仲 　淹、王益同 　登進士。 2.李中師生。	
大中祥符 九年 丙辰	1016	15	叔父詢移知蘇州，堯 臣隨任。				
天禧元年 丁巳	1017	16	叔父詢復爲刑部員外 郎、陝西轉運使，堯 臣隨任。			韓維、周敦頤 生 王旦卒	
天禧二年 戊午	1018	17		九月，立皇 太子趙禎。			
天禧三年 己未	1019	18				謝景初、劉 敞、司馬光、 曾鞏、宋敏 求、韓縝、王 珪生	
天禧四年 庚申	1020	19	叔父詢遷工部郎中， 坐朱能反，貶懷州團 練副使，再貶池州， 堯臣隨任。			孫永生 姚鉉卒	

皇帝紀元干支	西元	年歲	行　　跡	國家大事紀要	辭賦作品	同時名人、文友生卒進退	備　註
天禧五年辛酉	1021	20	始遊洛陽，已與名士論文章，其文字甚得誦讚。此時，並刻意爲詩。			王安石、吳充生	
（宋仁宗）乾興元年壬戌	1022	21		正月，改元。二月，眞宗崩，皇太子趙禎即位。		劉敞生	
天聖元年癸亥	1023	22	叔父詢拜度支員外郎、知廣德軍，堯臣隨任。	正月，改元。		寇準卒王存生	
天聖二年甲子	1024	23	1.以叔父詢翰林學士蔭補太廟齋郎。2.叔父詢知楚州，堯臣隨任。			尹洙舉進士	堯臣補太廟齋郎之年，詳註1。
天聖三年乙丑	1025	24	遊會稽。冬，離越州北歸。				堯臣遊會稽之年，詳註2。
天聖四年丙寅	1026	25	1.初春，過杭州，偕僧虛白訪林逋於西湖上。2.十月，叔父詢遷兵部員外郎、知壽州，堯臣隨任。	十月，宋廷遣韓億，使遼賀順天節。			堯臣見林逋之年，詳註2。
天聖五年丁卯	1027	26	1.娶太子賓客謝濤之女於京師，時謝氏20歲。2.叔父詢移知陝府。				
天聖六年戊辰	1028	27	1.循資補桐城縣主簿。叔父詢贈駿馬一匹代步。2.叔父詢復直集賢院、遷工部郎中。			王安國生林逋卒	堯臣官桐城主簿之年，詳註1。
天聖七年己巳	1029	28	在桐城縣主簿任。			沈括生呂夷簡任同平章事、夏竦任參知政事	
天聖八年庚午	1030	29	調任河南縣主簿。	十二月，宋廷遣梅詢，使遼賀千齡節。		歐陽修、劉沆、張先、刁約、蔡襄、尹源同登進士	堯臣調任河南主簿之年，詳註3。

皇帝紀元干支	西元	年歲	行　　跡	國家大事紀要	辭賦作品	同時名人、文友生卒進退	備　註
天聖九年辛未	1031	30	1.在河南縣主簿任。 2.時錢惟演爲西京留守，幕府多名士，盛行詩歌唱和，與堯臣過往最密者有歐陽修、尹洙等所謂的「七友」。 3.錢惟演甚曉賞堯臣，結爲忘年交，並引與酬倡。歐陽修則與爲詩友，自以爲不及。堯臣此後，更加刻苦自勵，精思苦學，由是知名於當時。 4.與歐陽修初逢於伊水畔，自後相交相知三十年不渝，世有「歐梅」之稱。 5.與范仲淹初遇於洛陽。 6.《宛陵集》所收詩自此年開始。	六月，遼帝崩。 九月，宋廷遣梅詢，至遼充太后弔慰史。		1.晏幾道生。 2.三月，歐陽修以西京留守推官上任。	
天聖十年（11月改元）明道元年壬申	1032	31	1.春，與錢惟演、歐陽修、尹洙、楊俞等五人同遊嵩山。 2.夏，錢惟演於府第建「雙桂樓」，命歐陽修、尹洙作記，歐陽修自此始爲古文，堯臣亦作詩一首，狀其華美。 3.秋，妻兄謝絳來爲河南通判，以親嫌移河陽縣主簿，常藉吏事之便，返洛與親友相聚。	趙元昊受遼冊封爲夏國王，史稱西夏。	〈紅鸚鵡賦〉	1.程顥生。 2.八月，晏殊任參知政事。	
明道二年癸酉	1033	32	1.秋，除饒州府德興縣令，實未到任。 2.時王曙繼爲西京留守，讚賞堯臣詩，稱「有晉、宋遺風，自杜子美沒後，二百餘年不見此作。」 3.十二月，以鎖廳赴京應進士試。	1.三月，劉太后崩，於仁宗朝稱制十一年。 2.仁宗欲廢郭皇后，孔道輔叩宮門諫		1.九月，錢惟演調任隨州，十二月，離洛陽。 2.張汝士卒。 3.程頤生。	堯臣是否至德興縣任，詳註4。

皇帝紀元干支	西元	年歲	行　　跡	國家大事紀要	辭賦作品	同時名人、文友生卒進退	備　註
			4.爲范仲淹出知睦州事，作〈聚蚊〉、〈清池〉等詩，反映此一事件。	阻，范仲淹爲孔聲援，被外貶。			
景祐元年甲戌	1034	33	1.應進士試，落第。 2.以德興縣令知池州府建德縣事，返宣城後赴任。			1.馬遵舉進士。 2.錢惟演、王曙、謝濤卒。	堯臣應進士舉之年，詳註5。
景祐二年乙亥	1035	34	1.在建德縣令任。 2.築官舍新牆。				
景祐三年丙子	1036	35	1.在建德縣令任。 2.爲范仲淹言事落職一事有感而作〈靈烏賦〉及詩〈彼鴛吟〉、〈猛虎行〉等，另作詩三首，分致尹洙、歐陽修、范仲淹，以慰其直諫。	五月，范仲淹因越職言事，徙知饒州。尹洙、歐陽修等救之，亦遭貶謫。	〈靈烏賦〉	蘇軾生	
景祐四年丁丑	1037	36	在建德縣令任。	八月，宋廷遣謝絳，使遼賀永壽節。	〈南有嘉茗賦〉		〈南有嘉茗賦〉究何年所撰，詳註6。
景祐五年（11月改元）寶元元年戊寅	1038	37	1.春，范仲淹至建德與堯臣相會，堯臣名作〈河豚魚〉詩，即作於宴席中。 2.解建德縣令任，入京師。 3.十一月，仁宗有事郊廟，堯臣預祭，輒獻歌詩。	十月，趙元昊稱帝，國號大夏。	〈哀鵰鵠賦〉	司馬光進士及第	范仲淹約堯臣遊廬山及其後共席宴飲事，詳註7。
寶元二年己卯	1039	38	1.春，改京秩爲大理寺丞。 2.時西羌寇邊，堯臣感於時事需要，乃進呈所注《孫子》十三篇。 3.夏，授知襄城縣。	一月，西夏入侵宋邊。六月，宋廷下詔削奪趙元昊官爵，棄綏撫政策，絕互市，並在沿邊布置軍事。	〈問牛喘賦〉〈矮石榴樹子賦〉〈思歸賦〉	1.謝絳卒。 2.蘇轍生。 3.宋庠任參知政事。	

皇帝紀元 干支	西元	年歲	行　　跡	國家大事 紀　要	辭賦 作品	同時名人、 文友生卒進退	備　註
寶元三年 （2月改 元） 康定元年 庚辰	1040	39	1.七月，汝水溢，襄城受災，堯臣親率士民救獲修築，並作詩自責。 2.秋，解襄城縣令任，與謝景初赴鄧州會葬謝絳。	正月，趙元昊寇延州，宋廷討伐，大敗於三川口。 五月，范仲淹任陝西經略安撫招討副使，負責對西夏作戰。	〈風異賦〉		
康定二年 （11月改 元） 慶曆元年 辛巳	1041	40	1.夏初，前往許州探視病中的叔父詢。 2.秋，赴監湖州府吳興鹽稅任，在潤州度歲。 3.堯臣渴望上前線，但請纓無路。	西夏於好水川大敗宋軍。		范祖禹生 石曼卿、梅詢卒	
慶曆二年 壬午	1042	41	1.遷秩太子中舍。 2.三月，抵湖州監稅任。	1.遼以兵協宋，宋使富弼往，增歲幣銀各十萬以和。 2.西夏於定川寨大敗宋軍。		王安石進士及第	
慶曆三年 癸未	1043	42	在湖州監稅任。	九月，范仲淹上「十事疏」，推行變法。	〈針口魚賦〉	呂夷簡罷相，以晏殊為相，韓琦、范仲淹任參知政事。	〈針口魚賦〉究何年所撰，詳註8。
慶曆四年 甲申	1044	43	1.春，解湖州監稅任，歸宣城。未久，赴京師。 2.七月，喪妻謝氏及次子十十。 3.在京師，堯臣與蘇舜欽唱和，以此時為最盛。 4.堯臣與范仲淹因「奏邸之獄」事，友誼決裂。	十月，宋與西夏達成和議。 十一月，王拱辰借進奏院霱賣廢紙之名，使蘇舜欽除名館閣，連坐者眾。	〈魚琴賦〉	呂夷簡、韓億卒	
慶曆五年 乙酉	1045	44	1.轉殿中丞。 2.六月，應王舉正辟，簽書許州忠武	杜衍白請罷免，范仲淹、富弼也	〈靈烏後賦〉	石介、尹源卒 黃庭堅生	

皇帝紀元 干支	西元	年歲	行　　跡	國家大事 紀　要	辭賦 作品	同時名人、 文友生卒進退	備　註
			軍節度判官。	相繼離京， 慶曆新政失 敗。			
慶曆六年 丙戌	1046	45	1. 在許州簽判任。 2. 夏，續娶太常博士 刁渭之女於京師。 3. 九月，回許州途經 潁州，訪州守晏 殊。 4. 謝景初取堯臣自洛 陽至於吳興以來所 作詩，次為 10 卷， 歐陽修為之序。				
慶曆七年 丁亥	1047	46	1. 秋，解許州簽判 任，再赴京師。 2. 十月，女稱稱生。	十一月，王 則兵變，文 彥博率軍討 平。	〈凌霄 花賦〉	1. 二月，文彥 博任參知政 事。 2. 尹洙卒。 3. 蔡京生。	
慶曆八年 戊子	1048	47	1. 正月，授國子監博 士。 2. 三月，幼女稱殤。 3. 夏，率刁氏歸觀宣 城，過揚州，訪州 守歐陽修。 4. 八月，從晏殊辟， 赴簽書陳州鎮安軍 節度判官任，再訪 歐陽修。 5. 堯臣對文彥博驟進 很不以為意，作〈宣 麻〉加以譏刺。	趙元昊卒， 子諒祚即 位，宋冊封 為夏王。	〈　雨 賦〉 〈鬼火 賦〉 〈鬼火 後賦〉	1. 蘇舜欽卒。 2. 文彥博平亂 有功，進同 平章事。	
皇祐元年 己丑	1049	48	正月，父梅讓卒，歸 宣城。			秦觀生	
皇祐二年 庚寅	1050	49	在宣城守制。			歐陽修改知應 天府	
皇祐三年 辛卯	1051	50	1. 二月，服除，離宣 城至京師。 2. 五月，召試學士 院。 3. 九月，賜同進士出 身，改太常博士。 4. 為唐介事，有〈書 竄〉詩一首，作者 存疑。	十月，唐介 彈劾文彥 博、張堯 佐，而被貶 英州別駕。		夏竦卒 趙令時、米芾 生	

皇帝紀元干支	西元	年歲	行　跡	國家大事紀要	辭賦作品	同時名人、文友生卒進退	備　註
皇祐四年壬辰	1052	51	1.以太常博士監永濟倉。 2.春，歐陽修約堯臣買穎州田，以爲終老之計。	儂智高兵變，戰事延及廣州，明年正月，狄青平亂。		范仲淹、韓綜卒	堯臣究監永濟倉或永豐倉，詳註9。歐陽修約堯臣買穎州田之年，詳註10。
皇祐五年癸巳	1053	52	秋，丁嫡母束氏憂，歸宣城。			陳師道、晁補之、楊時生	此年卒者爲嫡母束氏或生母張氏，詳註11。
皇祐六年（3月改元）至和元年甲午	1054	53	在宣城守制。			張耒生	
至和二年乙未	1055	54	秋，服除，離宣城入京師。			晏殊卒	
至和三年（9月改元）嘉祐元年丙申	1056	55	1.歲初在揚州，至泗州阻淺，訪知事朱表臣。 2.八月，翰林學士趙槩、歐陽修等列薦堯臣，因得補國子監直講。			王沖卒 周邦彥生	
嘉祐二年丁酉	1057	56	1.由太常博士遷屯田員外郎。 2.正月，歐陽修權知貢舉，乃薦堯臣爲禮部試官，同在禮闈。	歐陽修主試進士，所取率以詞義近古爲貴，凡以嶮怪知名者黜去殆盡，自是詩文改革進入高潮。		1.杜衍卒。 2.邵伯溫生。 3.蘇軾、蘇轍、曾鞏、曾布、張載等進士及第。	堯臣遷屯田員外郎之年，詳註12。
嘉祐三年戊戌	1058	57	1.六月，以曾奏進所撰《唐載記》26卷，又經歐陽修推薦，乃充《唐書》編修官。 2.十月，幼子龜兒生。			六月，歐陽修權知開封府。	堯臣入唐書局之年，詳註13。堯臣幼子龜兒生於何年，詳

皇帝紀元 干支	西元	年歲	行　　跡	國家大事 紀　要	辭賦 作品	同時名人、 文友生卒進退	備　註
			3. 冬，仁宗祫於太廟，韓絳薦堯臣制樂章，不報。				註14。
嘉祐四年 己亥	1059	58	1. 十月，仁宗有事郊廟，堯臣預祭，進祫享詩。 2. 十二月，有詔獎諭，進都官員外郎。			二月，歐陽修免開封府，轉給事中。	堯臣受獎諭之年，詳註15。
嘉祐五年 庚子	1060	59	1. 春，遷尚書都官員外郎。 2. 夏，京師大疫，4月 25 日堯臣以疾卒。	七月，歐陽修等上所修《唐書》，預修者皆得賞賜。堯臣既卒，乃恩錄其子梅增一人。		江休復卒	
嘉祐六年 辛丑	1061	卒後 一年	正月，葬於宣城雙羊山。				堯臣歸葬於何處，詳註16。

　　下列註解，歐陽修〈梅聖俞墓誌銘〉稱〈歐誌〉、張師曾《宛陵先生年譜》稱《舊譜》、夏敬觀《梅堯臣詩》稱夏氏、筧文生《梅堯臣》稱筧氏、劉筱媛《梅堯臣年譜及其詩》稱劉筱媛、劉守宜《梅堯臣詩之研究及其年譜》稱劉守宜、朱東潤《梅堯臣集編年校注》稱朱校本、周玉蕙《梅堯臣生平研究考述》稱周氏、吳孟復〈梅堯臣年譜〉、〈梅堯臣年譜（續完）〉稱吳氏。

1. 堯臣補太廟齋郎、官桐城主簿之年，《舊譜》謂天聖八年由齋郎改桐城主簿，未詳蔭補年代；夏氏、筧氏、劉筱媛、周氏均次於天聖八年；劉守宜言係天聖六年；朱校本稱在新婚的前後；李一飛〈梅堯臣早期事跡考〉以為筮仕太廟齋郎在天聖五年，天聖八年已在桐城主簿任〔註 4〕；吳氏考訂補太廟齋郎在天聖二年（1024），天聖六年（1028）由太廟齋郎循資補桐城縣主簿，見

〔註 4〕李一飛：〈梅堯臣早期事跡考〉，《文學遺產》第 2 期（2002 年），頁75、76。

〈梅堯臣年譜〉，頁 35、36，茲從之。

2. 堯臣遊會稽、見林逋之年，劉守宜、周氏繫於天聖元年；吳氏據〈北宋經撫年表〉載謝濤自乾興元年至天聖三年十二月知越州（今浙江紹興市），因知堯臣遊會稽，必在天聖二、三年間，並疑此行乃與謝氏訂婚。天聖四年（1026）初春，過杭州，偕僧虛白訪林逋於西湖上，見〈梅堯臣年譜〉，頁 35，茲從之。

3. 堯臣調任河南主簿之年，夏氏、劉筱媛、周氏繫於天聖九年；劉守宜、朱校本謂天聖九年，堯臣在洛陽任河南主簿，未詳調任年代；李一飛〈梅堯臣早期事跡考〉以為約在天聖八年末、九年初；吳氏考訂當在天聖八年（1030），見〈梅堯臣年譜〉，頁 37，茲從之。

4. 堯臣是否至德興縣任，〈歐誌〉云：「以德興縣令知建德縣，又知襄城縣」，誌中言「以」。《宋史・梅堯臣傳》作：「歷德興縣令，知建德、襄城縣」，將德興與建德、襄城並舉。《舊譜》、夏氏、筧氏、劉筱媛、劉守宜、周氏皆謂明道二年秋堯臣除德興縣令，在德興三年，景祐二年轉知建德縣，寶元二年授知襄城縣。朱校本、吳氏則稱堯臣實未至德興。吳氏依宋代官制及〈歐誌〉考訂，景祐元年（1034）堯臣「以」德興縣令知建德縣，八月離京，先歸宣城，再赴建德，故並未至德興，見〈梅堯臣年譜〉，頁 40，茲從之。

5. 堯臣應進士舉之年，劉筱媛、劉守宜、周氏皆引歐陽修〈與謝舍人〉：「省牓至，獨遺聖俞，豈勝嗟惋。任適、呂澄可過人耶？堪怪。聖俞失此虛名，雖不害為才士，奈何平昔並遊之間有以處下者，今反得之，睹此何由不痛恨？」書題寶元元年，而繫於該年。朱校本則謂該書「題為寶元元年者，顯不足信。夏敬觀因疑寶元二字為景祐之誤，其言皆可據。」見《梅堯臣集編年校注・敘論二》，頁 38、同書卷 4〈西宮怨〉補注文，茲從之。

6. 朱校本將本篇收錄於拾遺，乃不能編年者，《建德縣志》載有此賦，

因無從考其歲月，此說仍可資參考，或爲堯臣在建德時所作，姑附繫於此年。

7. 范仲淹約堯臣遊廬山及其後共席宴飲事，《舊譜》、筧氏繫於景祐四年，非是。劉筱媛、劉守宜引《范仲淹年譜》：「寶元元年，五十歲。春，正月十三日，赴潤州，道由彭澤。」曾約堯臣遊廬山，夏，堯臣離建德入京師，未詳解建德任時間。朱校本則稱范約堯臣遊廬山之年，在堯臣卸建德縣任後，且以《京師逢賣梅花五首》其一云：「憶在鄱君舊國傍，馬穿脩竹忽聞香，偶將眼趁蝴蝶去，隔水深深幾樹芳。」證明堯臣曾到過饒州。〔註5〕吳氏以爲約遊廬山及共席宴飲事在解建德任前，言范於景祐四年（1037）十二月發布任命自饒州徙潤州，寶元元年（1038）正月卸任，「約堯臣遊廬山，堯臣未往，以詩謝之。范旋東行，過池州，堯臣在其座上作〈食河豚〉詩。」並考《舊譜》，謂堯臣「（寶元元年）春，解建德任……春末始去縣。」見〈梅堯臣年譜〉，頁42，茲從之。

8. 朱校本未載〈針口魚賦〉作於何年，僅列於拾遺。然據范成大《吳郡志》所記針口魚爲吳郡（今江蘇蘇州市）土產云云，而堯臣於慶曆二年至四年監湖州（今浙江湖州市）鹽稅任，湖州與蘇州隔太湖相望，地理位置相近，是以推測此賦或當作於湖州時期，姑附繫於此年。

9. 《宋史·梅堯臣傳》云：「監永豐倉」，〈歐誌〉作「永濟倉」，《宛陵集》卷39亦有〈永濟倉書事〉〔註6〕詩，以此知《宋史》誤。

10. 《舊譜》稱皇祐二年歐陽修約堯臣買潁州田；吳氏言此事在皇祐三年，堯臣於次年以詩答之；劉筱媛、朱校本、劉守宜依歐與堯臣和詩所云，以及二人宦遊地，考訂歐詩題皇祐二年，實爲皇祐

〔註5〕見《梅堯臣集編年校注》卷8〈范饒州坐中客語食河豚魚〉補注文。
〔註6〕《梅堯臣集編年校注》卷23。

四年（1052）之誤，茲從之。按，歐陽修〈因馬察院至云見聖俞於城東輒爲長韻一首奉寄〉詩末云：「行當買田清潁上，與子相伴把鋤犁。」堯臣作〈依韻和永叔見寄〉覆歐：「春風約柳一片西，欲託鳥翼傳音稽……何時與公去潁尾，湖水漫漫如玻瓈……我貧尚不給朝夕，焉得負郭置稻畦……儻公他時買田宅，願以藜杖從招攜，吾兒詩書不足教，亦以助力於耕犁。」〔註7〕歐又作一詩〈再和聖俞見答〉覆堯臣：「兩畿相望東與西，書來三日猶爲稽……念子京師苦憔悴，經年陋巷聽朝雞，兒啼妻噪午未飯，得米寧擇秕與稊……問我居留亦何事，方春苦旱憂民犁。」

11. 《舊譜》言皇祐五年卒者爲堯臣之繼母張氏，又謂束氏之歿與葬，蓋在堯臣官河南之前，故於詩無所考；筧氏稱皇祐五年「母束氏死」；劉守宜指皇祐五年堯臣喪生母張氏，而非大母束氏；夏氏、劉筱媛、朱校本、吳氏皆引王安石〈哭梅聖俞〉：「高堂萬里哀白頭，東望使我商聲謳。」李壁注：「聖俞死時，張氏猶在。」〔註8〕以是堯臣生母張氏卒於堯臣後，皇祐五年（1053）卒者爲嫡母束氏，茲從之。

12. 堯臣遷屯田員外郎之年，朱東潤《梅堯臣傳》謂嘉祐四年堯臣已官屯田員外郎，「是哪時提升的，已不可考，也許因爲這是空名，所以歐陽修作〈梅聖俞墓誌銘〉的時候，竟沒有提到。」（頁204）吳氏引《集古錄》後附堯臣等嘉祐三年題記，係階屯田員外郎，而嘉祐元年趙槩、歐陽修等奏薦時，尚稱太常博士，以推定當在嘉祐二年（1057）遷屯田員外郎，見〈梅堯臣年譜（續完）〉，頁45，茲從之。

13. 堯臣入唐書局之年，《舊譜》引宋敏求《春明退朝錄》語〔註9〕，

〔註7〕《梅堯臣集編年校注》卷22。

〔註8〕〔宋〕王安石撰、〔宋〕李壁注：《王荊文公詩李壁注》（上海：上海古籍出版社，1993年12月），卷13，頁729。

〔註9〕〔宋〕宋敏求撰、尚成校點：《春明退朝錄》卷下，《宋元筆記小說大觀》（上海：上海古籍出版社，2007年3月），冊1，頁990。文云：

以及夏氏、筧氏、周氏皆次於嘉祐四年。劉筱媛、劉守宜引歐陽
修《集古錄跋尾》卷 10，校後題名：「翰林學士吳奎、知制誥劉
敞、祠部郎中集賢校理江休復、工部員外郎直集賢院祖無擇、屯
田員外郎編修唐書梅堯臣。嘉祐四年四月六日於編修院同觀。范
鎮景仁後至。」堯臣官銜中有「編修唐書」四字，謂其事不會晚
於嘉祐四年四月。吳氏以〈歐誌〉載修《唐書》次於得國子監直
講之後，而繫於嘉祐元年。朱校本云嘉祐三年（1058）六月，歐
以翰林學士權知開封府，薦堯臣編修《唐書》，此於〈次韻和酬裴
寺丞喜予修書〉言「既除太史來爲尹，遂用非才往補訛」〔註 10〕
可證，嘉祐四年二月，歐罷權知開封府，如言堯臣於嘉祐四年入
唐書局，則「太史爲尹」之句，殆成虛語，見《梅堯臣集編年校
注・敘論二》，頁 33，茲從之。

14. 堯臣幼子龜兒生於何年，《舊譜》天聖五年條，云歐陽修、范仲
淹、富弼皆曾爲龜兒出生作〈洗兒歌〉，如所言不誤，范卒於皇
祐四年，龜兒應在此年前出生。朱校本以爲：「《歐集》卷 7〈洗
兒歌〉，題嘉祐三年（1058），是年六月歐陽修以翰林學士權知開
封府，次年二月免，與此詩『開封大尹』句正合。宣城《梅氏
宗譜》言龜兒生於皇祐二年（1050），不可信。」（頁 1051）茲
從之。

15. 堯臣受獎諭之年，《舊譜》次於寶元元年，非是。〈歐誌〉：「（嘉
祐）三年冬，祫於太廟，御史中丞韓絳言天子且親祠，當更制
樂章以薦祖考，惟梅某爲宜，亦不報。」《續資治通鑑》未載此

「慶曆四年，賈魏公建議修《唐書》……五年夏，命四判館、二修
撰刊修……又命編修官六人……久之，歐少師（歐陽修）領刊修，
遂分作〈紀〉、〈志〉……將卒業，而梅聖俞入局，修〈方鎮〉、〈百
官表〉。嘉祐五年六月，成書……聖俞先一月餘卒，詔官其一子。」
又李一飛〈《新唐書》的編撰及參撰人紀考〉一文中，對於堯臣在唐
書局的事蹟亦有所敘述，見《湘潭師範學院學報（社會科學版）》第
3 期，2002 年 5 月，頁 76。
〔註 10〕《梅堯臣集編年校注》卷 28。

事，不知何故。《宋史・梅堯臣傳》：「寶元、嘉祐中，仁宗有事郊
廟，堯臣預祭，輒獻歌詩。」依《續資治通鑑》卷41：「（寶元元
年）十一月，戊申，朝饗景靈宮。己酉，饗太廟、奉慈廟。庚
戌，祀天地於圜丘，大赦，改元。百官上尊號。」同書卷58：「（嘉
祐四年）冬，十月，壬申，朝饗景靈宮。癸酉，大祫於太廟，大
赦……戊寅，文武百官並以祫饗赦書加恩。」故獎諭應爲嘉祐四
年（1059）事。

16. 堯臣歸葬於何處，〈歐誌〉、周氏稱葬於雙羊山；朱東潤《梅堯臣
傳》言葬在柏山；劉筱媛引《安徽通志》〔註11〕載：「雙羊山，府
南三里，山有雙石羊，故名。」「都官梅堯臣墓在宣城縣城南柏
山。」又「堯臣謁墓詩皆言柏山或柏山寺」，故推論「雙羊山是總
名，柏山是分名。」劉守宜引謁墓詩三首，以爲葬於柏山寺旁。
按，從〈雙羊山會慶堂記〉〔註12〕可知，至和二年堯臣受里人張
景崇資助，在雙羊山祖塋附近，爲堂供奉父梅讓、叔梅詢之畫像，
由欲報梅詢恩之僧人澄展住持，「堂之前許其置佛，俾報恩奉佛兩
得」。《舊譜》皇祐五年條，言柏山始名雙羊山，堯臣於新墳種植
檉柏，後隱靜山懷賢師又於會慶堂栽植柏樹，因名柏山〔註13〕，
該堂居僧以守塋域後遂爲寺，故名柏山寺。以是知雙羊山與柏山
爲一山，會慶堂亦稱柏山寺。

〔註11〕〔清〕何紹基等纂：《安徽通志》（臺北：華文書局，1967年8月，《中
國省志彙編之三》據清光緒三年夏五重刊本影印）。〈輿地志・山川
三・甯國府〉：「雙羊山，府南三里，山有雙石羊，故名，宋梅聖俞
詩：『風雪雙羊路，梅花溪上村』即此，稍西爲柏山。」卷26，頁
307。又〈輿地志・陵墓一・甯國府〉：「都官梅堯臣墓在宣城縣城南
柏山。」卷59，頁612。
〔註12〕《梅堯臣集編年校注》卷25。
〔註13〕見《梅堯臣集編年校注》卷25〈去臘隱靜山僧寄檉樹子十二本柏樹
子十四本種於新墳〉、〈新開墳路〉、〈隱靜山懷賢師自持柏栽二十本
種於會慶堂〉、卷24〈種碧映山紅於新墳〉等詩。

附錄三：梅堯臣經略圖

說明：本圖引自日人筧文生著《梅堯臣》，收入《中國詩人選集二集》
　　　第 3 卷（東京：岩波書店，1962 年 8 月）。

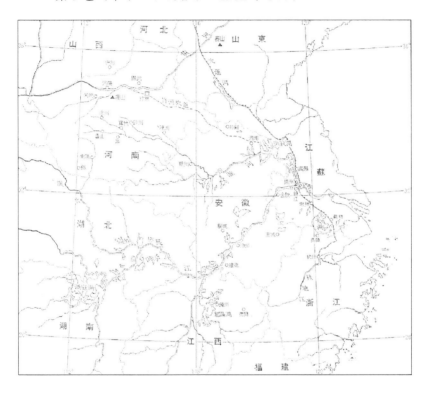

附錄四：梅堯臣之辭賦作品

一、本附錄所輯梅堯臣賦作，係依第三章論述次序排列，並標註論文
內頁該賦之頁數。

二、本附錄所輯梅堯臣賦作，係以朱東潤《梅堯臣集編年校注》（上
海：上海古籍出版社，2006 年 11 月）為本。

紅鸚鵡賦

　　相國彭城公尹洛之二年，客有獻紅鸚鵡，籠之甚固，復以重環縶
　　其足，遂感而賦云。

蹄而毛，翼而羽，以形以色，別類而聚，或嘯或呼，遠人而處。在鳥
能言，有曰鸚鵡。產乎西隴之層巒，巢于喬木之危端，其性惠，其貌
安，與禽獸異，為籠檻觀。吾謂此鳥曾不若尺鷃之翩翩，復有異於是
者，故得以粗論。吾昔窺爾族，喙丹而綠，今覽爾軀，體具而朱。何
天生爾之乖耶。俾爾為爾類，尚或弗取，況爾殊爾眾，不其甚與！何
者，徒欲謹其守，固其樞，加以堅鑊，置以深廬，雖使飲瓊乳啄彫胡
以充饑渴，鑄南金飾明珠以為關閉，又奚得於烏鳶之與雞雛。吾是知
異不如常，慧不如愚，已乎已乎。（頁 57）

矮石榴樹子賦〔原注〕并序。

　　襄城縣庭下生矮石榴，往來者異之，予作賦寫其狀，因以自勵
　　云。

有矮石榴，高倍尺，中訟庭，麗戒石。訪諸走胥，云非封植，忽此生
榮，三傳歲曆。密葉如蓋，繁條如織，萋萋下垂，疲軟無力，細苞貯
露，纍纍仄仄，下人俯視，顯本可識。雀愧卑棲而不肯集兮，故啾唧
以矯翼。偃偃盤盤，若屈若鬱，紉紉結結，非曲非直，幹不足攀，陰
不足息。夫何挺質之可惑耶，意為異歟，為妖歟？人以為異，我不知
其異，曰殊眾木之類類。人以為妖，我不知其妖，曰乖眾木之翹翹。
然而不生樊圃臺榭遊觀之所，產茲堂下，其有以警而有以觀，因形析
義，庶將自補。當革蔓衍之多枝，無若輭柔之不舉，勿俾苞苴之流
行，勿使吏诟之輕侮，勿洟忍以自抑，勿猶豫而失處，勿闒茸以接

卑，勿上下之不撫。夫如是則異也妖也固弗取，維戒懼斯主。（頁60）

雨賦

春雨之至分風呵而雲導，在上爲膏，在塗爲淖。被末漸本，潤萬物者歟。施及天下，不收報者歟。入波而隨流，因積而成潦，專好而失道者歟。壞瓦漏屋，蒸菌出木，過而爲酷者歟。朝使人愁，夜使鬼哭，迷而不知復者歟。將告之雨，雨無聽也。將告之天，天且矕也。窮居知命，是何病也。噫。（頁63）

鳲鳩賦

時人謂騏鶌癡拙禽也，茲禽然癡且拙，猶能以喙寫心，布於辨音者焉。曰：我智不如燕雁，識氣候之蚤晚，隨陽而來，知社而返。勇不如鵰鶹鷹鸇，恣搏擊於秋天，下無全物，落不空奉。惠不如鸚鵡鸜鴝，入崇堂分陰夏屋，事言語以如人，餌果梁而飫腹。巧不如女匠，挂巢室於枝上，畏風雨之漂搖，紩茅芳而密壯。年不如鸛鶴，潔羽毛於寥廓，希霖雨而鳴垤，和氣類而靡爵。茲五者實無有於羣鳥，分馴馴於林表，癡亦誠多，拙亦不少。雖不能趨暄燠之時，亦毛翮而自持；雖不能決爪吻之利，亦飲啄而自遂；雖不能弄喉舌之辯，亦呼鳴而自善；雖不能理窠之完，亦棲處而自安；雖不能適變赴情，亦隨宜而自寧。噫，唯癡與拙，天之所生，若此而已矣，又烏足爲之重輕。（頁65）

擊甌賦

余觀今樂，愛乎清越出金石之間，所謂擊甌者，本埏埴，異琳球，入伶倫分間齊優。其可尚者，鳴非瓦釜律度合，鼓非土缶音韻周，和非塤箎上下應，作非鍾磬節奏侔，而又冰質瑩然，水聲脩然，度曲泠然，入耳瀏然。猶有非之者曰：善則善矣，未若豔女之歌喉。何則，是謂絲不如竹，竹不如肉，以其近自然之氣，況此曾何參於樂錄之目乎！余辨之曰：融結合於造化，堅白播於陶鈞，發和於器，導和於人，可以樂嘉賓，可以暢百神，安得絲竹謳吟之匪倫也哉。（頁72）

魚琴賦 〔原注〕并序。

　　<u>丁</u>從事獲古寺破木魚，斲爲琴，可愛玩。<u>潘叔治</u>從而爲賦，余又和之，將以道其事而寄其懷。

爲琴之美者，莫若梧桐之孫枝，夫其生也附崖石，遠水涯，陰凝其液，陽峭其皮，曾亡漫庲而沉實之韻賫。噫，始其遇匠氏也，有幸不幸焉，故未得盡厥宜。其於不偶，若陷於夷，刲中刻鱗，加尾及鬐，宛然而魚，日擊而椎，主彼齊眾之律令，則聲聞囂爾而四馳。粵有好事者竭來睨之，取爲雅器，製擬庖犧，徽以黃金，絃以糜絲。音和律調，乃升堂室。嗚呼琴兮，遇與不遇，誠由於通室。始時効材，雖甚辱兮，於道無所失。今而後決可以參金石之奏焉，無忘在昔爲魚之日。（頁75）

塵尾賦

野有壯塵兮罹虞人於廣原，其身已殺，其肉已燔，其骨已棄，獨其尾之猶存。飾雕玉以爲柄，入君握而承言，聊指麾之可任，雖脫落而蒙恩。噫，譬諸犬豕，其死則均，其肉與骨，亦莫逡巡，自古及今，若此泯沒者日有億計，曾不一毫以利人。是以生若蚍蜉，死若埃塵，生無以異於其類，死不爲時之所珍。故<u>仲尼</u>疾沒世而名滅，<u>子長</u>亦著論而有因，乃感茲獸而用告乎朋親。（頁76）

乞巧賦

孟秋七日，夕戶未扃，余歸自外，見家人之在庭，列時花與美果，祈織女而丁寧，乞天巧之付與，惡心手之鈍冥。余就寢而弗顧，又烏辨乎列星。兒女前曰：故事所傳，餘千百齡，何獨守拙，迷猶未醒。遂起坐而歎曰：吾試語汝，汝其各聽。夫芒忽之間，變而有氣，氣而有形，形而有生，生而有靈，愚愚慧慧，自然之經。賦已定矣，今返妄營，則何異高山之木兮，不能守枝葉之亭亭，欲戕而爲犧象兮，利塗飾乎丹青。且復天巧與人巧，將不同也，天孫又安得此而輒私。天之巧者總陰陽，運四時，懸日月星辰而不忒其璇璣，鼓雷風雨雪而不失其施，生萬物，死萬物而物得其宜，此天之所以任大巧而不虧。人之巧者非它，直心口手足也，心巧於慮，口巧於詞，手巧於技，足巧於

馳，亦各有極，不可強為。故慮之巧不過多智謀，使爾多謀多智，則精鷙而魄離；詞之巧不過多辯言，使爾多言多辯，則鮮仁而行遺；技之巧不過多能藝，使爾多能多藝，則藝成而跡卑；馳之巧不過多履歷，使爾多履多歷，則速老而筋疲。如是則吾焉用而乞之。吾學聖人之仁義，尚恐沒而無知，肯乞世間之輕巧，以汩吾道而奪吾之所持。吾決守此而已矣，爾勿吾疑。（頁78）

靈烏賦

烏之謂靈者何？噫，豈獨是烏也。夫人之靈，大者賢，小者智；獸之靈，大者麟，小者駒；蟲之靈，大者龍，小者龜；鳥之靈，大者鳳，小者烏。賢不時而用，智給給兮為世所趨；麟不時而出，駒流汗兮擾擾於脩途；龍不時而見，龜七十二鑽兮寧自保其堅軀；鳳不時而鳴，烏鴟鴟兮招唾罵於邑閭。烏兮，事將乖而獻忠，人反謂爾多凶。凶不本於爾，爾又安能凶。凶人自凶，爾告之凶，是以為凶。爾之不告兮凶豈能吉，告而先知兮謂凶從爾出。胡不若鳳之時鳴，人不怪兮不驚。龜自神而剗殼，駒負駿而死行，智鷙能而日役，體劬劬兮喪精。烏兮爾靈，吾今語汝，庶或汝聽。結爾舌兮鈐爾喙，爾飲啄兮爾自遂，同翱翔兮八九子，勿噪啼兮勿睥睨，往來城頭無爾累。（頁82）

南有嘉茗賦

南有山原兮不鑿不營，乃產嘉茗兮囂此眾氓，土膏脈動兮雷始發聲，萬木之氣未通兮此已吐乎纖萌。一之日雀舌露，撥而製之以奉乎王庭。二之日鳥喙長，擷而焙之以備乎公卿。三之日槍旗聳，搴而炕之將求乎利贏。四之日嫩莖茂，圍而範之來充乎賦征。當此時也，女廢蠶織，男廢農耕，夜不得息，晝不得停，取之由一葉而至一掬，輸之若百谷之赴巨溟。華夷蠻貊固日飲而無厭，富貴貧賤不時啜而不寧。所以小民冒險而競鬻，孰謂峻法之與嚴刑。嗚呼，古者聖人為之絲枲絺綌而民始衣，播之禾麰菽粟而民不飢，畜之牛羊犬豕而甘脆不遺，調之辛酸鹹苦而五味適宜，造之酒醴而讌饗之，樹之果蔬而薦羞之，於茲可謂備矣，何彼茗無一勝焉而競進於今之時。抑非近

世之人，體惰不勤，飽食粱肉，坐以生疾，藉以靈荈而消腑胃之宿陳。若然，則斯茗也不得不謂之無益於爾身，無功於爾民也哉。（頁86）

問牛喘賦〔原注〕和人。鄧州六首。

客有感前史問牛喘廣而賦義有由，余得摭遺辭，掇遺韻，索遺意而用以酬。夫寒為冬，燠為夏，和為春，肅為秋。和以發生則物萌而抽，燠以長養則物盈而周，肅以登就則物實而收，寒以閉結則物藏而休。是則陰陽之道順而燮和之職脩。若乃當春而燠，是為行夏令而火侵於木，時則有雨水不降，草樹早落，火訛相驚，疾疫多作。故丞相當是月而見牛喘，恐天令之愆錯。問從來之遠邇兮，或力或曔而可度。匪賤人而憂畜，實原微而意博，所以元化日調，萬彙時若。及其後世，我自我，物自物，天自天，人自人，胡為乎冬，胡為乎春，孰謂差忒，孰謂平均。曰吾委佩而端冕，服美而食珍，上奉天子，下役烝民。夫何預於我哉，我亦無愧於茲辰。（頁89）

針口魚賦

有魚針喙形甚小，常乘春波來不少，人競取之一掬不重乎銖杪。其為針也，穎不能刺肌膚，目不能穿絲縷，上不足以附醫而愈疾，下不足以因工而進補。以口得名，終親技女，大非膾材，唯便鮓滷。烹之則易爛，貯之則易腐，嗟玉色之可愛，聊用實乎雕俎，過此已往，未知其所處。（頁92）

靈烏後賦

靈烏，我昔閔爾之忠，告人之凶，遭人唾罵，於時不容，覆巢彈類，驅逐西東。余是時作賦以吊汝，非乘爾困而責爾聰。今者主人悟，彈者去，豐爾食於太倉，置爾巢於高樹，晨雞不鳴，百鳥爭慕，傍睨鳳皇，下窺鷦鷯。爾於此時，徒能縱蒼鷹，逐狡兔，不能啄叛臣之目，伺賊壘之去，而復憎鴻鵠之不親，愛燕雀之來附。既不我德，又反我怒，是猶秦漢之豪俠，遠己不稱，昵己則譽。夫然，吾分足而已矣，又焉能顧。（頁93）

述釀賦

少居楚鄉，楚多釀者，故犅識酒之然。夫酒之作也，必良其器，必香其泉，法式具舉，酸敗罕斿。取有豐約，味有釅泊，則曰聖曰賢，和神懌氣，積日彌年。自時厥後，茲道寖隳，昔飲其醇，今飲其醨。昔也熙熙，終日不亂，舒暢四肢；今也冥冥，迷魂倒魄，不知其醒。吾觀於世，未始達此。夫以天下爲壚甖，兆庶爲粱米，君臣爲麴糵，道德爲酒醴，酣人漱義，四海薰和，莫知所以。逮乎率土澆弊，材不授矣，君臣乖異，法不施矣，道德遂薄，酒弗飴矣，餔詐啜僞，昏然而無歸矣。安得滌其具，更其術，時其物，清其室，然後漬以椒桂，侑以根橘，吾將霑醉乎窮日。（頁 98）

哀鷓鴣賦〔原注〕并序。

> 余得二鷓鴣，飼之甚勤，既久，開籠肆其意。其一翩然而去，其存者特愛焉。鷓鴣於禽最有名，頃未識也，思持歸中州，與朋友共玩之。凡養二年，呼鳴日善，罷官至蕪湖，一夕爲鼠傷死，遂作賦以哀云。

物有小而名著，亦有大而無聞，吾於禽類，得鷓鴣兮不羣。其音格磔，其羽斕斑，其生避僻，其趣幽閒，飲啄乎水裔，棲翔乎竹間。往咨羅者，求之於野，生致二鷓，形聲都雅。愛之畜之，籠之服之，爲日已久，言馴熟兮，縱晞朝旭，一逸而不復兮。謂之背德，非我族兮，戀而不去，尤可穀兮。晨啼暮宿，何嗟獨兮，固當攜之中國，爲士大夫之目兮。不意孽鼠，事潛伏兮，破篋囓嗉，何其酷兮。嗚呼，翻飛遠逝不爲失兮，安然飽食不爲福兮，焉知不爲名之累兮，焉知不爲鬼所瞰而禍所速兮。哀哉，誠不如禿鶖鴟鵰兮，凡毛大軀，妖鳴飫腹。何文彩之佳，何名譽之淑，前所謂大而無聞，其自保而自足者歟。（頁 100）

思歸賦

祿有可慕，祿有可去。何則，移孝爲忠，曾無內顧，則祿可慕而可據。上有慈顏，以喜以懼，故祿可去而不可寓。噫，吾父八十，母髮亦素，尚爾爲吏，夐焉遐路。嗷嗷晨烏，其子反哺，我豈不如，鬱其誰訴。

惟秋之氣，至慘慄而感人，日興愁思，側睇江濱。憶爲童子，當此凜
辰，百果始就，迭進其珍。時則有紫菱長腰，紅芰圓實，牛心綠蒂之
柿，獨苞黃膚之栗，青芋連區，烏椑五出，鴨腳受彩乎微核，木瓜鏤
丹而成質，素乳之梨，頹壺之橘，蜂蛹淹醯，樆櫨漬蜜。膳羞則有鷄
鶬野鴈，澤臯鳴鶉，清江之膏蟹，寒水之鮮鱗，冒以紫薑，雜以菱
菂，觴浮莫菊，俎薦菁韭。坐溪上之松篁，掃門前之桐柳。僕侍不譁，圖
書左右。或靜默以終日，或歡言以對友，信吾親之所樂，安閭里其茲
久。切切余懷，欲辭印綬，固非效<u>淵明</u>之褊衷，恥折腰於五斗。蓋自
成人以及今，未嘗一日侍傍而稱壽，豈得不決去於此時，將恐貽恨于
厥後。（頁 103）

凌霄花賦

厥草惟夭，厥木惟喬，草有柔蔓，木有繁條。緣根分附質，布葉分敷
苗，朱華粲分下覆，本榦蔽分不昭。嗟乎，此木幾歲幾年而至於合
抱，夫何此草一旦一夕而遂曰凌霄。是使藜藋蒿艾慕高豔而仰翹翹
也。安知蘋藻自潔，蘭蕙自芳，芙蓉出汙而自麗，芝菌不根而自長。
或紉珮帶，或采頃筐，或製裳於騷客，或登歌於樂章。故得爲馨爲
薦，爲嘉爲祥，皆無附著，亦以名揚，奚必託危柯而後昌。吾謂木老
多枯，風高必折，當是時將恐摧爲朽荄，不復萌蘗，豈得與百卉並列
也耶。（頁 108）

風異賦〔原注〕并序。

庚辰歲三月丙子，天大風，壬午、詔出郡縣繫獄死罪已下。夫風
者天地之氣也，猶人之呼噓喘吸，豈常哉。若應人事之變，則余
不知，故賦其大略云。

吾因迂勞適於郊，憩亭舍，日晨時羣輩外囂曰：「火來〔原注〕來音罹。
火來。」喔呼噫譆，出屋遠望，西北之陲。互天接地，混混赫赫，不
見端涯。逡巡則赤埃赭霧，突溫奔馳。陽精失色，白晝如晦，號空吼
穴，揚砂走塊。眾心驚惶，廣衢翳昧，莫辨誰何，執手相對。其少頃
也，稍明故歸，人未寧分，相與而爲隊，順前者措足之不暇，逆進者
舉武而愈退。睇山川兮安陳，趨城郭兮安在，所可視者五六步之內。

越翌日，四方恬霽，乾坤黯慘，物色憔悴。牛復馬還絕銜鼻，草靡木折莢實墜，禽鳥墮死泥滿喙，几案傾欹塵覆器。民廬毀壞，商車顛躓。既而眾曰，此何景也，伺彼往來兮問遠邇之所自。或曰起浚都，播許鄭，歷洛汭，以及唐鄧漢隨之地，稽厥時厥狀，無與此土異，未迨旬浹，德音遝暨。是知本聞之不僞，聊綴辭也若此，言變咎則非愚者之能議。（頁114）

鬼火賦

放舟於潁水之上，夜憩於項城之野，陰氣四垂而雨微下，左右望之，若無覿者。有光熒然明於水邊，人皆謂之鬼火，吾獨未爲然焉。噫，謂鬼爲無，吾不敢謂之無，謂鬼爲有，吾不敢謂之有，但觀韓氏之言舊矣，曰：「鬼無形，鬼無聲。」既無聲與形，又安得此而明。嘗聞巨浸之涯，百物皆能發光而吐輝，又草木之腐，亦能生耀而化飛。爾知彼是而此非，曰若電者，因形乎，因勢乎？苟因形因勢，則此何疑而弗及。嗚呼，昔人有論電者，陰陽之氣相薄而成，何須形勢。將就此妄名，謂爲物光可也，謂爲鬼火，則吾不敢聽。（頁116）

鬼火後賦

吾既爲〈鬼火賦〉，客有謂余曰：「嘗觀舊說，鬼火曰燐，前人有述，子何不信？」言未畢，余遽辨曰：「爾不熟究吾旨耶？吾豈忽而不知。且聞兵死之血，久而化之，既云血化，安有鬼爲？比夫草木之腐，固合其宜，宜曰物光，又豈爲過？此論確如，牢不可破。尚恐未然，更聽吾言。彼燁燁者胡可以烹煎，彼熒熒者胡可以煥暄，彼焰焰者胡可以炎上，彼熠熠者胡可以燎原？蓋無此並，蔓說徒繁。」客慚忸無辭而起，余方掩乎衡門。（頁118）